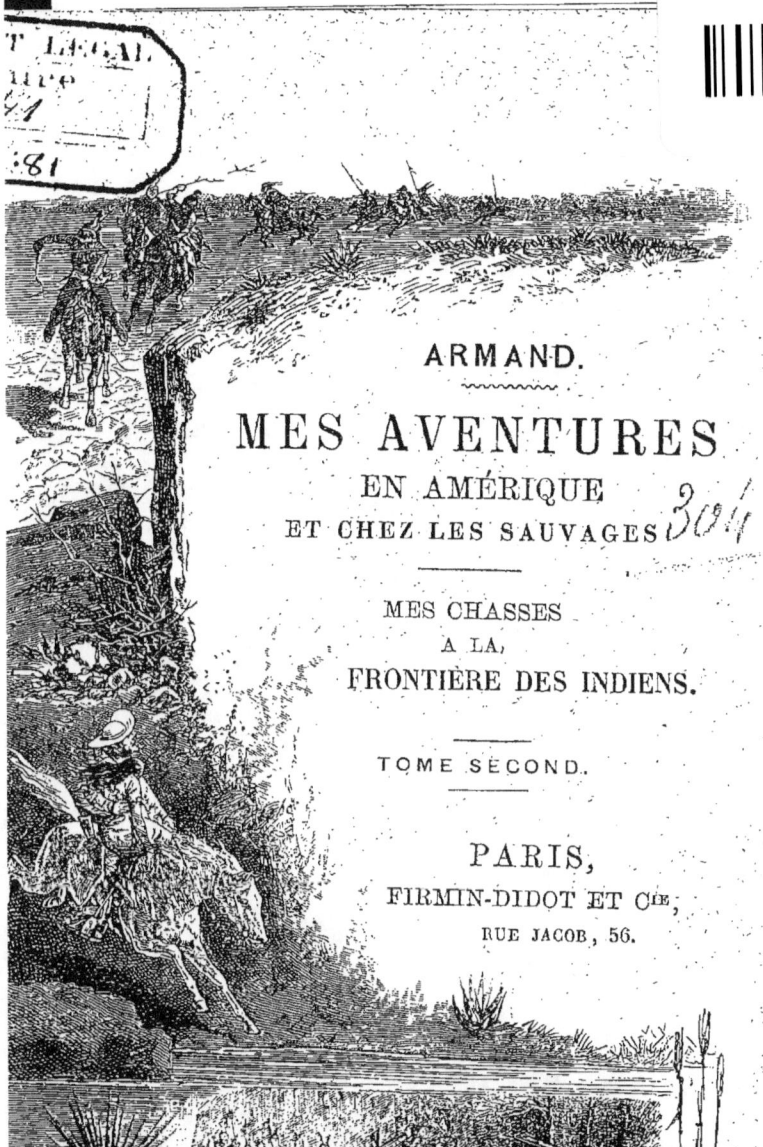

ARMAND.

MES AVENTURES
EN AMÉRIQUE
ET CHEZ LES SAUVAGES

304

MES CHASSES
A LA
FRONTIÈRE DES INDIENS.

TOME SECOND.

PARIS,
FIRMIN-DIDOT ET Cⁱᵉ,
RUE JACOB, 56.

MES CHASSES

A LA

FRONTIÈRE DES INDIENS.

Typographie Firmin-Didot. — Mesnil (Eure).

ARMAND.

MES AVENTURES

EN AMÉRIQUE

ET CHEZ LES PEAUX-ROUGES.

TRADUCTION
PAR ADRIEN PAUL.

MES CHASSES

A LA FRONTIÈRE DES INDIENS.

TOME SECOND.

PARIS,

LIBRAIRIE DE FIRMIN-DIDOT ET Cᴵᴱ,

56, RUE JACOB; 56.

1881.

MES CHASSES

A LA

FRONTIÈRE DES INDIENS.

CHAPITRE XVIII.

L'ouragan. — La nuit sur un arbre. — Tanière d'ours. — La gorge
dans les rochers et les hôtes nocturnes. — Mac Donnel pêché par
une tortue. — Bisons blancs.

Un jour, nous nous étions arrêtés, en plein midi, dans
un pâturage auquel souriaient nos bêtes, et non loin d'un
fourré de cèdres qui nous promettait de l'ombrage. Il
faisait excessivement chaud, à ce point que nous avions
ôté nos vestes de cuir. Notre dîner rôtissait tout doucement, quand Tigre, sautant tout à coup sur ses deux
pieds, nous indiqua du doigt un point du ciel, vers le
nord, où quelques légers nuages se montraient à peine.
Puis il écouta, l'oreille contre terre.

— Ouragan! dit-il avec son laconisme habituel;
bêtes, bagages à l'abri!

Et, prêchant d'exemple, il rassembla à la hâte ce qui
traînait, y compris le dîner encore en expectative, et

s'en fut reléguer le tout, pêle-mêle, sous une espèce d'auvent naturel, dû à quelques roches qui surplombaient les unes sur les autres. Nous suivions machinalement son exemple, sans trop savoir pourquoi.

Bois... du bois sec... beaucoup! reprit Tigre en nous montrant un vieux tronc d'arbre abattu non loin de là.

Et nous d'obéir... bien que je fusse, en apparence, le chef de l'expédition.

Un bruit sourd, une sorte de mugissement continuel commençait à arriver distinctement jusqu'à nous : le ciel passait du blanc au gris et du gris à l'encre de Chine. La nuit se faisait profonde en plein midi... quelques coups de tonnerre préludaient à la débâcle; d'étouffante qu'elle était un quart d'heure avant, la température s'abaissait jusqu'à devenir glaciale. Les chevaux paissaient encore; nous les attachâmes à des pieux fichés en terre sous le hangar improvisé... Comme l'avait bien dit notre jeune sauvage, c'était l'ouragan qui se précipitait du haut des montagnes Rocheuses en les ébranlant sur son passage, le terrible ouragan, ce que les Indiens appellent *orancan*, ce qui signifie les quatre vents réunis et soufflant l'un contre l'autre, d'où résulte un tourbillon rapide, impétueux, irrésistible. La grêle fouettait horizontalement au-dessus de nos têtes. Elle abattait, bousculait, retournait dans tous les sens d'énormes cèdres dont les racines devenaient la cime. Le froid augmentait encore, la pluie se condensait aussitôt en une croûte de glace. Si nous n'avions trouvé un abri pour nos chevaux, nous les perdions à coup sûr, car aucune force humaine n'aurait pu les maîtriser, en butte à la furie de tous ces

éléments déchaînés, et, nous-mêmes, que serions-nous
devenus! Nous étions là, serrés autour du feu, grelot-
tant dans nos peaux de bisons, interdits, peureux, forcément muets, car la grande voix du tonnerre couvrait
les nôtres. Cette tempête se prolongea jusque fort avant
dans la soirée, puis, après une pluie torrentielle, vers
les neuf heures, elle s'apaisa tout à coup, comme par
enchantement. Nous étions comme entourés de stalac-
tites, c'est-à-dire que la lune, se reflétant dans les crevasses des rochers, en faisait autant de palais de cristal.
Plus un souffle d'air, un calme plat, à ce point que, si
nous n'avions eu là, autour de nous, mille preuves du
cataclysme, rien ne nous eût empêchés de le porter au
compte du rêve ou de l'hallucination.

Nos bêtes tremblaient de tous leurs membres, couvertes qu'elles étaient cependant de toutes les peaux
imaginables. Nous avions fait un feu d'enfer, autour
duquel chacun veillait à tour de rôle, pendant que les
autres se couchaient les pieds vers la cendre. Nous
vîmes avec une joie inexprimable le soleil s'élever dans
un ciel bleu au-dessus de la montagne. Telle était la réverbération de la lumière, que la terre semblait couverte
d'un tapis de verre et de diamants; c'était à vous aveu-
gler; on aurait pu patiner sur la prairie transparente :
de chaque buisson, de la pointe de chaque brin d'herbe
s'élançait comme un arc-en-ciel. Nous essayions de nous
réchauffer à la course. Impossible d'aller à la source
voisine pour deux raisons : la première, c'est qu'elle
était gelée, la seconde, c'est que, ne l'eût-elle pas été,
le chemin était trop lisse et trop glissant pour y arriver.

Force nous fut de faire fondre des grêlons dans un bidon : le déjeuner était à ce prix.

En moins de deux heures, le soleil était victorieux du froid : plus de traces de glace, sauf dans les endroits où le vent l'avait amoncelée par couches plus profondes.

Il fut décidé que nous resterions là jusqu'au lendemain, car cette affreuse nuit pouvait bien compter pour deux jours de marche. Cependant, sous le fallacieux prétexte de se délasser, mes compagnons briguèrent la permission de se mettre en chasse : Tigre, John Lazar et Mac, c'est ainsi que, par abréviation, nous intitulions Mac-Donnel, nous prîmes chacun une direction différente. Le premier suivit les sources qui, une demi-lieue plus bas, se réunissaient en un ruisseau bordé des deux côtés par de grands bois; Mac pénétra plus au nord dans la montagne. Les autres, et j'en étais, préférèrent le repos.

Mac revint peu de temps avant le coucher du soleil; il avait abattu un grand cerf et une paire de dindons; on mit un bât sur le dos de Sam, et, suivi d'Antonio, il retourna chercher le produit de sa chasse.

Presque en même temps arrivait Tigre, lequel nous apprenait d'un air triomphant qu'il avait tué, dans sa tanière, un ours de grande taille; vu l'heure avancée, nous remîmes au lendemain d'aller le chercher; John, seul, tardait à reparaître, ce qui commençait à nous inquiéter. Il ne pouvait être bien loin, car je l'avais entendu tirer plusieurs fois, mais, en raison de son inexpérience, je craignais qu'il ne lui fût arrivé malheur. Nos montres marquaient neuf heures. J'ordonnai une décharge générale pour le renseigner au besoin sur la direction de notre camp. Tigre s'en fut explorer, en aval, les bords du ruisseau, en poussant son cri de chasse. Rien, toujours rien ! L'obscurité nous empêchait de chercher fructueusement sa piste; il fallait donc se résigner à attendre, à se coucher : ce fut une mauvaise nuit. Le lendemain, à peine faisait-il jour, que Mac, Tigre et moi nous partîmes à la découverte. Antonio nous suivait sur Jacques, Tom trottait en avant fouillant les taillis... A peine avions-nous fait une centaine de pas, que le jeune Lazar nous apparut se hissant à travers les rochers : son air riant eut bientôt fait de nous rassurer. Son aventure était assez comique : c'était le gibier qui l'avait traqué. Ainsi, il avait donné, dans la montagne, au milieu d'une troupe de pécaris, et après en avoir tué un, il s'était vu forcé, pour se soustraire aux autres, de grimper sur un arbre où il avait subi un véritable siège. Il en avait bien abattu quelques-uns du haut de son perchoir, mais le gros de la troupe avait tenu bon jusqu'à la naissance du jour. De là toute une nuit au froid et à la belle étoile... En somme personne de mort, sauf des pécaris... mais le pauvre garçon tombait littéralement de fatigue et de sommeil. Nous le laissâmes à la garde de Cliffton et de Kœnigstein pour aller chercher l'ours tué, la veille, par notre ami Tigre.

— Ici ! nous dit-il après une demi-heure d'escalade dans la montagne.

Et, de cet air naïvement mystérieux d'un enfant découvrant quelque pot aux roses, après s'être faufilé entre des blocs isolés, il nous indiqua une petite

ouverture ronde, élevée d'environ deux mètres, et par
laquelle il disparut bientôt à plat ventre, muni d'un
lasso. Le lasso attaché au cou du défunt, l'Indien sortit
à reculons, et, pesant à trois sur la corde, nous fîmes
d'inutiles efforts pour attirer à nous maître Bruin...
Comment donc avait-il fait pour y entrer? demande un
lecteur logique. Il y était entré en raison de cette élas-
ticité, qui, selon le cas, permet à l'ours de s'allonger
en s'amincissant, ou de s'arrondir comme une boule.
Il n'en pouvait plus sortir, parce que la rigidité du cadavre se refusait à toute transformation de ce genre.

Il fallut en venir à quelques coups de hache pour
élargir l'entrée; nous attelâmes Jacques à un second
lasso, et le colosse noir, faisant son apparition, glissa
sur la pente. Lissy, le second mulet, peu fait à ces
épouvantails, fit un bond de ce côté, et faillit renverser
Mac, heurté à l'improviste.

Pendant que Tigre, assisté d'Antonio, dépeçait sa
proie, j'eus la curiosité de voir par mes yeux ce que
pouvait bien être la demeure d'un ours. Fort étroite
d'abord, l'ouverture allait en s'élargissant, et même
beaucoup, car le centre atteignait six à sept mètres de
haut sur trois au moins de large dans tous les sens. Le
sol était capitonné d'écorces de cèdre, un duvet suffisant pour une bête si laide. Grâce au briquet qui ne
me quittait jamais, je pouvais me rendre un compte
très exact. Tigre, comme nous le lui avions déjà vu faire
dans un autre voyage, avait d'abord terrifié l'animal à
l'aide d'une torche, puis une balle dans l'œil gauche
l'avait achevé.

Que de graisse d'ours, bon Dieu! Il ne nous manquait que d'être chauves pour nous faire pousser des forêts de cheveux.

A dix heures, nous étions de retour au camp, où John dormait encore les deux poings fermés. A midi, le départ sous les auspices de Tigre. A travers des gorges qui devenaient de moins en moins praticables, toute cette journée fut lamentablement employée à gravir des montagnes; à peine rencontrions-nous de temps en temps un plateau où les bêtes avaient le loisir de souffler un peu. Les arbres aussi devenaient plus rares. Par-ci, par-là, un petit fourré, une branche de cèdre sortant d'une crevasse, un bouquet de yuccas aux longues épines, un mimosa d'où suintait la gomme... Mentionnons également une plante très commune dans les rochers, dont les feuilles de trois pieds de long servent à tresser des paniers et des paillassons. Il en surgit, au printemps, une fleur à pétales d'un blanc jaune, laquelle n'est pas de trop dans ces parages dont la flore est des moins variées.

A la tombée de la nuit nous avions en face de nous des montagnes de granit rouge, à l'ascension redoutable.

Il y avait là de l'eau, quelques brins d'herbe, et, ma foi! la fatigue aidant, remettant au lendemain les affaires sérieuses, nous ne songeâmes plus qu'à souper et à dormir... L'ours eut un plein succès, et nous bûmes le café à la santé de Tigre.

Le lendemain, au réveil, la nature était splendide : au-dessous de nous, les vallées fumantes et comme argentées. Au-dessus, tout là-bas, à la cime des monts, dans la lueur naissante, le soleil encore sans rayons, mais dont le disque pourpre envoyait aux lointains bleuâtres ses teintes fulgurantes. Puis la pourpre fit place à l'or, les vapeurs se déchirèrent comme des tuniques d'un lin diaphane, et, moins matinale que nous, la terre s'éveilla : un beau spectacle, et que beaucoup de paresseux ne verront jamais de leur vie. Le cri entrecoupé du jaguar nous donnait une aubade, laquelle manquait de mélodie, et faisait fuir, sur l'un des flancs de la montagne, une troupe d'antilopes tout effarouchées. Les jeunes gens de l'Alabama couraient déjà à leurs fusils, mais j'interposai mon autorité.

— Messieurs, dis-je, vous oubliez que nous avons un but à atteindre et que la chasse n'est que l'accessoire.

Je m'attendais à une demi-révolte de la part de Tigre ; mais il fut le premier à obéir.

Donc, en selle et en route ! L'air matinal était si vif que nous nous faisions des genouillères en retroussant les pans de nos chabraques. Mais l'exercice n'allait pas tarder à nous réchauffer. Les montagnes semblaient être des tubes de lorgnette et s'allonger l'une sur l'autre ; et, avec cela, des sentiers !... Que n'étions-nous des chèvres ou des Tyroliens !

— Pas possible ! disait Cliffton, nous coucherons ce soir dans les nuages.

— Et demain au ciel, ajoutait John.

Enfin, voilà une belle vallée, quoique assez étroite, une vallée relative bien entendu, à la hauteur du clocher de Strasbourg, et que j'appelle ainsi parce qu'elle

séparait, en manière d'esplanade, une montagne d'une
autre. Pour sûr, des architectes avaient passé par là :
d'immenses quartiers de rocs s'alignaient au cordeau
ou s'échafaudaient les uns sur les autres avec une parfaite symétrie. On croyait tout d'abord à une ville, à des
châteaux, à des tours, à des forteresses... des groupes
de conifères et quelques ruisseaux jaillissaient de ces
masses rouges.

Tout à coup, notre attention fut distraite par des hurlements et des aboiements qui semblaient sortir de mille
gorges à la fois, sur la droite, au-dessous de nous...
Nous ne vîmes d'abord qu'un vieux bison galopant à
outrance et couvert d'écume, puis successivement, une
meute de plus de cinquante loups blancs qui lui donnaient la chasse : cinquante, vous avez bien lu. Le malheureux ne fit que paraître et disparaître, mais nous
entendîmes, pendant longtemps encore, l'hallali féroce
précédant la curée. Les loups blancs ne se réunissent
ainsi, par grandes troupes, qu'à cette époque de l'année.
Ils ont alors toutes les audaces, et s'attaquent non seulement aux bêtes, mais aux hommes. Plus d'un chasseur
de l'ouest a payé de sa vie leur fâcheuse rencontre.

Je ne parle jamais que de monter, monter encore,
monter toujours, et j'oublie les descentes, je devrais
dire les dégringolades, souvent plus pénibles encore;
car, sauf de rares vallées dans les intervalles, notre route
n'était qu'une succession d'échelles doubles, gravies
d'un côté, descendues de l'autre, avec cette différence
que, les plateaux s'élevant à mesure, nous avions toujours plus à monter qu'à descendre.

1.

Dans l'une des vallées, nous fûmes agréablement surpris par un petit cours d'eau, limpide et poissonneux comme tous ceux de l'ouest.

— Aux hameçons ! crièrent les jeunes gens.

Et, plus habiles à la pêche qu'à la chasse, les voilà ramenant, à chaque coup, des poissons dont quelques-uns pesaient plus de dix kilos.

Mac venait, entre autres, de harponner une si énorme tortue, qu'on se demandait lequel, de l'homme ou du reptile chélonien, finirait par entraîner l'autre.

— A moi ! cria Mac.

John vola à son aide ; mais, au moment où il venait de saisir la ligne, une brusque saccade de la tortue le fit glisser et tomber à l'eau qui se referma sur lui. Les Américains sont tous d'excellents nageurs ; il revint promptement à la surface et suivit la ligne qui s'en allait au cours de l'eau ; Antonio alla le rejoindre, muni d'un lasso dont il n'y eut plus qu'à lancer le nœud coulant autour du reptile ; tous deux s'y attelèrent, et l'amphibie fut bientôt sur l'herbe, séjour qui n'était pas précisément celui de son choix.

Cette tortue pesait une trentaine de livres ; elle nous fournit une excellente soupe, sans préjudice des autres poissons : un dîner de carême, comme on en voudrait toujours.

Le froid se prolongeait un peu au delà de nos prévisions ; de là, notre crainte d'arriver dans le Nord avant que la végétation eût repris sa sève. De là, aussi, une sorte d'accalmie forcée dans la célérité première de notre voyage. Or, pendant que nous avions là la pêche, la chasse et le meilleur fourrage que nous eussions encore rencontré, retard pour retard, autant en profiter pendant quelques jours. L'avenir, en effet, ne nous réservait rien de mieux, mais beaucoup de pire. Ce parti une fois pris, dans la crainte d'une crue subite, nous jugeâmes prudent de nous établir sur l'autre rive du cours d'eau et de le traverser tout de suite. Cent cinquante pieds de large environ, ce n'était pas le diable, mais pas mal de profondeur et le courant rapide. Ensuite, le talus était à pic et impraticable pour les bêtes chargées.

Tigre et moi nous cherchions un gué, lorsque quatre élans jaillirent d'entre les rochers, comme de vraies rafales. Nous avions un détour à faire pour prendre le vent et nous cacher à l'affût derrière quelque bloc. Les élans s'étaient arrêtés à quelque chose comme quatre-vingts pas. Après nous être mutuellement indiqué la pièce que nous visions, une! deux! nous fîmes feu en même temps. La balle de Tigre avait fait un mort; la mienne n'avait fait qu'un blessé, lequel prenait la fuite en emportant un second projectile envoyé en pointe par derrière, et qui ne devait pas le mener bien loin. Tom, lancé sur sa voie, aboya d'abord au ferme, puis il se tut; que se passait-il? la distance était trop grande et trop raboteuse pour que j'eusse envie d'y aller voir.

Je soufflai deux fois dans ma corne de chasse pour le rappeler. Nous dépecions le premier élan, lorsque revint la vaillante bête dont le poil saignant portait les traces certaines de sa victoire. Cela valait bien la

peine de se déranger. Nous trouvâmes le deuxième
élan non moins mort que l'autre, avec une cuisse déchirée.

Mais ces élans-là, — pardonnez le jeu de mots, — ne
nous faisaient pas traverser la rivière. Cependant, à
force de chercher, nous trouvâmes à deux milles de là
une berge tellement foulée et triturée par les bisons que
nos bêtes pourraient y descendre. Il ne restait plus qu'à
aller lever le camp et à revenir.

C'était le moment d'utiliser nos canots de toile. Je
ne rappellerai pas la manière de s'en servir, déjà dé-
taillée.

Un seul incident à noter : Tigre, au moment de s'é-
lancer à l'eau, un lasso à la main, — et malgré mes
observations, — avait négligemment jeté sa longue carabine en travers, sur le chargement de la yole qu'il
devait remorquer à bon port. Au milieu du courant, une
secousse du lasso fait perdre l'équilibre à la carabine,
laquelle tombe à l'eau avant que l'Indien puisse la rattraper. On aurait pu croire que cette perte allait l'af-
fliger : pas du tout, il se mit à rire et continua son opération. J'allais lui crier la fameuse phrase si connue :
« Je vous l'avais bien dit ! « Mais à quoi bon ?... Du
reste, son insouciance ne tarda pas à s'expliquer. Dès
que la cargaison fut à terre, il repiqua une tête, et, nageant avec l'agilité d'un dauphin, plongeant et replon-
geant, il revint bientôt triomphant, fendant la lame du
bras gauche et tenant, de la droite, son arme au-dessus
de sa tête.

Dès que notre camp fut réinstallé, Tigre démonta son

fusil et en mit le canon sur le feu jusqu'à ce que, la poudre s'enflammant, la balle partit de son libre arbitre, puis il courut au bord de l'eau, et y plongea le canon pour le refroidir.

Nous restâmes là trois jours à admirer la nature et à faire bonne chère. Chose bizarre, les nuits étaient en quelque sorte plus animées, plus bruyantes que les journées. C'était le moment où les loups faisaient aux bisons une guerre acharnée; le sol tremblait sous leur course furieuse. Les jaguars faisaient leur partie dans cet horrible concert, et souvent de si près que, réveillés en sursaut, nous nous précipitions sur nos armes pendant que Tom hurlait à pleine gorge. La voix du couguar (le lion d'Amérique, sans crinière) était surtout lamentable. De mystérieux battements d'ailes traversaient l'espace et nous frôlaient quelque fois le front; c'était le hibou, dont le nom seul inspire le frisson... Dès lors que le danger n'était pas imminent, l'habitude faisait que nous nous rendormions aussi vite que nous nous étions réveillés.

Comme on n'en doute point, ces trois journées de prétendu repos coûtèrent bon aux fauves d'alentour, dont, en vrais sybarites que nous étions, nous n'enlevions que les filets les plus délicats.

Le matin du jour fixé pour le départ, nous fûmes réveillés par le rugissement d'un jaguar. Je me levai immédiatement pour prêter l'oreille, car, dans le premier ahurisement d'un sommeil interrompu, ce rugissement ne pouvait guère s'apprécier quant à la distance... J'eus bientôt la preuve que le jaguar rôdait près du camp; notre feu s'était éteint pendant la nuit, ce qui lui avait donné la hardiesse d'approcher. Mes compagnons se frottaient encore les yeux que déjà Tigre et moi, suivis de Tom, nous nous engagions, à pas discrets, dans la direction du péril.

L'herbe, encore humide, s'écartait sans bruit... Soudain, je perçus un souffle puissant et bien connu : celui du fauve reniflant à contre-cœur la rosée qui mouille ses naseaux et frappe son flair d'impuissance; nous nous entendions battre le cœur... Un bond fit craquer quelques branches et, cela, si près en apparence, que nous crûmes sentir des griffes déchirer nos épaules. Heureusement, il n'en était rien.

Tigre désignait du geste une clairière à une trentaine de pas de nous; quelques blocs de pierre nous en séparaient. L'aube naissait à peine; tout était encore dans une vague pénombre... il fallait en finir... j'avançai, j'écartai le maigre feuillage, et je vis le jaguar sur une petite éminence, juste au moment où le soleil piquait d'un premier rayon son pelage jaune et moucheté de noir.

J'avais encore un genou en terre quand la royale bête poussa son dernier rugissement : celui de la mort. Je n'affirmerais pas que les jaguars ont une âme; cependant ce qu'il y a de certain, c'est que, au moment où la gueule de celui-ci retombait, inerte, sur le sol, j'en vis sortir comme une vapeur subtile se détachant en spirale dans l'air froid du matin... Je l'avais atteint près du cœur; or, dirait notre fameux Schlegel, — celui qui a écrit sur « la vie de l'âme et sur son élévation progressive, » — du moment qu'il avait un cœur, il n'y a pas de raison pour que... Mais je retourne bien vite aider le pauvre Tigre en train de m'enrichir d'une nouvelle fourrure à laquelle il laissait les pattes et les griffes.

Vers dix heures, nous débouchons par une gorge étroite sur un vaste plateau où le soleil nous grille pendant quelques lieues; pas un souffle d'air!

Rien de nouveau pendant plusieurs jours. Nous avançons lentement à travers les paysages les plus étranges et les plus variés, les plus horribles et les plus splendides. Ici la désolation, des roches sauvages, de profondes lézardes, des arbres déracinés : un restant de chaos que Dieu n'a pas encore débrouillé... Là, des vallons paisibles, un coin de la Suisse, où l'œil s'étonne de ne pas voir le toit d'un chalet se panacher de fumée, ou tourner la roue d'un moulin.

Les sentiers étaient rares, il fallait les prendre tels quels, s'écartant souvent de notre route, biaisant à droite ou à gauche, faisant des pointes forcées vers le sud, en sorte que, souvent, après avoir marché toute une journée, nous avions à peine avancé de quelques milles vers le nord, notre direction véritable.

Une après-dînée, vers quatre heures, après avoir gravi, depuis le matin, tant de montagnes que nous renoncions à les compter, nous saluâmes avec reconnaissance une rivière limpide qui allait enfin tarir notre soif, car l'eau de nos gourdes n'était pas bien loin de bouillir.

C'était le rio Colorado qui, après avoir décrit un

grand arc dans les montagnes du Texas, va se jeter dans le golfe du Mexique. Ses bords, couverts de cèdres, d'immenses conifères et d'une végétation remarquable pour ces parages, sont d'un accès si difficile qu'il nous fallut perdre plusieurs heures pour en approcher. C'était le supplice de Tantale.

Enfin, nous y arrivions à travers une gorge, entre deux murailles de rochers arides, quand la voix d'un chien en chasse nous fit dresser l'oreille. J'avais à peine eu le temps de descendre de cheval, qu'une antilope aux abois passait à peu de distance, fuyant le chien susdit, tacheté de noir et de blanc, dont la voix, comme enrouée, ne donnait que très faiblement. L'antilope bondissait sur des amas de pierres qui s'écroulaient derrière elle. Nous la saluâmes à cent pas d'une grêle de balles qui l'aurait tuée dix fois plutôt qu'une... Le limier, tout penaud, la queue basse, lésé dans ses droits de premier poursuivant, s'était arrêté un instant à nous regarder; il songeait peut-être à réclamer... Puis, toute réflexion faite, il retourna doucement et tristement sur ses pas. C'était, du reste, ce qu'il avait de mieux à faire.

Toutefois ce chien ne laissait pas de nous intriguer, car il supposait un chasseur. Tigre prétendait qu'il devait appartenir à un Indien... Moi, je me permettais d'en douter, car je n'ai jamais entendu aboyer un seul de leurs chiens, soit que leur nature, soit que leur éducation s'y oppose; peut-être celui-ci était-il de race mêlée et faisait-il exception à la règle. .

L'opinion de Mac était que ce chien chassait pour

son compte ; toujours est-il que nous cherchâmes longtemps son maître sans le trouver.

A partir du fleuve, les pentes étaient devenues plus
douces, les vallées plus larges. Les jours suivants, nous
eûmes encore à traverser deux bras du Colorado, lesquels descendaient des contre-forts de la chaîne de
San-Saba ; celle-ci s'étendait à travers de grandes plaines, parsemées d'autres petites montagnes secondaires
également couvertes de prairies ; c'était un mélange
d'herbe rouge, très coriace, qui ne meurt pas complétement l'hiver, et de gazon fin comme des cheveux.
Ces bras de rivière, gorgés de poissons, coulaient tous
vers l'ouest, transparents comme des miroirs, ce qui
distingue des nôtres les fleuves de l'Amérique. Nous retrouvions là de grandes troupes de chevaux et des bisons
à perte de vue. Le gibier abondait à ce point que nous
le tirions chemin faisant, comme à la promenade, sans
aucune fatigue pour nous ni pour nos montures.

Cependant, une après-midi, deux magnifiques bêtes
blanches, aperçues au loin au milieu d'un troupeau
brun, nous inspirèrent l'envie de chasser, une fois par
hasard, avec un peu moins de laisser-aller. Antonio et
Kœnigstein furent préposés à la garde des bagages, et
toute la bande, joyeuse comme des écoliers en vacan-
ces, s'éparpilla dans la plaine.

Les bisons pâturaient tranquillement sur un monticule ; ils nous laissèrent approcher sans prendre la fuite,
et mal leur en prit, car nous tombâmes soudain au milieu
d'eux, trouant leurs rangs de part en part, les refoulant
en deux colonnes, comme des vagues qui s'escaladent

l'une l'autre au passage d'un *steamer*. Il aurait pu tonner en ce moment que nous ne l'aurions pas entendu.

Les deux bêtes blanches, une vache et un taureau, couraient au premier rang. Malgré les tourbillons de poussière qui nous aveuglaient, nous ne les perdions pas de vue. Tigre avait quelque avance; il convoitait le taureau et allait épauler, quand celui-ci fit volte-face et chargea l'Indien, tête baissée. Le cheval pie fit un énorme bond de côté, et, si le cavalier ne perdit pas l'équilibre, c'est qu'il eut le temps de se cramponner à l'épaisse crinière de sa bête. Au même instant, quatre balles trouaient la peau du bison; mais loin de le calmer il n'en devenait que plus furieux, se ruant de l'un sur l'autre et ne sachant plus auquel faire face... Enfin, criblé de blessures, il tomba sur les genoux et Tigre lui envoya le coup de grâce.

Il est bon de savoir que le bison blanc est une sorte de phénomène, lequel inspire aux Indiens une crainte superstitieuse, si bien qu'ils ne le tuent qu'avec tout le respect possible, c'est-à-dire après avoir offert un sacrifice au dieu de la chasse. Ce sacrifice consiste en sumac brûlé sur un foyer expiatoire. La peau en est inestimable; c'est le plus rare cadeau qu'on puisse faire. Ce qui explique comme quoi j'eus toutes les peines du monde à empêcher Tigre de poursuivre indéfiniment le troupeau dont faisait encore partie la vache blanche; il fallut lui affirmer *mordicus* que la peau du taureau était sienne, et que je la lui échangerais contre tout ce qu'il voudrait.

Comme le merle introuvable — et sauf l'hermine

dont la queue est noire par le bout, — les animaux d'une entière blancheur font exception dans la nature. Par-ci par-là, quelques cerfs, quelques antilopes, mais on les compte. J'oubliais les loups... mais ils ont l'instinct si sombre !

CHAPITRE XIX.

Les kikapus. — Des amis douteux. — La rivière Rouge. — Alligators.
— Queues de castors. — Le Sacramento. — Les légendes de
Tigre. — Cerf des Andes.

Nous voici en pays plat, dans des plaines sans fin,
sans autre ombrage qu'un orme isolé, qu'un aloès de
rencontre, et avec le ciel bleu pour tout horizon.
C'est beau, mais fort triste, et d'une monotonie à donner le spleen. Bien que les feuilles fussent en partie
tombées, les cerfs, les antilopes se rappelaient avoir
trouvé de la fraîcheur sous ces arbres, et ils s'y réunissaient de confiance par groupes de vingt à cinquante.
Leurs longs regards curieux nous suivaient de loin,
comme pour étudier nos mouvements; les plus grands
émergeaient à peine de l'herbe, assez haute pour que
nous pussions en approcher à portée de fusil.

Le bison, au contraire, choisit le grand soleil; de tous
les quadrupèdes, il supporte le mieux les chaleurs tor-
rides, aussi bien, du reste, que les froids les plus rigou-
reux. La trace de ses éternelles migrations du Nord au
Sud et du Sud au Nord se trahit par de longues traînées
de squelettes blanchis, dont la poussière, soulevée par
le vent, saupoudre de temps immémorial la plaine am-
biante. La pluie n'y fait rien; l'herbe sèche et la chaux

reparaît. Les crânes, dont le soleil fait de l'ivoire, font de temps en temps saillie comme le dixième grain d'un chapelet.

Nous mîmes toute une lamentable semaine à traverser cette espèce de Sahara, où la soif devenait une habitude qu'il était urgent de perdre au plus tôt. La rencontre d'une mare stagnante au fond d'un ravin était considérée comme une bonne fortune. Et comme, en allant y boire, les bisons ne manquaient pas de s'y vautrer, il en résultait, quant à l'aspect, une sorte de chocolat mêlé de poils, — pardonnez ce tableau, — qu'il fallait filtrer à travers un linge avant d'y porter les lèvres.

— Pouah! fait le lecteur, et il a bien raison; mais nécessité fait loi.

A la fin d'une de ces journées les plus pénibles :

— De l'eau ! s'écria tout à coup Cliffton en nous montrant une espèce de lac miroitant sur une colline.

Jugez de la joie, de l'exaltation, du délire ! Nous courons, nous escaladons, nous approchons... et, au lieu du lac, nous ne trouvons plus qu'une herbe sombre, épaisse et comme argentée de blanc...

— Lac salé, dit Tigre; mauvais! pas boire! poison!

De notre espoir il ne restait plus qu'une déception d'autant plus pénible, que nous avions cru toucher de plus près à l'une des plus grandes jouissances connues : celle de boire quand on meurt de soif.

Toutefois, Tigre se frottait les mains avec une jubilation qui me parut déplacée dans la circonstance.

— Tu te réjouis de nos maux, lui dis-je sur le ton du reproche.

— Là-bas, grands ruisseaux qui se jettent dans le lac salé ! reprit l'Indien.

— Et de l'eau comme s'il en pleuvait ! ajouta Mac en riant ; mais le tout est d'y arriver.

— La patience est la mère de la résignation, dit plaisamment Cliffton.

En attendant, il ne nous restait plus qu'à contourner piteusement le lac trompeur dans la direction de l'Ouest. Le bois était aussi rare que l'eau ; nous en étions réduits à élever les bouses de bisons à l'état de combustible. Rencontrions-nous d'aventure un aloès mort, nous en fourrions des morceaux parmi les bagages en songeant au repas du soir. Parfois nous nous disions, par paresse et pour ne pas augmenter la charge des mulets :

— Bah ! nous trouverons du bois plus loin !

Et souvent, nous n'en trouvions pas.

Rien ; ni branches, ni blocs de pierre pour attacher les lassos ? Mais le besoin rend industrieux ; et voici le moyen d'y suppléer : on coupe un carré de terre dure, assez profond, pointu par la base, une espèce de cône ; on insinue dans le trou l'extrémité du lasso, on rebouche, on piétine dessus, et le cheval, ne tirant qu'horizontalement, casserait la corde plutôt que de l'arracher du sol.

Le jour où nous rencontrâmes les affluents du lac salé, promis par Tigre, fut chômé comme une des grandes fêtes de l'année. Si l'eau avait été du vin, je ne sais pas trop ce que nous serions devenus.

Pour varier, de profondes forêts et de hautes montagnes.

Une après-midi, je m'étais écarté avec Tigre d'environ une demi-lieue, quand notre attention fut distraite par deux coups de feu. J'avais heureusement ma lorgnette, car elle me permit de voir nos amis groupés sur une éminence, dans la prairie, et entourés d'une cinquantaine d'Indiens sur le point de les charger. Nous courûmes vers eux en éperonnant nos chevaux, Tigre poussait son terrible cri de guerre, auquel je faisais chorus de toute la vigueur de mes poumons. John, Mac, Cliffton, Antonio, Kœnigstein, firent une décharge générale; deux chevaux tombèrent, dont les cavaliers furent aussitot enlevés par leurs camarades. A notre vue, les sauvages prirent la fuite en poussant d'épouvantables cris, comme si, Tigre et moi, nous eussions été tout un escadron.

Or voici ce qui était arrivé : les chevaux et les bagages étaient réunis en un groupe sur la colline et gardés par Antonio, lorsque Kœnigstein avait providentiellement aperçu une paire de naseaux fumants, lesquels sortaient d'un buisson au sommet du coteau voisin.

Sans cela, le coup de main avait grande chance de réussir, et nous perdions tout au moins nos chevaux et les bagages. Le cri de guerre de Tigre avait fait le reste, car les assaillants étaient des Mescalieros, une peuplade sauvage de l'Ouest assez peu nombreuse, et à laquelle les Delawares inspiraient une peur salutaire, d'autant que, constamment en guerre avec d'autres tribus, ils ne voulaient pas se mettre à dos la plus nombreuse et la plus puissante.

Tigre avait reconnu les Mescalieros à la couverture des chevaux tués.

Cette aventure eut cela de bon qu'elle réveilla notre vigilance, un peu trop endormie.

Les semaines sont heureusement comme les jours : elles se succèdent sans se ressembler. Celles qui suivirent ont laissé peu de traces dans mon souvenir; ce qui signifie qu'elles s'écoulèrent sans trop de privations et de fatigues, à travers une contrée relativement agréable.

Un beau matin, nous nous trouvâmes en face d'un grand fleuve, ce qui, soif à part, fait toujours plaisir. C'était, au dire de Tigre, un topographe de première force, le Brasos, qui va se jeter, à l'Est, dans le golfe du Colorado.

Je l'avais déjà vu autrefois, ce Brasos, à San Felipe ; mais du diable si je l'aurais reconnu, car il roule là-bas au milieu de sombres forêts, sur un lit de terre glaise qui lui donne une teinte rouge et sale, tandis qu'il murmurait ici gaiement, à travers les blocs de rochers, frangé d'une écume blanche comme la neige et transparente comme du cristal.

A partir de là, sur les conseils de Tigre, nous appuyâmes un peu plus à l'Ouest, où les cours d'eau, à la vérité plus nombreux, mais bien moins larges, puisqu'ils se rapprochaient de leurs sources, nous opposeraient moins d'entraves.

Les montagnes, — il y en avait toujours beaucoup, mais d'une élévation supportable, — étaient formées de roches calcaires et entourées de vallées charmantes où la végétation reprenait une vie nouvelle. Les jeunes arbustes se couvraient de bourgeons; dans le lointain, les prairies commençaient à se nuancer de teintes plus variées. C'était le renouveau, dont nous étions comme les précurseurs.

Il faut avoir fait un pareil voyage pour comprendre ce que, après une journée d'éreintement, l'aspect d'un simple ruisseau lointain peut causer à l'homme — ainsi qu'à la bête — de joie et de courage. On se traînait à peine, et voilà que les ailes repoussent. Or, un soir, nous étions dans ce cas, c'est-à-dire que nous venions de gravir une colline (moins aride que notre gosier) au pied de laquelle s'étendait une splendide prairie, arrosée d'un large cours d'eau... C'était à qui de nous, en descendant le talus, plaisanterait le plus agréablement sur des souffrances dont nous voyions le terme... Nous voici arrivés, les chevaux ont déjà bu, nous allons en faire autant... Mais quelle est cette végétation inattendue qui borde là-bas, au bout de la prairie, les hauteurs d'en face?... Rien moins qu'une longue file d'Indiens qui font mine de se diriger vers nous.

Après un instant d'observation, Tigre nous fit de la main un signe d'apaisement, synonyme de « ne vous inquiétez pas! » et s'avança dans la direction de ses frères... des frères ennemis peut-être.

Pendant ce temps, nous restions sur le qui-vive, la carabine à la main.

Tigre s'arrêta à une trentaine de pas du coteau, et nous le vîmes de loin faire aux cavaliers le signe de descendre et d'approcher.

Ils répondirent par un autre signe et se rendirent à l'invitation.

Le colloque dura quelque temps; après quoi, toute la bande, précédée de Tigre, se dirigea vers nous.

C'était un parti de Kikapus en expédition de chasse et venant des bords de la Plata, où ils avaient, comme les Delawares, des cultures laissées aux soins des femmes et des vieillards. J'eus un long entretien avec leur chef, Tigre servant d'interprète; je lui fis part du but de notre expédition, en l'invitant à venir me voir, l'hiver suivant, à mon établissement du Leone. Tout se passa parfaitement, avec les démonstrations les plus amicales : ce qui ne nous empêcha pas de les éconduire au plus vite, car leur mine ne promettait rien de bon.

Ils étaient au moins quatre-vingts, plus une vingtaine de femmes et une ribambelle de petits enfants. Les principaux se distinguaient par des jambières en peau de cerf et par une ceinture de cuir dans laquelle s'engageait, en manière de pagne, une bande d'étoffe rouge large de cinquante centimètres, et dont les deux extrémités, passant sous les cuisses, allaient se rattacher sur les reins, à la même ceinture. Quelques-uns portaient, en outre, des vestes de peau et même de coton. Cependant le grand nombre se contentait d'une simple peau de bison sur les épaules nues. Ils étaient presque tous armés de carabines. Les femmes, en jupon court et en chlamyde, toujours du même tissu : cerf et bison; celles qui avaient des enfants les portaient en guise de hottes, sur une planchette.

Quand ils furent retournés à leur camp, sur la hauteur où nous les avions aperçus, Tigre vint à moi et me dit :

— Kikapu pas bon! double langue!

C'est-à-dire faux, trompeur, sournois, etc., etc.

Je m'en doutais déjà; mais, dans ma pensée, cela pouvait s'appliquer à toutes les tribus, y compris les Delawares. Les visages noirs cesseront difficilement d'être hostiles aux visages pâles; si l'intérêt ne leur imposait pas des relations amicales avec les États-Unis, on en verrait de cruelles... Et, malgré tout, on en voit quelquefois.

Malgré l'heure avancée, nous allâmes camper à cinq ou six kilomètres de là, plus confiants dans la justesse de nos carabines que dans la foi jurée. Nous avions choisi une sorte d'amphithéâtre demi-circulaire, entouré de montagnes calcaires, en face d'une excavation d'où sortait un ruisseau limpide pour aller se perdre un peu plus loin sous une autre voûte.

La voix sourde et furieuse de Tom nous réveilla vers minuit; il aboyait dans la direction de l'entrée de la vallée d'où nous sortions. Pourquoi? Nous ne pouvions pas le lui demander, et l'obscurité s'opposait à ce que nous nous en rendissions compte. Tigre croyait aux Kikapus hasardant un coup de main pour voler nos chevaux. La nuit se passa à ne dormir que d'un œil, ou plutôt à ne pas dormir du tout. Au petit jour, j'aperçus un groupe de cerfs qui semblaient paître à l'entrée de la vallée, en aval du ruisseau. Il y avait chance d'en approcher à la faveur de quelques taillis, car de ramper dans l'herbe mouillée pour un cerf de plus ou de

moins, alors que nous étions abondamment fournis de
gibier, je n'en avais nulle envie. J'étais parvenu à bonne
portée de fusil, et je venais de sauter d'un buisson à
l'autre pour être plus sûr de mon coup, lorsqu'une
véritable épouvante se manifesta parmi le troupeau. Je
m'en croyais la cause ; mais c'était un léopard qui venait
de bondir sur le dos d'un cerf. Celui-ci, la ramure en
arrière, fuyait avec une rapidité vertigineuse, suivi d'un
second léopard qui voulait, lui aussi, sa part de venaison. D'autres cerfs, également frappés de terreur, passaient à ma portée ; mais je n'avais d'yeux que pour
suivre cet étrange trio dans sa course furieuse.

Le cerf, hors de souffle, se cabra d'abord, puis se
renversa sur lui-même, ce qui délogea le léopard nº 1,
pendant que le nº 2 sautait à la gorge du vaincu. Cette
lutte sur place m'avait donné le temps d'approcher.
D'ailleurs les combattants avaient autre chose à faire
qu'à penser à moi. Ma première balle abattit un des
léopards ; la seconde manqua son confrère, lequel détala sans se faire prier.

Tom, lancé sur sa voie, ne tarda pas à crier au
ferme dans la direction du ruisseau. Je courus à son
secours, tout en rechargeant ; il aboyait autour d'un
chêne nain sur lequel le léopard s'était réfugié. Ce dernier n'y resta pas longtemps ; moins de dix minutes
après, les deux fauves ne formaient plus qu'une masse
sanglante à côté du cerf expirant. L'alarme était au
camp, où l'on avait entendu mes trois coups de fusil.
John et Kœningstein partirent en reconnaissance. Ils
me trouvèrent mouillé comme si je sortais de l'eau ;

j'avais pris un bain de rosée. Tout le temps que prirent les camarades pour aller chercher le produit de ma chasse, je le passai à me sécher devant le feu. Plus on avance vers le Nord, et moins on rencontre ces léopards de la petite espèce; mais ils sont très communs dans le Sud.

Voulez-vous des moutagnes à pic? en voilà! — des prairies verdoyantes? en voilà! — des forêts antédiluviennes? en voilà! Plus on en a vu, grimpées, traversées, et plus il en reste à voir, à regrimper, à retraverser.

Rien de remarquable à noter jusqu'au jour où nous avons à traverser le bras sud de la rivière Rouge, qui sépare le Texas de l'Arkansas et, après avoir parcouru plus de deux cents milles allemands, se jette, en Louisiane, dans les eaux du Mississipi.

Là-bas, dans la Louisiane et au Texas, cette rivière justifie son nom en ce qu'elle est d'un rouge sale et trouble. Elle coule lentement entre des platanes et des peupliers gigantesques que tapisse du haut en bas une mousse d'un gris verdâtre. Cette mousse s'étend comme un crêpe d'une branche à l'autre et pend en larges draperies funèbres jusque sur le sol, dont elle dissimule l'humidité fiévreuse, et sous lesquelles d'horribles alligators attendent par milliers que le hasard leur amène une victime à dévorer. Tout porte le deuil dans cette triste contrée, qui par tous les pores sue la fièvre jaune Çà et là, quelques blockhaus en ruines, d'où surgissen comme des âmes en peine de hâves et chétifs colons candidats de la mort, qui n'ont plus même l'énergie de la fuir. La terre marécageuse est pavée d'ossements;

2.

c'est un vaste cimetière, où chacun peut se dire à chaque pas : « Voilà les funérailles qui m'attendent! » Ici, au contraire, ainsi que je l'ai déjà fait remarquer à propos du Brasos, tout est souriant et gai ; l'eau folâtre et bondit de roche en roche, pure et transparente. Elle ne baigne dans son cours que des fougères est des fleurs. Tout un monde de plantes s'épanouit sur ses bords. Un air sain, léger, balsamique, circule et vivifie... et personne n'y vient!

Dire que les émigrants reculent devant les dangers, je ne dirai pas problématiques, mais inévitables, qu'offre l'ouest de l'Amérique, et qu'ils viennent de gaieté de cœur s'exposer, dans l'est, à une lente consomption qui aboutit à la mort!

D'où nous étions, on commençait à apercevoir dans la direction de l'ouest les montagnes Rocheuses, dont les pics couverts de neige s'irisaient aux rayons du soleil, alors que, contraste étrange, les plantes s'entr'ouvraient autour de nous sous la tiède haleine du printemps. Nous nous en rapprochions le plus possible, sans suivre une route plus directe qui s'offrait à nous, mais incessamment parcourue par les Indiens, qui voyagent toujours de conserve avec les bisons. Les montagnes, d'ailleurs, ne leur offriraient pas assez de ressources pour les chevaux et les mulets; ajoutez que la chasse à courre y serait impossible. Cela nous retardait; mais, prudence à part, nous étions à peu près sûrs d'y trouver à chaque étape de l'eau et de l'herbage. Quant au gibier, vu notre petit nombre, nous en abattions toujours plus qu'il n'en fallait.

Depuis plusieurs jours, nous circulions au milieu de montagnes sauvages et pittoresques, jetant involontairement d'impatients regards vers les sommets rosés qui semblaient, au nord, escalader le ciel bleu. Nous avions laissé derrière nous vallées sur vallées, torrents sur torrents, forêts sur forêts, lorsque, par une belle matinée, un ravin profond s'avisa de nous barrer le passage. La fonte des neiges y faisait gronder de temps immémorial un de ces torrents furieux, qui, partis des Andes, vont se précipiter dans le golfe du Mexique. A part la largeur, les deux rives, de plus de vingt mètres de haut, s'opposaient absolument à ce que nous le traversions à cheval. Il fallut remonter son cours à travers des difficultés de terrain sans cesse renaissantes. Ainsi, du côté où nous étions, les pierres, les quartiers de roche roulaient littéralement sous nos pas, tandis que, de l'autre, verdoyaient les buissons les plus engageants.

Comme toujours, j'avais pris l'avance avec Tigre.

— Un ours noir! me dit ce dernier.

Et, au même instant, je vois une lourde masse velue se dégager d'un énorme bloc qui nous l'avait cachée jusque-là pour se jeter dans le ravin, qu'elle traverse je ne sais comment, après quoi elle disparaît dans les futaies du bord opposé.

Cette fugue, aussi rapide qu'inattendue, ne nous avait pas laissé le temps de tirer. Faute d'avoir pris la bête, nous allâmes explorer le gîte d'où notre approche l'avait délogée, et nous y trouvâmes un élan encore chaud dont une simple cuisse était à peine entamée.

Si encore nous étions survenus un peu plus tard!...
Mais dès la première bouchée!... Fût-il bien léché,
cet ours devait nous garder une dent.

Nous allions nous emparer de sa victime et en faire la
nôtre, lorsque Tigre me fit très judicieusement observer
que maître Bruin ne manquerait pas de revenir à la
nuit dans l'espoir d'achever son repas, — que rien
ne nous empêchait, malgré l'heure peu avancée, d'aller
camper à une courte distance, — qu'une peau d'ours,
sans oublier les beefsteaks, valait bien un léger retard.

Ce sauvage avait vraiment d'excellentes idées. On
choisit un endroit propice, on s'installe, on dîne...
Chacun voulait être de l'expédition qui se préparait;
nous ne pouvions cependant nous mettre à sept pour
tuer un ours... Et la garde du camp!

On se rappelle que parmi les bagages figurait toujours
un sac « à la malice », lequel contenait de tout, et
même autre chose.

— Le sort en décidera, dis-je, en me rappelant que
nous avions emporté des dés, sans emploi jusque-là.

Le sort favorisa Cliffton, Kœnigstein et moi.

A la tombée du jour, départ pour l'affût. Nous marchions en silence, prévoyant le cas où l'ours serait déjà
venu se remettre à table... Il n'y était pas... Aurait-il,
par hasard, assez d'esprit pour tromper les prévisions
de notre brave Tigre?... Les places sont distribuées :
j'occupe le centre, derrière un bloc de pierre; Kœnigstein était sur ma droite, entre le ravin et moi, blotti
dans l'herbe sèche; un tronc d'arbre mort abritait

Clifflon, un peu sur la gauche. Le soleil s'éteignait par-
delà les monts; le crépuscule commençait à nous
envelopper de ses ombres; pas une feuille ne s'agitait.
Le vaste silence n'était troublé que par ces mille bruits
confus, ces bourdonnements, ces souffles mystérieux
qui peuplent les nuits du désert. Tom, couché paisiblement à mes pieds, ne bougeait pas. Soudain, il se
redresse, regarde du côté du ravin, puis du mien; je
le gourmande de l'index en lui enfonçant le museau
dans l'herbe; il comprend et se tait.

Enfin, des froissements d'arbustes, des craquements
de branches mortes, éloignés d'abord, ensuite plus
distincts, arrivent jusqu'à nous. L'ours se fait jour entre
les buissons, il descend le talus de la rive opposée...
D'un commun accord, nous ne devions tirer qu'au moment où il reprendrait sa curée interrompue. Il reste
un instant immobile au milieu de l'eau, puis il prend
son parti en brave et s'élance d'une traite jusqu'au pied
de l'élan; il n'y avait pas encore mis la griffe, que la
flamme jaillissait en même temps de nos trois fusils.
Culbuté un instant, maître Bruin se redresse et ressaute
dans l'eau. Clifflon et Kœnigstein le gratifient encore
chacun d'une balle; cela faisait cinq. Mais il paraît
s'en soucier comme d'une bordée de noisettes. On se
pique au jeu. Kœnigstein, lui aussi, se jette à l'eau,
le revolver au poing; il ajuste, il tire, il fait au monstre
une nouvelle blessure... Et de six! — Notez que le
courant était rapide, mais qu'on y avait pied. — L'ours,
en fureur, se retourne et veut faire face à l'ennemi;
celui-ci lui troue la poitrine... Et de sept! Si j'avais

l'air d'épargner ma poudre, c'est que Kœnigstein interceptait mon point de mire et que, tirant sur la bête, j'aurais couru le risque d'atteindre l'homme. Cependant, j'avise à ma gauche un tertre juste assez large pour loger mes deux pieds, et je puis envoyer de biais une huitième balle rejoindre les autres. Cliffton en fait autant, et l'indestructible animal s'affaisse enfin sur lui-même en plein ravin, à quelques pas de Kœnigstein, qui clôture cette boucherie en lui cassant la tête pour tout de bon... Et de neuf!

— A bas les armes, et à l'eau! criai-je à Cliffton.

Sans ce renfort, Kœnigstein ne suffisait pas à la peine, et le courant emportait notre proie.

L'ours étendu en terre ferme, nous n'eûmes rien de plus pressé que d'aller raconter aux amis ce combat gigantesque, auquel manquait un Homère.

Au lever de la lune, deux mulets ne furent pas de trop pour transporter au bivouac les meilleurs morceaux de l'illustre mort.

Il était fort tard; mais, l'exercice aidant, nous avions une faim d'enragés, si bien que, avant de dormir sur nos lauriers, nous nous offrîmes mutuellement une tranche dudit ours. Cliffton prétendait que c'était le seul moyen de s'assurer qu'il était bien mort.

Le café et le tabac ne nous avaient jamais paru meilleurs. Déjà couchés sous nos peaux de bison, nos têtes se décapuchonnaient pour causer encore... Cependant les voix devinrent moins distinctes, les réponses plus rares, la pipe échappait aux lèvres... Bonsoir tout le monde!

Je souhaite aux raffinés de la civilisation de dormir aussi bien, dans leurs alcôves capitonnées, que le font, sur la dure et à la belle étoile, les chasseurs de l'Ouest.

Une heure avant le jour, le froid m'avait réveillé ; je ranimai le feu près de s'éteindre et je m'empressai de me rendormir : à chacun son compte. On prétend même que je ronflais un peu quand John vint me secouer, tenant à la main un bol de café fumant.

Bien que le froid ne fût pas encore très vif, le paysage s'estompait de givre. Chacun se moquait de son voisin en le voyant se presser comme une vieille bonne femme autour du foyer, et chacun en faisait autant.

Grâce à une berge moins escarpée que nous avions fini par découvrir, le ravin qui avait arrêté notre marche fut franchi sans trop de difficultés. Pendant les derniers jours, le voyage avait été très pénible pour nos chevaux. Nous avions moins songé à prendre le droit chemin qu'à prendre le plus praticable, et il en était résulté un écart assez considérable, ce qui nous décida à nous rapprocher des grandes prairies en appuyant un peu plus à l'est.

Le ciel s'était couvert ; la pluie commençait à tomber dans l'après-midi. Il fallut recourir aux imperméables... en peau de bison. Le soir venu, l'averse persistant, ce fut le cas ou jamais de dresser les tentes. Tigre, lui, répudia pour son compte ce raffinement de petite maîtresse. Il préféra se pelotonner, les genoux contre le menton, devant un grand feu de bois mort. Disparaissant entièrement sous sa peau de bison, dont il avait ramené sous lui les extrémités, ce n'était plus un homme, mais une boule, un paquet, un colis quelconque.

Le lendemain, l'aurore se leva pour ne pas en perdre l'habitude, mais pâle et maladive. La pluie tombait de plus belle, et rien ne faisait prévoir qu'elle dût cesser de sitôt. Nous étions enveloppés d'un brouillard gris bornant notre perspective à une circonférence de quelques pas. Les rigoles se multipliaient autour du camp; elles sortaient de partout pour descendre dans les vallées.

Sous peine de tremper tout notre attirail, il fallait donc faire contre mauvaise fortune bon cœur et rester là jusqu'à nouvel ordre. Toute la sainte journée se passa à regarder couler l'eau sur les flancs de nos pauvres bêtes, qui se serraient l'une contre l'autre, la tête basse et la queue en panne. La nuit ressembla à la dernière, sauf les rigoles, qui devenaient des ruisseaux, et nous, qui, à la longue, prenions des mines de tritons.

Cependant, le lendemain matin vers dix heures, le ciel se rasséréna. Cette pluie fine et persistante était une preuve que nous étions déjà sous une latitude plus septentrionale. En effet, dans mes parages, — on se le rapelle pour en avoir déjà vu quelques exemples, — les averses ne durent jamais au delà de quelques heures, mais ce sont des déluges.

Ce jour-là, nous le passâmes encore cloués à la même place, pour laisser à la terre le temps de sécher, ce à quoi, du reste, aidait un vent violent et froid qui venait de s'élever. Après tout, le fourrage abondait, le bois aussi, le gibier également, et nous aurions pu être plus mal.

John et Mac eurent une velléité de chasse; ils partirent ensemble et ramenèrent sur le dos de Sam un cerf et quelques dindons. Tigre s'en alla seul et rapporta le soir deux cuisses de cerf, plus un castor qu'il avait surpris en train de couper les branches d'un arbre abattu.

La carte était assez variée pour nous permettre une petite bombance... Je vous recommande surtout les queues de castor; mais je ne réponds pas que vous en trouviez toujours au marché.

Pendant ce temps, les peaux, les tentes, les couvertures séchaient devant un feu d'enfer, si bien que, le lendemain matin, toutes les avaries réparées, nous nous dirigions décidément au Nord, vers les montagnes qui se ramifiaient avec les prairies. Le ciel était bien encore chargé de nuages, mais au moins le soleil les perçait parfois. Plus nous avancions, plus les plaines devenaient verdoyantes; le sol était excellent, bien boisé, surtout de chênes, et l'eau coulait à pleines sources. Aussi cette contrée ne tardera-t-elle pas à être recherchée par la civilisation, qui s'avance à grands pas, venant de l'Est.

Par les journées sereines, et elles l'étaient presque toutes, nous commencions à distinguer des pics blancs qui, à une trentaine de lieues de nous, s'élevaient de beaucoup au-dessus des nuages. L'intervalle était com-

-blé par une succession de hauteurs qui, semblables à de gigantesques gradins, s'entassaient en amphithéâtre les unes sur les autres. Ces masses semblaient porter les nuages ; elles affectaient les formes les plus variées et s'irisaient de toutes les nuances de l'opale. C'était, au dire de notre ami Tigre, les chaînes du Sacramento, qui, après avoir fait un coude à l'Ouest, rejoignent Santa-Fé.

Un soir, au moment où nous nous préparions à camper sur les bords d'une rivière qui traversait une large vallée :

— Quel est ce cours d'eau ? demandai-je à Tigre.

— Bras du fleuve canadien, répondit le jeune homme ; se jette dans l'Arkansas... pays à moi... pas bien loin.

C'est, en effet, entre l'Arkansas et le Kansas que s'étend le territoirre des Delawares.

Ce voisinage dérouillait la langue de l'Indien. Il nous raconta que, dans son enfance, il venait souvent chasser avec son père jusque-là où nous étions. Il nous montrait la place où un frère de son père, — nous dirions un oncle, — avait été déchiré par un ours gris jusqu'à ce que mort s'ensuivît. Et des légendes à n'en plus finir ; ainsi cet énorme bloc de fer incrusté dans le sol avait été un jour lancé de « là-haut » par le dieu de la chasse sur la tête d'un Weico qui ne chassait pas dans les règles.

— Ça lui aura appris, dit Cliffton en riant.

— Ça l'a écrasé, dit naïvement Tigre.

Le fait est que, le « dieu de la chasse à part », la

pousse dans le désert de ce projectile civilisé prêtait assez au merveilleux.

Ce bras du fleuve canadien ne charriait que de l'eau trouble, et avec tant de violence que nous ne songeâmes même pas à le traverser. Ensuite, un site qui rappelait tant de souvenirs à notre guide méritait bien qu'on s'y arrêtât quelque peu ; ensuite encore, nous étions assez au-dessus du niveau de la rivière pour ne pas redouter une crue plus considérable si elle avait lieu. Et, en fin de compte, argument suprême, le jeune Delaware nous affirmait que ces crues ne durant jamais plus d'un jour, le passage pourrait s'opérer le lendemain comme sur des roulettes... John et Mac descendirent le fleuve, le fusil à l'épaule, pendant que Tigre le remontait et que les autre soignaient la broche.

Les deux premiers revinrent de bonne heure, rapportant une antilope ; mais la nuit s'étendait déjà sur la montagne, et le jeune Indien n'avait pas encore reparu. Je l'avais entendu tirer deux fois, et nous commencions à craindre qu'il ne lui fût arrivé malheur, lorsque, sans faire plus de bruit qu'une souris, il sortit tout à coup de l'ombre et fit son apparition dans le cercle de lumière projeté par le feu. Le pauvre garçon revenait bredouille, ce qui était un événement dans sa vie de chasseur ; il avait usé trois balles sur un ours noir, trop noir même, car après une longue traite, l'obscurité l'avait forcé de l'abandonner ; encore croyait-il ne l'avoir blessé que très légèrement.

La nuit s'écoula paisiblement. La journée du lendemain se leva radieuse ; mais, à l'encontre des prédictions de Tigre, le bras du fleuve canadien n'avait guère décru depuis la veille, et ma foi ! au lieu d'aller à la recherche, inutile peut-être, d'un gué praticable, nous prîmes le parti, comme Noé dans l'arche, de laisser aux eaux le temps de s'amoindrir.

Dès le lever du soleil, je partis en chasse avec Tom. Longeant le fleuve en aval, j'atteignis bientôt une petite forêt de bois blancs, coupée de nombreux ruisseaux coulant tous vers la rivière (nous qui attendions la décroissance du courant !), et donnant asile à toute une colonie de dindons picorant les bourgeons à peine entr'ouverts... Un vieux mâle se trouvait à ma portée ; je le tire, il tombe, et, pour rester libre de mes mouvements, je le suspends à un arbre... Ce maigre butin ne me suffisant pas, je cours à d'autres victoires. Par exemple, voilà là-bas, tout là-bas, des fauves qui m'intriguent. Ils sont trop grands et trop foncés pour être des cerfs... Les élans n'ont pas cette ramure... J'avance avec précaution, complétement désillusionné sur mes connaissances en histoire naturelle. Qu'est-ce ?... que n'est-ce pas ?... J'approche encore... C'étaient en réalité des cerfs, mais des cerfs géants, particuliers aux Andes, et que je voyais pour la première fois. J'en ajustai un, déjà dépouillé de ses bois. Après avoir fait mine de me charger, il changea d'idée et détala, ce qui lui valut une deuxième balle dans les reins. Il fuyait toujours, mais d'un air souffrant. Je m'attendais à le voir tomber à chaque pas. Pourtant il s'arrête ; je profite de cet instant pour recharger mon arme et je gagne encore du terrain. A quatre-vingts mètres envi-

ron, j'allais tirer de nouveau; mais le traître reprend
son élan et disparaît à mes yeux. Je mets Tom sur sa
voie; je traverse moi-même ruisseaux sur ruisseaux,
remontant le vallon, et persuadé d'ailleurs que je me
rapproche du campement. J'avise enfin mon cerf sous
un chêne, et la poudre parle à nouveau. Ma balle a fait
son trou; mais il faut que les cerfs des Andes soient
blindés, car celui-ci gagne les hauteurs sur ma gauche,
et je le perds de vue pour la seconde fois. Pour le
coup, l'amour-propre s'en mêle, je me pique au jeu :
je remets Tom sur la voie saignante, je gravis la montagne à sa suite, je la descends de l'autre côté, je traverse un bois, je franchis une autre colline... Il était
temps! Mon cerf expirait là, sur les bords d'un étang.
Cette espèce, je crois l'avoir déjà dit, ne diffère de
la nôtre que par la hauteur de l'avant-main et par le
poil plus foncé. Quand je l'eus dépecé et que Tom eut
touché ses droits de limier, je regardai autour de moi,
cherchant à m'orienter. Fallait-il prendre par ici ou
par là ?... Je n'en savais plus rien !

CHAPITRE XX.

Perdu dans les montagnes. — Ours grisly. — Tom blessé. — Escalade
de Titan. — Le mont du Salut. — Grand-duc blanc.

Il allait être midi. J'avais marché très vite, sans autre
préoccupation que ce maudit grand cerf, faisant à sa
suite des crochets, des zigzags à n'en plus finir. Comment me rappeler, puisque je n'avais rien vu, rien
remarqué des incidents de ma route? Que faire?... Ah!
ma boussole! Je savais que la rivière aux bords de
laquelle nous étions campés coulait dans la vallée de
l'ouest à l'est, et que, par conséquent, je devais me
trouver au sud de ce cours d'eau, c'est-à-dire à l'est de
notre camp. Je n'avais donc, selon moi, qu'à remonter
au nord pour atteindre le fleuve et le longer ensuite
jusqu'au camp. C'était simple comme bonjour! Parfait!
me voilà tranquille! mes amis ne vont pas tarder à me
revoir.

Je pars d'un pied leste et le cœur léger, en ayant soin
de jalonner mon parcours de quelques tas de pierres ou
de branches d'arbustes qui nous aideront plus tard à
retrouver le cerf.

La première heure s'écoule à traverser tour à tour
d'étroites vallées couvertes de bois, des collines pier-

reuses, des ruisseaux, des prairies; mais de rivière, pas
la moindre! Une heure se passe encore, aussi infruc-
tueuse que la précédente. Pourtant ma boussole ne pouvait me tromper, d'autant que j'en avais une autre, in-
crustée dans la crosse de ma carabine, et qu'elles con-
cordaient parfaitement. De toute évidence, c'était la
rivière qui avait tort. Peut-être décrivait-elle une courbe
vers le nord.

Dans tous les cas, puisque c'était une branche du
fleuve canadien, et que, d'ailleurs, tous les affluents des
montagnes s'en allaient à l'est, un peu plus tôt, un peu
plus tard, je ne pouvais manquer de la rencontrer. Je
me prenais même un peu en pitié de ce que la crainte
d'être perdu avait un instant traversé mon esprit.
A chaque montagne, je me disais : « Grimpons là-haut,
elle me cache peut-être le fleuve. » Mais la montagne
ne me cachait rien, si ce n'est d'autres montagnes et
d'autres vallées.

A ce métier, je me fatiguais beaucoup sans m'en
rendre compte. Malgré moi, l'inquiétude prenait le dessus. Le soleil allait sur son déclin, il importait de hâter
le pas. Je descendis en courant la pente d'une colline,
et, ruisselant de sueur, je me pris à en escalader une
autre avec cette surexcitation fébrile que donne l'immi-
nence d'un affreux malheur.

Jusque-là, l'énergie, la présence d'esprit avaient vic-
torieusement repoussé mes angoisses croissantes. L'espérance me restait, et même la certitude de découvrir
bientôt la rivière introuvable. Que diable! un bras du
fleuve canadien ne disparaît pas comme une muscade.

Le pire était que le soleil s'éteignait peu à peu derrière les Cordilières.

Quand le jour eut tout à fait disparu pour faire place à l'ombre peuplée de fantômes, une réaction se fit; la force morale m'abandonna. Je fus pris d'un irrésistible besoin de dormir, et je me laissai tomber là où j'étais, sans autre préoccupation que de céder à la fatigue.

Quand je me réveillai, ma montre marquait minuit; je venais d'être mort pendant plus cinq heures. Je regardai autour de moi, cherchant mes amis, le foyer, les bêtes, les bagages. La mémoire dormait encore.

Ma première impression fut celle de Tom se frottant contre moi, me léchant les mains, le visage, comme pour me rappeler que je n'étais pas complétement seul puisqu'il était là. En ce moment, le souvenir me revint. J'entourai de mes bras le robuste cou de cet ami, et je le serrai à l'étouffer contre ma poitrine. Il n'en fallut pas davantage pour me rendre la résolution et la force.

Je m'étais tracé depuis longtemps une vieille, une excellente règle : celle, dans les situations équivoques, de mettre toujours les choses au pire et de prendre mes mesures en conséquence. Je m'étais égaré; le fait était constant, irrémédiable. Au lieu de chercher, sans fil conducteur, à sortir d'un labyrinthe où je risquais de m'enfoncer chaque jour davantage, le plus simple était de reprendre tout seul et directement le chemin de chez moi. Or, moralement, je me sentais de calibre à le tenter, pourvu toutefois que ce fût pratiquement réalisable. Ainsi, sans armes, sans munitions, j'eusse été un homme perdu. Fort heureusement, j'avais donné l'ordre formel de ne jamais s'écarter sans remplir sa poire à poudre et sans emporter le plus de balles possible ; et, naturellement, j'étais le premier à m'obéir. Mon briquet était plein d'allumettes, j'avais, en outre, une pierre à fusil et de l'amadou. Ajoutez des bandes de pansement, un nécessaire, un petit flacon de vieux cognac dans ma carnassière, plus une grande gourde en sautoir : toutes choses essentielles qui ne me quittaient jamais. Mon équipement était en bon état, et, sauf accident, pouvait supporter de sérieuses fatigues. Allons! allons ! rien n'était perdu, si ce n'est les montagnes Rocheuses, que je visiterai plus tard... ou que je ne visiterai pas du tout.

Prétendre que ma situation avait des charmes, ce serait aller trop loin; mais je commençais à m'y faire, à prendre intérêt. Je me comparais en souriant à l'ami de mes jeunes années, à ce Robinson Crusoé qui, dès lors, avait déposé dans mon esprit les premiers germes de ce besoin d'aventures, lequel s'était imposé plus tard à ce point de faire de moi ce que j'étais.

Rentré en possession de moi-même, je me coulai avec précaution le long de la colline jusque dans la vallée où, le soir précédent, j'avais inutilement cherché mon fleuve égaré. Il était une heure du matin; je n'avais mis que soixante minutes à passer par toutes les péripéties que je viens de décrire. L'obscurité et le talus hérissé de roches pointues rendaient ma descente très pénible. Pourtant j'atteignis le but, et mon premier soin

3.

fut de rassembler du bois mort autour d'un tronc abattu, ce qui devait produire un brasier durable.

J'avais eu froid; la chaleur, en se développant, me causa un véritable bien-être. L'estomac se taisait encore; l'esprit en travail dominait la bête. Je finis cependant par m'endormir, la tête sur ma carnassière, et d'un sommeil aussi profond que si j'avais été dans mon propre lit, sur les bords du Leone.

Je me réveillai assez tard, aussi dispos que l'heureux de la terre qui n'a qu'un signe à faire pour qu'on lui apporte son déjeuner. Toutefois, une pipe de tabac et une gorgée d'eau devaient faire tous les frais du mien. Ainsi lesté, je repris ma route au nord, faisant à perte de vue des raisonnements et des déraisonnements : je me disais que Tigre s'était peut-être trompé de rivière, qu'il avait pris l'une pour l'autre, que ce n'était pas un bras du fleuve canadien. Mais, dans tous les cas, c'était un cours d'eau quelconque, et, comme tel, il aurait dû se retrouver. Autre hypothèse : il se perdait peut-être dans un lit souterrain... ou, alors, la courbe en question...

Mes réflexions furent interrompues au moment où, passant dans une gorge étroite, je vis une biche en train de viander paisiblement sous des aulnes et des peupliers. C'était l'heure où se réveillaient les entrailles criantes. Jamais coup de fusil n'avait eu une importance plus sérieuse que celui que j'allais tirer.

Après un détour prudent, je m'étais caché dans une crevasse formée par les pluies. La biche avait fait un petit, c'est-à-dire qu'un jeune cerf, inaperçu jusque-là,

folâtrait autour d'elle. Non, jamais de ma vie je n'avais
visé une bête quelconque avec une attention plus sou-
tenue.

Frappé au cœur, le cerf se précipita dans le fourré, où
je savais qu'il allait mourir. La vieille biche passa en
courant à quelques pas de moi; mais je la laissai s'éloigner, n'ayant que faire d'une double capture et ne voulant pas perdre une balle sans nécessité.

Le cerf était étendu à trente pas de moi. Vite, du feu,
une broche improvisée! A Tom, les rognons et les
épaules! à moi, le foie et les filets! Ce fut un bon
moment. Et puis, jugez donc, j'avais une peau sur
laquelle j'allais pouvoir m'étendre la nuit! par exemple,
il fallait économiser le sel; j'en avais, mais fort peu,
dans une petite vessie, au fond de mon carnier. Ce fut
assurément l'un des meilleurs repas de ma vie.

Au départ, ma vigueur, mon entrain habituels m'é-
taient revenus. J'emportais sur les épaules mon lit et le
repas du soir; Tom sautait autour de moi... Que pou-
vais-je exiger de plus? Avouons cependant que, si décidé que je fusse à retourner au fort, je n'en conser-
vais pas moins quelque espoir de retrouver la fameuse
rivière.

J'avais sur ma gauche de hautes montagnes qui se
perdaient dans l'azur du ciel, en face une mer de rochers, comme des vagues de pierre dont mes regards ne
trouvaient pas la fin. Si amateur que je fusse de la soli-
tude, des expéditions aventureuses, je sentais vivement
la différence entre le voyageur qui domine les alentours
du haut d'un bon cheval et le modeste piéton réduit à

se blesser les pieds aux aspérités, du chemin. Un de mes
grands soucis était de condamner mes compagnons à
mille conjectures, toutes plus affreuses les unes que les
autres. Ils devaient me croire mort, scalpé, dévoré; que
sais-je ? J'étais d'ailleurs convaincu qu'ils ne quitteraient
par ces parages sans s'être assurés de mon sort. J'écou-
tais de temps en temps, mais en vain, si quelques coups
de fusil de ralliement n'arriveraient pas jusqu'à moi.
J'aurais pu tirer de mon côté, mais je m'en abstenais,
d'abord pour ménager mes munitions, ensuite parce
que mes amis avaient certainement employé ce moyen;
or, si je ne les avais pas entendus, il n'y avait pas de
raison pour qu'ils m'entendissent.

Vers le soir, je trouvai de l'eau, du bois, et cela dans
une clairière à l'abri du vent, qui soufflait âprement du
nord. Décidé à y passer la nuit, j'allais faire du feu,
lorsque ma vue errante se fixa sur une montagne qui
me faisait face. Depuis la veille, je soupçonnais toutes
les montagnes de me dérober le fleuve en question, et
j'avais hâte d'y aller voir. Celle-ci ne m'apprit rien de
nouveau. Seulement au moment où, côtoyant un ravin,
j'allais en interroger le fond, dans l'espoir d'y trouver
ma nourriture du lendemain, un ourson s'en échappa
pour aller rouler dans une gorge voisine.

Était-ce bien un ourson? Je ne l'aurais pas juré, tant
la boule qui venait de me passer devant les yeux me
paraissait petite. Dans tous les cas, il n'y avait pas à
hésiter, et, sinon la chair, du moins la peau me serait
utile. Je tirai donc, et je vis l'animal se rouler par terre
avec des vagissements de nouveau-né auxquels répondit

bientôt le plus horrible grognement que j'eusse jamais entendu. En même temps, un lourd galop me frappait d'épouvante; puis quelque chose de noir et de colossal se faisait jour à travers une épaisse futaie.

C'était un ours « grisly » de la grande espèce. Je le vois encore, se dressant sur ses pattes de derrière, à distance si courte qu'elles allaient retomber sur moi. Je recule d'un pas, et d'instinct, pour le repousser, je dirige le canon de mon fusil vers sa gueule ouverte. Tom s'était jeté dans la mêlée et lui mordait le ventre. Mon coup partit; mais, comme si j'en eusse été frappé moi-même, un formidable choc me lança contre une paroi du rocher, à plusieurs pas en arrière. Des milliers d'étincelles passèrent devant mes yeux les rochers me firent l'effet de danser en cercle, puis... je ne sais plus.

Quand je revins à moi, au bout d'un demi-heure, — calcul que je fis plus tard, — je sentis à mon front comme une râpe glacée. C'était la langue de Tom qui, penché sur moi, me léchait, la brave bête! avec un de ces jappements sourds qui semblent recéler des larmes. En regardant autour de moi, je fis un bond de côté. L'ours « grisly » était étendu là; il me touchait presque; un flot de sang noir s'épanchait de sa gueule ouverte. L'ourson que je venais d'abattre n'avait que trois mois, et la mère avait voulu venger son petit, ce qui est bien naturel, après tout. Quant à moi, si quelque bon génie n'avait dirigé ma balle inconsciente, j'étais un homme mort. L'ourse, en s'abattant, m'avait arraché mon arme; de là, le choc qui m'avait en quelque sorte incrusté au rocher; de là, une contusion, un évanouissement... et le reste.

Cette fois encore, comme dans bien d'autres circonstances, une main invisible et bénie m'avait sauvé d'un danger mortel. J'étais là, sans mouvement, plongé dans de profondes réflexions, quand le cri d'une chouette vint me rappeler à la situation. On prétend que c'est signe de malheur; je n'y vis, moi, que l'approche d'une nuit sur l'issue de laquelle j'étais loin d'être rassuré. Nous étions à l'époque de la saison où les ours mâles poursuivent les femelles; or, quelques soupirants pouvaient survenir, et j'aurais voulu m'en aller. Mais il était trop tard; au petit bonheur! L'ourson sur l'épaule, — je l'avais bien gagné, — je regagnai mon bivouac, où j'allumai un grand feu, ce qui est le plus sûr moyen de tenir les fauves à distance.

Égoïste, ingrat que j'étais! je venais de songer beaucoup à moi et je ne m'étais pas même aperçu que Tom fût blessé! La valeureuse bête saignait par trois morsures qu'elle devait à son dévouement. Les baigner d'eau fraîche, les recoudre, ce fut ma première besogne; le souper ne vint qu'après, et l'ourson en fit les frais. Un lit de broussailles par là-dessus... Il y avait sans doute à cette heure même, dans les grandes villes splendides, plus d'un abandonné dont le sort était pire que le mien. Merci à Dieu pour le secours passé! Espoir en lui pour les secours à venir!

J'étais assoupi depuis quelque temps, quand Tom donna sourdement de la voix; je sautai sur ma carabine. Des loups hurlaient sur les hauteurs voisines; mais le

loup est lâche, et je m'en souciais peu.. Il faisait noir
comme dans un four. Les charbons du foyer projetaient
encore autour de moi une faible lueur; en haut, le ciel
étoilé; dans la circonférence, de mélancoliques conifères, — que nous nommons «holy » (houx), — c'est-à-
dire du sombre sur de l'obscur... Je me contentai de
souffler sur les charbons pour faire de la flamme, et
j'essayai de reprendre mon sommeil là où je l'avais
laissé; mais je ne pus dormir que d'une oreille. Les
hurlements durèrent jusqu'au matin; mais, au moins,
j'en fus quitte pour ma mauvaise nuit.

Le lendemain, je suivis la vallée, dans l'intention de
traverser les montagnes un peu plus haut vers le nord,
afin d'éviter l'endroit où les loups venaient de faire tant
de vacarme. L'idée me vint alors pour la première fois
que le fleuve, objet de mes recherches, devait néces-
sairement couler dans la direction du nord. Explique
qui pourra comment je ne l'avais pas eue plus tôt.

Quelques heures plus tard, épuisé, affamé, j'étais au
pied d'une chaîne de montagnes et j'avais grande envie
de me reposer; mais le désir de savoir si je ne trouve-
rais pas là-haut la solution du problème si longtemps
cherché fut plus fort que la fatigue. Je choisis pour
mon ascension le pic le plus abordable : c'était un travail de Titan escaladant le ciel. Les pierres roulantes me
faisaient reculer de deux enjambées sur trois. Si encore
j'avais pu disposer de mes deux mains ! Mais, pendant
que je m'accrochais de l'une aux buissons d'aloès,
l'autre n'était occupée qu'à préserver mon fusil de toute
atteinte. Sans mon fusil, la mort par inanition, pas de

salut possible! Blessé moi-même, soit; mais une égra-
tignure à mon arme, jamais!

Au bout de tant d'efforts était la récompense. Jugez
de ma joie, de mon délire, des battements de mon
cœur! Mais de pareilles émotions ne s'expriment pas.
Cette vallée boisée, ce bras du fleuve canadien, ils étaient
là, devant mes yeux, qui ne les voyaient encore que
confusément à travers des larmes. Dans le premier moment, il me semblait avoir retrouvé mes amis; j'oubliai
que mon sort, que ma vie peut-être dépendaient d'une
charge de poudre de plus ou de moins, de la direction
du vent, d'un écho plus ou moins favorable, de tout et
de rien!

Je fis feu de ma carabine, et puis j'écoutai... L'explosion se répercuta au loin dans les montagnes, mais ce
fut tout. Ma longue-vue fouilla les alentours de la rivière, dans l'espoir d'y découvrir quelques nuages de
fumée dénonçant un camp... Rien! rien que de lugu-
bres vautours tournoyant dans l'espace et voyant peut-
être en moi les éléments d'un futur régal! Déjà l'amère
déception remplaçait la joie. Après une demi-heure de
repos, je descendis dans la vallée, où je remontai la
rivière en suivant le pied de la montagne, route un peu
moins impraticable que celle qui longeait le bois. Je ne
m'arrêtai qu'au bout de trois heures, au coucher du
soleil, quand la fatigue et la faim me crièrent : « C'est
ici tes colonnes d'Hercule! »

J'entendais murmurer une source dans le bois; c'é-
tait la meilleure enseigne qui pût m'attirer. On logeait
à la nuit et au bel air! J'avais hâte de me débarrasser

de mes peaux, plus gênantes que lourdes à porter. Mes provisions consistaient en un morceau d'ours que j'avais conservé.

Au moment de me jeter sur le lit de la Providence, je me rappelai avoir vu sur les hauteurs voisines plusieurs arbres abattus ; je m'étais même demandé si, profitant de la circonstance, je n'allumerais pas un feu, une espèce de phare, lequel s'apercevrait de très-loin dans la vallée. D'une part, il était possible que mes amis l'aperçussent ; mais, de l'autre, il pouvait également se faire que des Indiens hostiles, campés dans le voisinage, voulussent avoir le mot de ce signal inaccoutumé, et, en ce cas, au lieu de me sauver, j'achevais de me perdre. Mais qui ne risque rien n'a rien. Dailleurs, seul, sans cheval, je pouvais sinon me dissimuler, trouver tout au moins une retraite facile à défendre. Va donc pour le phare! Ce nouvel espoir décupla mes forces. Il s'agissait bien de dormir! Une heure pour escalader le mont du Salut, comme je l'appelais déjà ; un quart d'heure pour amonceler des branches mortes autour d'un vieux tronc ; trois quarts d'heure encore pour arracher, couper, transporter tout ce que pouvaient me fournir les arbres tombés, et, payé de mes peines, je vis enfin flamber un véritable bûcher, qui me rappela mon enfance, alors que j'étais si heureux des feux de joie qu'on allume en Allemagne le 18 octobre. Hélas ! autres temps, autres feux !

Cela fait, j'allai m'établir sur la hauteur voisine, caché par des roches, et je me mis à fumer une pipe, jouissance restreinte au soir et au matin pour faire

durer ma provision de tabac le plus longtemps possible.
Il est vrai que les feuilles de sumac peuvent le remplacer... mais à la condition d'en avoir.

J'étais là depuis une demi-heure à philosopher dans
le vague, lorsque Tom, grognant en sourdine, allongea
le cou vers les gorges situées au-dessous de moi; d'un
geste rapide, j'appuyai son mufle sur le sol, ce qui était
ma manière de lui imposer silence. Des voix d'hommes
parlaient à voix basse, des pas circonspects gravissaient
la montagne où brillait le fanal. Que faire? Appeler?
Mais appeler qui? Mes compagnons ou des sauvages?
Cruelle alternative!

Dans la pensée que les premiers ne tarderaient pas à
signaler leur présence par quelques coups de fusil, je
m'abstins prudemment, me bornant à observer, immobile comme les blocs parmi lesquels j'étais confondu.
Les voix chuchotaient toujours, les pas continuaient
de monter. Au bout d'un certain temps, une ombre
passa devant la flamme, puis une autre, puis une troisième. Je braquai ma lorgnette... Des houppes sur la
tête et pas de chapeaux! C'étaient des Indiens. Bien
m'en avait pris de me taire.

Encore une déception, cette monnaie courante de la
vie! Mais que vois-je là-bas, au sud-ouest? Une lueur,
ce me semble. Elle grandit, elle grandit encore; sa
fumée s'élève en épaisses colonnes... Oh! mon cœur,
tais-toi! A battre ainsi, les sauvages de là-bas pourraient t'entendre! Ce ne peut être qu'un phare qui répond au mien. Qui donc, dans ces dangereux parages,
s'aviserait d'allumer un feu de cette importance? J'étais

sûr maintenant de rejoindre mes amis dès le lendemain,
car ce signal tutélaire ils ne manqueraient pas de l'entretenir pendant le jour; et alors, ce ne serait plus la
flamme, mais bien la fumée qui me guiderait. Seule,
la proximité des sauvages pouvait m'inquiéter encore;
mais je ne voyais, je n'entendais plus rien : ils semblaient avoir disparu. Pourtant, je n'osais rejoindre mon
bivouac dans la crainte de les rencontrer. Pourvu qu'ils
ne l'eussent pas découvert, ce bivouac, et raflé mes
peaux! Cette crainte me rappela que je grelottais. Avoir
une fournaise en face de soi et ne pouvoir en approcher!
Mais le mouvement réchauffe. Allons, en route, mon
bonhomme, coûte que coûte et pendant la nuit! Celle-ci
a ses avantages aussi bien que ses inconvénients; si
on ne voit pas, on n'est pas vu. Courbé en deux, oua-
tant mes pas, si je puis le dire, je gagnai une gorge
voisine qui me conduisit jusque dans la vallée, au pied
de la montagne. Ma foi! au diable les peaux, au diable
aussi le quartier d'ours! Est-ce qu'on a le droit d'avoir
faim ou froid quand on touche à la délivrance?

Je marchais depuis une heure environ, j'avais même
trébuché plusieurs fois, mais sans me blesser, lorsque
j'entendis en face de moi la détonation d'une arme à
feu. Pour le chasseur, une carabine a son timbre particulier, comme la voix humaine; ce n'était pas là le vul-
gaire fusil des Indiens; donc, tirez la conséquence. Un
second coup suivit le premier. Réaction du moral sur le
physique; mon pas se raffermit, je ne trébuchai plus et
je tirai à mon tour. Deux autres coups me répondirent.
Dès lors, plus rien ne pouvait m'arrêter. La route était

pavée de cailloux roulants, couturée de ravins; malgré les étoiles, on n'y voyait goutte... Prenons-en une autre. Et me voilà au milieu de marécages, m'écorchant aux buissons d'épines. L'essentiel était d'avancer tant bien que mal, et j'avançais.

Nouvelle détonation, cette fois plus près de moi, et le cri de chasse de Tigre arrive jusqu'à mon oreille, quoique de bien loin. Demande et réponse : le dialogue continue à coups de fusil; ma respiration était devenue plus libre. Qu'importaient les obstacles? je ne marchais plus, je volais. Soudain, sur un mamelon presque au-dessus de moi, j'entends encore la voix claire de Tigre. Je me trouve, pour riposter, des poumons de stentor. Deux trombes se précipitent de la hauteur, quatre bras m'étouffent, ceux du Delaware et de Kœnigstein.

Leur joie, leurs transports sont indescriptibles. Tom, comme insensé, bondissait de l'un à l'autre; il tournoyait sur lui-même; c'était du délire, du spasme; pour un peu, il nous eût renversés de ses rudes accolades.

Étrange tableau que celui de cette réunion, au milieu de montagnes sauvages, dans une nuit profonde, à la lueur des étoiles!

Tigre voulait faire du feu pour nous réchauffer; mais quand il sut que des Indiens hantaient les alentours, il opina pour une marche forcée.

— Impossible, dussé-je mourir ici! dis-je en me laissant tomber sur le sol; car, domptée jusque-là, la lassitude me coupait les jambes.

Et, comme mes dents commençaient à jouer des castagnettes, je pris Tom dans mes bras pour me réchauffer.

Toutefois, ne voulant pas céder au sommeil, je me mis à raconter ce qui m'était arrivé. Tigre ne s'y était pas trompé; il avait tout deviné.

Les premières lueurs du jour furent saluées dans la vallée par un concert de dindons, ce qui nous fit songer au menu du déjeuner, lequel se réduisait à zéro. La poudre parla, et deux poitrines de ces volatiles firent les frais du repas. Aussi pourquoi étaient-ils si matinals? Kœnigstein avait apporté une petite marmite et du café; la fête fut complète. Il ne s'agissait plus que de rejoindre le campement général, dont nous n'étions séparés que par une bonne heure de marche.

Du plus loin qu'on nous aperçut nous fûmes salués par un feu roulant de coups de fusil; c'était à qui serait le premier à me serrer la main, à me donner l'accolade, à témoigner sa joie de ce retour inespéré, car, sauf Tigre, tout le monde m'avait cru perdu. César, attaché au piquet, leva la tête et le pied, qu'il ne pouvait mouvoir l'un sans l'autre, et se prit à hennir. Tom lui sautait au cou, d'amitié bien entendu, et distribuait à la ronde des poignées de patte. Mille questions se croisaient. J'avais bien souffert, mais aussi quel dédommagement!

Dès le premier soir de ma disparition, Tigre en tête, on était parti à ma recherche. En cherchant ma piste, le Delaware avait trouvé le dindon que j'avais tué et accroché à un arbre; il était allé jusqu'à la colline pier-

reuse où j'avais poursuivi le cerf blessé. Tout indice lui
échappant, il était revenu au bivouac, comptant m'y
retrouver. Le lendemain matin, revenu au même endroit, il en était parti, décrivant un grand cercle dans
l'espoir de croiser ma trace. Vers le soir, il l'avait en
effet reconnue, ainsi que celle de Tom, ce qui l'avait
conduit jusque dans la vallée, où les reliefs du cerf et
la braise éteinte signalaient mon passage. Mais, à partir de là, plus rien. La nuit suivante, on avait entre-
tenu un grand feu sur la hauteur; mais les accidents dé
terrain m'avaient empêché de l'apercevoir.

Enfin, le deuxième jour, de grand matin, Tigre s'é-
tait remis en route, accompagné de Kœnigstein, en
prévenant qu'ils ne reviendraient pas de huit jours,
à moins de m'avoir trouvé. On sait le reste et comme
quoi, grâce aux signaux, cette dernière tentative avait
abouti.

Maintenant que j'avais l'esprit tranquille, je me sentais envahi par un abattement général. Je fis mon lit à
l'ombre d'un conifère, je m'entortillai d'une couverture
et priai mes compagnons de ne m'éveiller sous aucun
prétexte. Quand je rouvris les yeux, le soleil dorait de
ses derniers rayons les pics étincelants de la chaîne des
Andes. Un baume fortifiant semblait avoir coulé dans
mes veines. Je plongeai ma tête dans l'eau fraîche, et,
reprenant ma place accoutumée au milieu de mes bons
amis, je vous prie de croire que je fis une notable
brèche au dîner de gala qu'ils avaient préparé en mon
honneur.

Après avoir dormi le jour, je dormis encore la nuit, et

le lendemain, de bonne heure, nous étions à cheval,
gravissant les hauteurs situées de l'autre côté de la
rivière. A cheval! quelle douce sensation! et sur ce
brave César, que j'avais été sur le point de ne plus
revoir!

Après quelques heures de marche, nous nous trouvâmes emprisonnés de toutes parts par des rochers,
comme au fond d'une grande cheminée. Que des écureuils ou des chats sortissent de là, à la rigueur c'était
possible; mais des hommes, et surtout des chevaux!
L'unique parti à prendre était de revenir sur nos pas,
remontant ce que nous venions de descendre, descendant ensuite ce que nous avions déjà monté, et de
suivre la vallée vers le nord. Là encore, le chemin était
de ceux où l'on a mille chances contre une de se blesser
en glissant; cependant nous nous en tirâmes assez
bien.

Depuis quelque temps, je ne sais pourquoi, les bisons
devenaient plus rares. Aussi fûmes-nous agréablement
surpris en en voyant une vingtaine descendre à la file, à
plus de deux cents mètres au-dessus de nous, par un
sentier si étroit, si incliné, si raboteux, qu'un acrobate
eût hésité à y mettre le pied. Ces lourdes bêtes y marchaient comme chez elles, avec une assurance mer-
veilleuse.

J'avais mis pied à terre; quand les bisons furent à
bonne portée, et au moment où j'allais viser un vieux
taureau, le chef de la bande, je recommandai aux balles
de mes amis une vache, la cinquième par ordre, qui ne
devait pas avoir vêlé, tant elle paraissait grasse et lus-

trée. Nos coups de feu n'en firent qu'un et, après quelques contorsions, les deux colosses, frappés à mort, entraînés par leur pesanteur, rebondirent de roche en roche jusqu'à nos pieds comme des ballons élastiques. Ils étaient absolument broyés, les côtes perçant la chair, le corps incrusté de cailloux aigus, assez semblables à des imitations de rocailles. Tels quels, ils étaient bons pour ce que nous en voulions faire, c'est-à-dire pour en extraire simplement les filets, la langue et les os à moelle; le reste appartenait aux vautours... Il faut que tout le monde vive!

Les survivants avaient prudemment détalé au petit trot, sans trop se presser.

Le soir venu, nous campâmes sur les bords d'un affluent du fleuve canadien; — maintenant que je ne le cherchais plus, il semblait me poursuivre; — bon gîte et fourrage de choix.

Au dessert, entre la poire qui nous manquait et le fromage que nous n'avions pas, le cri d'un chat-huant traversa l'espace, et presque aussitôt un grand oiseau blanc passa au-dessus de nous, se détachant comme un rayon de lune sur les sombres parois de notre salle à manger. Ce fut à qui sauterait le premier sur son fusil. L'oiseau y mettait de la complaisance, car, au moment où on le visait, il s'arrêta bien en évidence sur une pointe de rocher.

— A la bonne heure! dit Cliffton, voilà ce qui s'appelle savoir vivre!

— Savoir mourir, plutôt! rectifia John Lazar.

Quatre coups partirent à la fois... Mais l'oiseau s'éleva

majestueusement, en battant l'air de toute l'envergure de ses ailes. Plus heureux ou plus adroit, j'ajustai à mon tour, et le téméraire tomba en tournoyant pour ne plus se relever. C'était un grand-duc au plumage si éclatant, si pur, que je résolus de l'empailler.

CHAPITRE XXI.

La loutre. — Aventures d'Armstrong. — Culbute de Sam. — De l'uniformité dans ses rapports avec l'ennui. — Un cheval de moins.

Partis le lendemain de très bonne heure, nous fûmes surpris de rencontrer, le long du ruisseau , un « village » de castors. Ces petits édifices qui ont la forme d'un dôme, et dont le diamètre varie d'un à trois mètres, semblent accuser la main de l'homme, tant ils sont solides, parfaits, réguliers.

Tout cela est propre et commode; le parquet est jonché de verdure; des rameaux de buis et de sapin servent de tapis sur lequel le castor ne fait et ne souffre rien de... *schocking*. Ses mœurs douces, sociables, le portent à vivre en commun. Ils forment de petites républiques de deux à trois cents, où règnent la paix et le travail; ils se nourrissent de racines; de feuilles et d'écorces. Le castor vit dans l'eau; il a généralement un mètre de long sur trente centimètres de hauteur; les formes sont lourdes, ramassées; le pelage, bien fourni, d'un roux marron.

Dans un bois voisin, assez clair-semé, un grand nombre d'arbres étaient dépouillés de leur écorce à une hauteur symétrique. Ici, des tas de bois bien rangés pour

leurs nouvelles constructions ; là , des copeaux soi-
gneusement amoncelés : toutes les apparences d'un
chantier.

Lorsque Romulus fonda Rome, il traça, avec une
charrue attelée de deux taureaux blancs, un fossé carré
autour du mont Palatin et fit couvrir ce fossé par un
rempart de terre. C'est aussi une grande affaire pour
les castors que de déterminer l'emplacement de leur
« ville » future. Ils choisissent un petit cours d'eau,
bordé de bois blancs, de peupliers, de frênes, d'érables;
rien de curieux comme de les voir alors entourer chaque
tronc deux à deux, se dresser sur leurs pattes de derrière et enlever à chaque coup de dent un large frag-
ment de bois, aussi régulièrement que s'ils le taillaient
en cercle avec une hache. L'entaille est surtout profonde
du côté de l'eau, de façon que le poids entraîne la
chute dans ce sens. Même opération en amont et en
aval, après quoi ils entre-croisent des branches et des
poutres jusqu'au fond du ruisseau pour les fondations.
Les intervalles sont comblés par des broussailles; le tout
est cimenté par une couche de limon.

Cette digue impénétrable élève naturellement, à droite
et à gauche, le niveau de l'eau : j'en ai vu s'étendre sur
plusieurs milles de longueur. C'est sur ce lac artificiel
que le castor construit des habitations de trois et même
de quatre étages, pointues comme un pain de sucre, et
dont l'entrée est au fond de l'eau; on ne voit guère que
le dernier étage, les autres étant submergés.

Les femelles ont des portées de deux à six petits, qui
sont élevés par la colonie, où nul castor étranger n'a le

droit d'asile. De sanglants combats suivent toute invasion.

A l'automne, ils emmagasinent pour l'hiver des provisions d'écorce, leur nourriture principale ; ce qui ne
les empêche pas de sortir par les temps les plus rigou-
reux, car j'ai vu leurs traces sur la neige.

Quand une famille devient trop nombreuse pour l'espace dont elle dispose et pour la quantité de nourriture
qu'elle peut se procurer dans le voisinage immédiat,
quelques-uns de ses membres émigrent et forment aux
environs une colonie nouvelle.

Le castor est l'animal le plus fin, le plus industrieux,
le plus circonspect de la création. Il est très difficile de
l'approcher en terre ferme et de le tuer avec une arme
à feu ; par contre, il tombe dans tous les pièges qu'on
se donne la peine de lui tendre, ce qui semblerait prouver que sa finesse a des bornes.

Voici le plus usité de ces pièges :

Il faut d'abord savoir que le mâle porte dans deux
poches le *castoreum officinal*, sorte de matière huileuse,
à l'odeur âcre et forte, que le chasseur mélange dans un
flacon de verre avec du cognac, d'abord pour qu'elle ne
se décompose pas et ensuite pour que le castor s'y
trompe. Dans ce flacon, on introduit l'extrémité d'une
baguette de bois qui s'imprègne du susdit liquide, et
dont on enfonce l'autre bout au bord de l'étang, de
façon que la pointe émerge d'un endroit peu profond.
On pose alors dans l'eau, au pied de la baguette, un
piège en fer très solide, lequel aboutit à la berge par
une corde d'un mètre cinquante, munie d'un fagot d'é-

pines. Dès qu'un castor met le nez hors de l'étang, il
flaire le castoreum et nage dans sa direction. Si légèrement qu'il touche la trappe en grimpant sur la rive,
elle s'ouvre et le prend par les pattes de devant. Il fuit
en l'entraînant jusqu'au fond de l'eau et se débat avec
rage dans l'engin de fer, qui ne l'en blesse que davantage.

Aussi tous les castors pris à ce piège ont-ils les dents
brisées. A bout de forces et de tentatives inutiles, le
patient essaye de remonter à la surface de l'eau pour
chercher de l'air; mais la trappe l'entraîne de nouveau,
et il meurt asphyxié dans son élément. Le lendemain
matin, grâce au fagot d'épines, bouée flottante qui in-
dique la sépulture du castor, le chasseur n'a plus qu'à
tirer le tout à lui.

Il y a, dans les déserts de l'ouest, des chasseurs spé-
ciaux qui voyagent avec plusieurs douzaines de ces
pièges; ils ont bientôt fait de détruire toute une colonie. La loutre abonde également dans ces parages; on
la prend de la même façon.

En général, ces chasseurs opèrent isolément, sans
autre compagnon qu'un cheval, lequel porte leurs
trappes, quelques peaux de bisons, du sel, du plomb et
de la poudre; cela suffit à leurs besoins. Ils mènent cette
vie pénible et dangereuse pendant deux ou trois ans,
selon que la chance les favorise. Le soir, les semailles;
le lendemain, la récolte. On mange la chair et on fait
sécher la peau : double profit. Quand le vide s'est fait
dans les huttes, le chasseur confie ses fourrures à des
grottes, à des arbres creux, et court à d'autres castors.

4.

L'hiver, lorsque cette chasse aux pièges cesse d'être productive, l'homme du désert cherche ou se construit un abri contre la rigueur du climat ; il s'assied à la table du hasard et nourrit péniblement son cheval d'herbes sèches, de fougères, d'écorces de peuplier récoltées en automne. Au bout de quelques années de cet exil volontaire, il se rend à la factorerie la plus voisine, il y loue des hommes et des bêtes de trait, puis s'en revient successivement chercher ses peaux là où il les avait cachées.

Il n'est pas rare de voir certains de ces chasseurs en amasser pour vingt ou trente mille thalers ; il est moins rare encore de les voir récolter, pour prix de leurs travaux, le scalp et la mort. Les Indiens ne se préoccupent pas des castors, mais ils sont en hostilité ouverte avec ces éclaireurs de la civilisation, qui empiètent de plus en plus sur leurs terrains de chasse et les refoulent dans leurs cantonnements.

Il faut donc une chance rare et une prudence de serpent pour réussir à les dépister pendant des années. Ce que ces hommes de fer déploient de ruse et de sagacité est inimaginable. Je me demande comment il en est un seul qui revoie son pays. J'ai passé des nuits entières devant leur maigre feu de braise, à les entendre raconter comment ils s'étaient acclimatés à cette existence dès leur première jeunesse et comment ils la recherchaient encore, alors que, en cheveux blancs, ils auraient pu jouir tranquillement chez eux du fruit de cette chasse étrange. Sans doute le désert est devenu leur élément naturel ; ils le redemandent, de même que le vieux marin redemande la mer.

La colonie de castors que nous avions sous les yeux avait l'air si florissant que, selon toutes probabilités, aucun dresseur de pièges ne l'avait encore décimée. Le ruisseau débordait au loin, formant un large étang à la surface duquel apparaissaient de nombreuses habitations; mais nous dûmes renoncer à en voir les mystérieux habitants, qui restaient chez eux. Telle était l'inondation causée par leurs barrages, qu'il nous fallut longer les flancs de la montagne, où nos chevaux entraient encore dans l'eau jusqu'aux genoux.

Nous avions atteint, non plus un bras du fleuve canadien, mais le fleuve lui-même. Or, comme il se dirigeait à l'ouest, nous mîmes à profit le premier sentier praticable pour nous rejeter dans les montagnes et continuer notre route au nord. Ces montagnes franchies, autre cours d'eau et nouvelle colonie de castors : c'était décidément le pays aux chapeaux.

Une demi-heure plus tard, comme nous débouchions sur une colline mal boisée, hérissée de grosses pierres, une voix d'homme arrive jusqu'à nous.

— Chasseur de castors! nous dit Tigre.

Et nous voyons en effet, planté au beau milieu d'une roche, un visage pâle qui nous fait signe de venir à lui.

Pendant que nous obtempérions à ce vœu, le fils du désert était descendu de son piédestal pour reparaître aussitôt à travers un épais fourré situé à notre gauche.

C'était un solide gaillard de six pieds de haut, au torse carré, aux traits énergiques, à la peau hâlée; il portait fièrement une longue barbe déjà grisonnante; ses petits yeux clairs brillaient comme deux charbons sous d'épais sourcils, mais un sourire bienveillant tempérait tout cela.

Dès le premier coup d'œil on devinait l'homme qui a souffert, qui s'est pris corps à corps avec le destin, que rien ne dompte et que rien n'étonne.

Son costume se composait d'une chemise de laine rouge qui s'entr'ouvrait sur une poitrine velue, d'une jaquette, de pantalons et de souliers en peau de cerf; la coiffure, en castor... c'était bien le moins.

Un carnier grossièrement fait trahissait à la fois l'œuvre et l'inexpérience de son propriétaire; il tenait à la main une longue carabine.

— *Where from?* (d'où venez-vous?) nous demanda-t-il.

— Du Leone au rio Grande, répondis-je en faisant faire un demi-tour à mon cheval pour être mieux à portée de lui tendre la main, qu'il serra vigoureusement. Chasseur de castors? demandai-je à mon tour.

— *Yes, sir.*

— Et de quel État?

— Du Missouri. On me nomme Ben Armstrong; il y a quarante ans que je suis bien connu dans les montagnes Rocheuses.

Il nous demanda alors comme une grâce de passer la nuit dans son camp, désireux qu'il était d'avoir des nouvelles des vieux États, qu'il avait quittés depuis deux ans.

Nous le suivîmes dans un étroit sentier, à travers des buissons et des cailloux, jusqu'à quelques centaines de pas au-dessus de l'étang, où il fallut mettre pied à terre à l'entrée d'un épais fourré.

De là nous pénétrâmes dans une clairière élaguée à coups de hache, et que des blocs de rochers, surplombant les uns sur les autres, de façon à former une espèce de voûte, abritaient du côté du nord. A chaque branche de la clairière pendaient des peaux de toute nature en train de sécher, depuis le castor, qui dominait, jusqu'à l'ours grisly, y compris des cerfs et des antilopes. Plusieurs ballots occupaient le fond de la voûte, — de la grotte, si vous préférez, — et c'était encore un ballot qui servait de siège devant un feu de charbon; tout cela des peaux, cela va sans dire.

Antonio et Kœnigstein étaient allés conduire les chevaux dans un pâturage voisin, au-dessous de l'étang. Par excès de prudence, Tigre et les autres jeunes gens montaient alternativement la garde à l'entrée du sentier.

Comme je venais de voir une litière dans un coin de la grotte :

— Où donc est votre cheval? dis-je à Ben Armstrong.

— A la chasse, répondit ce dernier.

— Tout seul?

— Non, mais avec un jeune homme du Kentucky, un nommé Gray, qui m'accompagne dans ce voyage; il m'a tant supplié!... C'est la première fois de ma vie que je chasse à deux... La chair du castor commençant à nous fatiguer, il est allé à la recherche d'un peu de venaison.

Armstrong ajouta qu'il ne restait plus de castors dans les alentours, — je le crois bien, du train dont il y allait! — qu'il comptait partir le lendemain et que, sans cette circonstance, il se serait bien gardé de laisser arriver jusque-là un aussi grand nombre de chevaux dont les traces ne manqueraient pas de divulguer sa retraite. C'est ainsi que, pour dépister les Indiens, son cheval, une fois sorti des buissons, ne s'engageait jamais que dans le ruisseau, pour aller prendre terre le plus loin possible.

— A votre bienvenue! au plaisir de cette rencontre! dit notre hôte en faisant passer à la ronde un grand verre d'eau-de-vie. Il en avait encore deux petits fûts cachés sous des ballots, et qu'il avait apportés à dos de mulet.

— C'est mon seul luxe, disait-il.

Par malheur, au bout de quelques mois, le mulet avait pris la clef des champs, et un congor l'avait dévoré.

Le repas fut un pique-nique où nous étalâmes à l'envi nos petites richesses : Armstrong, des queues de castor; nous, du biscuit, du café, et le reste de nos os à moelle.

Le compagnon de notre hôte revint avant le coucher du soleil; un quartier de cerf pendait au pommeau de sa selle. Surpris de se trouver en si nombreuse société, il fut tout heureux d'apprendre les nouvelles — déjà un peu vieilles — que nous pouvions lui donner.

C'était encore un tout jeune homme, mince, élancé,

frais et rose, avec un soupçon de barbe, mais solide au poste, et qui ne devait broncher ni au péril ni à l'ouvrage.

Son costume, quoique de même peau, était taillé avec plus de coquetterie que celui d'Armstrong. Un feutre noir à larges bords, élgèrement penché sur l'oreille, lui donnait un air résolu.

Les bêtes, rentrées du pâturage, étaient attachées aux arbres morts qui entouraient la clairière.

Au dessert, — je dis le dessert par habitude, — nouvelle rasade de *wiskhy;* puis des questions et des réponses à n'en plus finir, au milieu des nuages bleus s'échappant des pipes. D'abord la politique, cet inépuisable sujet de discussion qui n'aboutit à rien, qu'à laisser à chacun ses sympathies ou ses préventions... A notre prière, le vieil Armstrong prit ensuite la parole et nous raconta les aventures dont il avait été le héros, parfois la victime, depuis son retour des anciens États.

C'était une succession de combats sanglants contre les Indiens, des luttes journalières, des dangers sans fin, entre autres la grêle dont nous avions tant souffert, et qui, fouettant sous sa voûte, avait failli le lapider. Cette fourrure d'ours grisly que nous avions remarquée, il la devait à l'obligeance de l'ours lui-même qui, un soir, la lui avait apportée jusque dans sa grotte, car, le feu couvant toujours sous la cendre, à cause des sauvages, maître Bruin n'avait pu ni le voir ni s'en effrayer. Le sordide animal était arrivé en tapinois. Le jeune Gray l'avait heurté en se retournant; ils avaient eu à peine le temps d'appuyer le canon de leurs fusils sur le crâne de ce visiteur incommode et de lui faire sauter la cervelle.

— Tenez, dit Armstrong en ôtant sa chemise rouge, voilà des souvenirs d'ours grislys.

Et il nous montra son dos, ses reins, sa poitrine, sillonnés de toute une mappemonde de coups de griffes plus ou moins cicatrisés.

Le vieux chasseur y mettait tant d'expression, une telle vivacité de mouvements, qu'il vous faisait en quelque sorte assister *de visu* à toutes les péripéties de la lutte. Sa rude physionomie prenait des tons de cuivre aux reflets du foyer; elle est restée gravée dans mes souvenirs.

La nuit était à moitié passée, que nous l'écoutions encore.

Dans le désert il ne faut pas vingt-quatre heures pour faire de deux étrangers qui se rencontrent et se conviennent deux amis solides. Ce n'est pas comme sur l'asphalte de Paris ou de Londres, où l'on offre le bout du doigt par manière d'acquit. Quand nous nous quittâmes, le lendemain matin, Ben Armstrong pouvait au besoin compter sur nous... et nous sur lui.

Les cinq ou six jours suivants n'amenèrent rien de remarquable : toujours le même paysage et les mêmes accidents de terrain. Les montagnes du Sacramento semblaient se diriger un peu vers l'ouest, en s'élevant graduellement. Il nous parut préférable d'appuyer à l'est, dans la direction des prairies, car l'escalade à pic étant impossible, il aurait fallu serpenter sans cesse et faire dix fois le chemin.

Nous étions arrivés, en dernier lieu, dans le voisinage d'un cours d'eau sans importance, qui coulait vers le nord-est. Il fut décidé que nous le suivrions, au petit bonheur, jusqu'à ce qu'un passage plus accessible nous permît de reprendre notre direction véritable.

Seulement, au bout d'une demi-lieue, la vallée où coulait cette rivière se rétrécissait à vue d'œil, étranglée par des murailles de granit qui semblaient vouloir s'embrasser.

Il était de bonne heure. Le soleil n'avait pas encore pompé l'épais brouillard de la nuit; nous en étions même à nous demander s'il allait se dissiper ou se résoudre en pluie. C'était comme des lambeaux de toile grise qui se déchiraient par bandes inégales pour aller s'accrocher aux roches. Une vraie matinée d'automne, bien que nous fussions au printemps; l'herbe trempée d'eau, ainsi que les buissons; de larges gouttes de rosée, se balançant comme des perles aux fils d'araignée. Nous n'avions pas trop de nos almavivas, — lisez peaux de bisons, — pour nous calfeutrer. A gauche, les roches s'étageaient comme une succession de gradins; à droite, l'eau se précipitait en cascades de dix mètres de haut, et le lit de la rivière se creusait à mesure.

— Tiens! dit John à un certain moment, deux ours grislys qui nous regardent là-bas, sur l'autre rive, assis sur leur derrière comme deux bons bourgeois.

Rien ne nous empêchait de tirer dessus, car, d'une part, le courant était trop raide pour qu'ils le traversassent à la nage en pleine chute d'eau, et de l'autre,

en admettant qu'ils trouvassent un passage au-dessous de la cascade, les talus escarpés les arrêteraient
net.

Tigre nous conseilla néanmoins de les laisser tranquilles, car, s'ils trouvaient un endroit guéable, ils pourraient nous donner du fil à retordre... et nous en avions
bien assez !

Il fallut donc se contenter de les voir se lécher les
pattes, les passer sur leurs grosses têtes, et, prenant le
vent, nous suivre pendant quelques pas le long de la
berge.

La situation s'aggravait. Le ravin, au fond duquel
écumait le torrent, devenait de plus en plus profond, lorsqu'une déchirure béante nous barra le chemin.

— Il ne manquait plus que cela, dit Cliffton ; d'un côté
le torrent, de l'autre une échelle de pierre, en face le
vide... Si encore nous avions des chevaux savants !

— Un sentier ! s'écria Tigre en désignant un ruban de
gravier qui se déroulait entre deux roches, et si étroit,
si invisible, si obstrué de ronces et de cailloux, qu'il
nous avait échappé.

— Ça, un sentier ? dit Mac ; la bonne, ou plutôt la
mauvaise plaisanterie !

— Tellement un sentier, insista le Delaware, que, si
je ne me trompe, les Indiens piétons le suivent de préférence pour éviter de rencontrer dans les prairies les
tribus à cheval. Cela doit nous conduire, par les montagnes, du côté de Santa-Fé.

— Va pour le sentier en miniature !

— Un joujou de sentier !

— D'autant que nous n'avons pas le choix, dis-je en concluant.

Mais, ô miracle ! à mesure que nous montions, le ruban s'élargissait et se dégageait des obstacles. Route de première classe !... presque du macadam !... Les chevaux, surpris, avançaient d'un pas allègre et gai ; de prévoyants plateaux s'échelonnaient tout exprès pour leur donner le temps de souffler. Le soleil s'était mis de la partie ; il avait eu raison du brouillard. C'était à ce point qu'une brise soufflant du nord nous faisait plaisir. A l'est, dans le lointain, s'élevaient des montagnes plus humbles, que nous dominions. Dans les intervalles, de capricieuses chutes d'eau, des blocs de pierre rouge, des échappées de verdure.

Notre sentier avait, du reste, les allures les plus variées ; il allait de droite et de gauche, s'élargissant, se rétrécissant, s'enroulant comme une ceinture aux flancs des montagnes. De loin, il paraissait impraticable à de certaines places ; de près, c'était un jeu que d'y passer. Cependant, vers le soir, à la nuit tombante, il se prit à tourner derrière une muraille de rochers à pic, à folâtrer, à se pencher sur un ravin, et finalement à nous donner le vertige, si bien qu'il fallut mettre pied à terre et conduire les chevaux par la bride.

Si nous persistions à avancer, c'est qu'il n'y avait plus moyen ni de reculer ni de faire tourner nos montures. Ajoutez que la pluie avait délayé le terrain et que, dans certains endroits, nous glissions à chaque pas.

Tigre marchait en tête, tirant son cheval pie de toute la longueur de la bride; je le suivais à courte distance.

— *Take care!* (prenez garde!) me cria-t-il tout à coup.

Et je vis sa bête faire un mouvement de recul, puis franchir une ravine qui lui barrait le passage. Sans hésiter, j'en fis autant, et César me suivit. Kœnigstein vint ensuite, et ainsi des autres. Quand vint le tour des bêtes de somme, Jacques s'en tira heureusement, bien que son panier de gauche frôlât le rocher. Lissy passa sur ses talons; mais le pauvre Sam butta, fit un bond maladroit pour se relever et heurta de son bât l'inflexible roche, qui le repoussa dans les profondeurs de l'abîme, ou nous le vîmes tomber les pieds en l'air.

Chacun de nous jeta un cri d'effroi; mais ce fut tout, car il s'en fallait que nous fussions nous-mêmes hors de danger. Nous voyez-vous sur une largeur d'un demi-mètre, entre un gouffre et une muraille perpendiculaire! Enfin, le capricieux sentier s'avisa de redevenir une route présentable; il nous conduisit à un plateau verdoyant d'où nous pouvions apprécier le tour de force accompli. Pour rien au monde, dussions-nous marcher à reculons pendant des semaines entières, aucun de nous n'aurait recommencé l'épreuve.

La perte de Sam était un véritable désastre. Il portait le café, l'eau-de-vie, le biscuit, plusieurs peaux de bisons et nos vêtements de rechange.

C'était le magasin général, l'entrepôt de ravitaillement auquel, pour ne pas déballer et remballer sans

cesse, nous n'avions recours qu'après l'épuisement
des provisions courantes confiées à maître Jacques. Or,
par un hasard providentiel, nous avions renouvelé le
matin même la charge de ce dernier. C'était une consolation pour le moment, mais nous n'en restions pas
moins avec la cruelle perspective de voir l'agréable et
l'utile nous manquer bientôt.

Le malheur étant sans remède possible, il était su-
perflu de se lamenter, trop heureux encore de n'avoir
pas perdu un de nos excellents chevaux au lieu d'un
simple mulet.

Comme il faisait nuit noire, et que nous ne connais-
sions pas la nature du chemin à parcourir, nous campâmes sur le plateau; les chevaux avaient de l'herbe
et nous avions de l'eau. Faute de mieux, le feu fut d'a-
bord allumé avec de la bouse de bison; mais Tigre
déterra aux alentours quelques branches de mimosas
qui pourvurent à la préparation du souper.

Le froid était très vif; nous regrettions le feu de
braise, quoique roulés jusqu'au menton dans nos
couvertures. Au petit jour, nous eûmes recours à la
gymnastique pour rétablir la circulation du sang.

A l'exception d'Antonio, resté à la garde des bagages,
ce fut à qui s'élancerait à la recherche d'une brassée
de bois, ce qui nous mena fort loin et, à défaut de
combustible, ranima du moins notre chaleur naturelle.
Seul, ce pauvre Kœnigstein en était à souffler dans
ses doigts.

Partis de grand matin, enfouis sous nos peaux, les
couvertures ramenées à l'état de genouillères, le nez

tout au plus à l'air, les mains dans les poches, les rênes
flottant au hasard, nous représentions assez bien un
épisode de la retraite de Russie.

Le paysage semblait poudré de sucre; le gazon miroitait à travers une couche de cristal; aux buissons
pendaient des aiguilles de givre; les rochers s'alter-
naient de tons rougeâtres et de plaques bleu d'acier,
résultat de la glace. Brrr! ça donnait le frisson rien
qu'à regarder.

Il paraît que les ours de ces contrées vaguent aussi
bien le jour que la nuit, car nous en rencontrions fréquemment; mais nous les regardions avec ce dédain
réservé à tout ce qui abonde. Les bisons, plus rares,
jouissaient momentanément de la préférence.

A point nommé, non loin d'un ruisseau dont la
source sortait à gros bouillons d'une gorge escarpée,
nous en aperçûmes huit qui paissaient tranquillement
sur l'herbe fraîche et drue. L'occasion était trop belle
pour ne pas la saisir. Sauf Antonio, dont c'était le tour
de monter la garde, nous nous glissâmes aussi près
que possible jusque derrière un fourré de mûres.

Pendant que nos compagnons s'y cachaient de leur
mieux, nous parvenions à ramper, Tigre et moi, de
façon à ne plus nous trouver qu'à une dizaine de pas
du groupe convoité. Le bison est une bonne grosse
bête sans malice et qui se serait bien gardée d'inventer
la poudre; ceux-ci ne nous avaient pas encore éventés.
Couchés à plat ventre, nous étions en train de faire
notre choix, lorsque, à un mouvement que je fis, la
baguette de mon fusil sonna contre le canon... Les bi-

sons regardèrent soudain de notre côté, en redressant
la queue... Il était temps!

— Feu ! dis-je à Tigre.

Nos deux coups partirent en même temps.

Les bœufs sauvages se précipitèrent, la corne en
avant, et, dans l'impétuosité de leur élan, passèrent au-
dessus de nous comme une charge de grosse cavalerie.
Relevés aussitôt, nous envoyâmes chacun une seconde
balle aux fuyards, pendant qu'ils essuyaient les feux
croisés de nos compagnons. L'un des bisons s'abattit
sur place, un second un peu plus loin, pendant que
le reste de la bande prenait la fuite le long du ruisseau.
Tigre en signalait un troisième gisant dans le pâturage
et tué avant qu'il n'arrivât jusqu'à nous. Par qui?... Il
prétendait que c'était par moi, et que celui qu'il avait
visé, lui, galopait au loin, parfaitement intact. Pour ma
part, je n'avais rien vu, tant la fumée m'enveloppait encore lorsque les démons nous avaient chargés ; du reste,
lui ou moi, peu nous importait. L'essentiel était que
nous n'eussions pas été écrasés sous cette avalanche
de pieds monstrueux.

Nous eûmes là l'occasion de remplacer les peaux
qui gisaient avec Sam au fond du torrent. Il est vrai
que celles-ci n'étaient pas tannées ; mais à la guerre
comme à la guerre !

Nous allions pouvoir nous fatiguer de la chair du
bison comme nous nous étions fatigués de celle de
l'ours.

De là nous prîmes un sentier très fréquenté, lequel
quittait la route principale pour se diriger à l'est, en

aval du ruisseau, qu'il abandonnait bientôt en faisant
un coude vers le nord, à travers une nouvelle chaîne de
montagnes. Des colonnes de fumée semblaient nous
suivre et montaient en même temps que nous. Tigre
en augura que, si nous n'avions pas opté pour cette
route, nous aurions infailliblement rencontré les Indiens, dont cette fumée trahissait le voisinage... ce
qui était bien possible.

Ce chemin, nous le suivîmes pendant deux jours,
aussi loin qu'il voulut nous mener, à travers de nombreux cours d'eau qui tous coulaient vers le sud. Les
pics se civilisaient; ils devenaient de simples montagnes; les vallées remplaçaient les gorges. La végétation donnait signe de vie; de provocantes prairies
souriaient aux chevaux. Par tous ces motifs, nous nous
décidâmes à prendre là, pendant quelques jours, un
repos dont nous avions besoin. Bois et ruisseau, nous
avions tout sous la main. Le gibier abondait à ce point
que nous finissions par le tuer, non pour l'utilité, mais
pour le plaisir.

A part moi et Cliffton, nos amis s'en étaient donné
chacun à son tour, lorsque j'eus la malencontreuse
idée de proposer à ce dernier une excursion à cheval
pour l'acclimater à la chasse à courre.

C'était par une belle et joyeuse matinée, qui s'annon-
çait mieux qu'elle ne devait finir. Cliffton, tout heureux, s'empressa de seller son cheval gris de fer, une
bête de prix, de souffle et d'action, celle précisément qui avait le mieux résisté aux fatigues de notre
voyage.

Je ne m'étais pas éloigné de mes camarades depuis ma triste aventure.

— Ne vous perdez plus, au moins! dit John en me donnant la poignée de main d'adieu.

— Bah! on ne se perd pas tous les jours, et d'ailleurs nous sommes deux.

C'était, en effet, d'une autre catastrophe que nous étions menacés.

Nous remontons le ruisseau, nous traversons une forêt, nous débouchons dans une prairie semée de bouquets d'arbres... et de plusieurs bœufs sauvages.

— Voilà mon affaire, dit Cliffton, lequel cherchait depuis longtemps l'occasion de se distinguer.

— Surtout de la prudence, car cette chasse est des plus dangereuses.

Nous nous approchons doucement, le plus près possible; le troupeau allait dans le même sens et nous tournait le dos. Je venais de m'arrêter pour serrer d'un cran la sangle de César. Pendant ce temps, Cliffton met pied à terre; il attache son cheval à une branche de chêne, il court en avant, s'agenouille derrière un petit platane, et, avant même que j'aie pu deviner son intention, tire sans plus de façon sur un formidable taureau. La flamme sortait à peine du canon, que le taureau, furieux, se retourne et fond sur Cliffton, qui, perdant le sang-froid, jette son fusil et fuit à toutes jambes. Il atteint un petit arbre, il y grimpe et n'a que juste le temps de dérober ses pieds aux atteintes du monstre, lequel passe sous lui et s'en va droit au chêne où le cheval gris de fer tirait en vain sur sa

5.

bride. Une seconde après, deux longues cornes pointues soulevaient le pauvre animal par le ventre et lui
faisaient sortir les entrailles. Le cheval retomba sur
le sol en poussant un horrible gémissement que j'en-
tendrai toute ma vie. Mon tour était venu ; j'arrêtai
César et je logeai une balle dans l'épaule de l'animal,
qui, furieux, se retourna de mon côté en me poursuivant à outrance. Pour lui échapper, je n'avais qu'à
décrire un large cercle et à faire de nombreux zigzags.
Quelques minutes plus tard, le taureau s'arrêtait,
beuglant comme un damné, labourant le sol de ses
pieds et de ses cornes. Une seconde balle au défaut
de l'épaule le fit d'abord tomber sur un genou, puis
s'abattre sans rémission.

Je revins alors vers Cliffton, qui, les yeux humides,
faisait à son cheval d'inutiles caresses et regrettait trop
tard son imprévoyance.

Le retour au camp fut triste et silencieux. Je m'é-
tais volontairement mis à pied pour ne pas avoir l'air
d'insulter du haut de ma selle à l'infortune d'un ami ;
César me suivait, la tête baissée, et semblait prendre
part à la situation. On n'avait pas encore remarqué la
disparition d'un cheval que déjà Tigre et les autres
lisaient un malheur quelconque sur nos physionomies.
Cette perte, ajoutée à celle de Sam, était une véritable
catastrophe, qu'il fallait néanmoins subir avec résignation.

Il fut décidé que Cliffton monterait Lissy, dont la
charge serait répartie entre Jacques et la jument d'Antonio.

Tigre et Kœnigstein allèrent chercher le harnache-
ment du cheval mort. Quant au taureau, sa chair nous
aurait soulevé le cœur : il fut condamné à servir de
pâture aux fauves... ce qui devait lui être fort égal.

Triste journée et mauvaise nuit !

CHAPITRE XXII.

Les Delawares. — La Chouette blanche. — Spanish Peaks. —
Mountain sheep. — Dix-huit cents kilogrammes d'ours grisly. —
Abondance de pattes. — Mouflons.

Le lendemain soir, après une longue étape, nous faisions nos préparatifs de campement dans une clairière,
au bord d'un ruisseau, lorsque Tom se mit à grogner.
Des pas de chevaux arrivaient distinctement jusqu'à
nous.

Branle-bas général! On réunit les montures, les bagages; on prépare les armes. Tigre sort du fourré et
profère quelques paroles, inintelligibles pour nous, mais
auxquelles on ne répond pas. Toutefois, les chevaux se
sont arrêtés. L'Indien revient sur nous en courant; il
nous engage à nous tenir sur nos gardes et repart aussitôt, poussant son cri de chasse. Cette fois, on répond,
et un court colloque, — de l'hébreu pour nous, — s'engage à distance. Tigre revient encore et nous annonce
que ce sont des amis, mieux que des amis, des Delawares, des hommes de la tribu!... Grande fut la joie
générale, car notre situation n'était pas brillante, et pour
peu que, par la nuit obscure, des forces supérieures
nous eussent cernés dans notre clairière, je ne sais pas
trop comment nous en serions sortis.

Ce brave Tigre ne faisait qu'aller et venir. Il reparut bientôt avec un Indien qu'il nous présenta sous le nom de Young-Bear, — le jeune Ours, — chef d'une fraction de Delawares. Le jeune Ours!... Comme accueil gracieux, cela ne promettait guère; mais enfin, dans le désert!... Quelques autres sauvages suivirent un à un; ils parlaient presque tous anglais et nous témoignaient beaucoup de bienveillance, grâce à Tigre sans doute, dont ils avaient appris le séjour chez des visages blancs. On l'assiégeait de questions sur la façon dont il était traité, et je vous laisse à penser si ses réponses étaient favorables.

Le chef voulut nous donner cette preuve de confiance de souper seul dans notre camp. Pour un « ours », ce n'était pas mal. Il émigrait, à la suite des bisons, vers les prairies du sud, et, s'il passait par les montagnes, c'était pour se procurer de la graisse et des fourrures d'ours. Il nous apprit aussi que, les prairies de l'est étant infestées d'Indiens mal famés, nous ferions sagement de les éviter, quoique la présence de Tigre fût une espèce de sauf-conduit; mais il ne fallait pas trop s'y fier.

Le lendemain matin, nous rendîmes la visite reçue. L'accueil fut aussi cordial que possible. Il y avait là une quarantaine d'hommes, moitié moins de femmes et des enfants comme s'il en pleuvait. Ils emmenaient une centaine de chevaux et de mulets, dont quelques-uns d'une beauté remarquable, ce qui suggéra à Cliffton l'idée de remplacer le cheval qu'il avait perdu.

J'en parlai à Young-Bear, lequel en parla à ses hom-

mes, et l'on fit successivement défiler devant nous
plusieurs coursiers, comme dans une remonte. Mais
quels coursiers!... Tout ce que les rusés compères
avaient de plus mauvais! Peu disposés à nous laisser
duper, nous les refusions à mesure. Enfin, un jeune
Indien se décida à nous présenter une bête remarquable. C'était un vigoureux cheval noir, bien décou-
plé, aux fines attaches, et chez lequel tout dénotait la
race. Il en demandait deux cents dollars, c'est-à-dire
un peu plus de mille francs. Je lui en offris trente, et,
après de longs pourparlers, il le laissa pour cinquante,
que Cliffton lui compta immédiatement. Notre ami était
tout joyeux de son acquisition. La vérité est qu'il n'eut
jamais à s'en plaindre et que ce cheval de racroc lui
rendit d'excellents services.

Après notre déjeuner, pris en commun avec le « jeune
Ours », et comme nous nous apprêtions à partir, ce
dernier nous présenta un de ses gens qui témoignait le
désir de nous accompagner. Ce serait, disait-il, un
guide précieux, à qui les montagnes Rocheuses étaient
familières, et très connu de toutes les tribus dont nous
aurions à traverser le territoire, avantage qui manquait
à Tigre en raison de sa jeunesse. Cette demande m'é-
tait agréable, et je l'accueillis avec d'autant plus de faveur, que je crus y voir une preuve de sollicitude pour
notre ami Tigre. J'offris même de rémunérer le service
rendu, et je priai Young-Bear d'en fixer le prix. Ce
guide supplémentaire fit alors son apparition; c'était
un solide gaillard, d'une trentaine d'années, dont la
physionomie ne me déplut pas.

Je m'attendais à des prétentions exagérées, comme pour le cheval, mais j'en fus quitte pour cinq dollars par mois jusqu'à notre retour au Leone.

Et sur ce, noirs et blancs, nous nous quittâmes mutuellement satisfaits.

Cette nouvelle recrue s'appelait la « Chouette blanche »; c'était, en somme, une nature douce, active, intelligente, qui ne tarda pas à se concilier l'affection générale. La Chouette blanche aidait chacun avec un zèle louable; il s'établit même, entre lui et Tigre, une sorte d'émulation à qui se rendrait le plus utile. C'était, en outre, un habile tireur qui rentrait rarement le carnier vide.

Quelques jours après, nous nous trouvions dans ce que l'on appelle les « prairies découvertes », d'où s'estompaient au loin, vers l'ouest, des montagnes assez semblables à des nuages bleus.

C'était là que devait être située Santa-Fé, d'où le gouvernement mexicain tirait annuellement tant d'argent. Ces montagnes sont bornées à l'est par de riches prairies dont on ne voit pas la fin; le rio Grande les baigne à l'ouest.

Autour de nous, la végétation, plus active, s'accusait par des pousses vert tendre. Peu de fleurs encore, et moins variées que celles de nos prairies, mais assez pour égayer la vue et faire prendre en patience la longueur du chemin.

De petites collines, des buissons, des bouquets d'arbres apportaient quelque variété à la monotonie de cette vaste étendue. Beaucoup de chevaux sauvages. Au point de vue de la chasse, nous avions à choisir entre les bisons, les cerfs et les antilopes.

C'était charmant, mais c'était bien long !

Nous mîmes huit mortels jours à traverser ces plaines, croisant fréquemment, mais sans collision, des partis d'Indiens.

Une nuit entre autres, nous campâmes à proximité d'une tribu de Schawnees, dont le chef, « l'Herbe verte », se conduisit à notre égard en véritable gentleman. Il nous promit de venir nous visiter l'hiver suivant dans nos habitations respectives, et nous offrit quelques peaux merveilleusement tannées, en ajoutant que nous ne tarderions guère à en avoir besoin.

Rien à dire des Osages, des Creeks, des Choctaws, dont nous fîmes aussi la rencontre sans avoir à le regretter.

Autre fut l'attitude d'une tribu de Pahnis qui paraissaient nourrir de sombres desseins; mais notre air résolu leur imposa :

— Au large ! leur cria la Chouette, et rappelez-vous, pour la nuit prochaine, que nous répondons aux scalpeurs et aux voleurs par des coups de fusil.

Ces Pahnis appartiennent à une peuplade aussi cruelle que guerrière, parfaitement montée; ils habitent entre le Missouri et la Plata. Les armes à feu n'abondent pas chez eux; mais, en revanche, ils vous manient le lasso à faire frémir.

Vers les sources du bras nord du fleuve canadien, nous traversâmes la route qui va de Santa-Fé au fort Ben, sur l'Arkansas, et de là au fort Leovenworth, sur

le Missouri. Peu de jours après, nous coupions une autre
route qui d'Indépendance, également sur le Missouri,
conduit à San-Francisco et à Santa-Fé, par Taos, dans
le Nouveau-Mexique.

Ici, métamorphose complète : montagnes sur montagnes, Pélion sur Ossa, une végétation malingre, à peine
quelques brins d'herbe, des chemins pierreux à ne pas
se tenir debout, et des nuits à la glace. Voilà où nous
regrettions le café et le cognac qui, là où ils étaient,
ne servaient à personne !

— Si nous prenions un *gloria?* proposait quelquefois
Mac sur le ton de la plaisanterie.

— J'ai horreur de l'eau-de-vie, reprenait John.

— Le café me fait mal, ajoutait Cliffton.

Et nous finissions toujours par rire de notre détresse.
Une belle chose que la philosophie !

En fait d'ascensions, il faut viser au point le plus
culminant ou ne pas s'en mêler; nous avions donc pour
objectif les pics espagnols (Spanish Peaks), les plus éle-
vées des montagnes Rocheuses, au nord du fleuve Arkansas, dont nous commencions à nous rapprocher. Le
temps nous favorisait; les journées devenaient chaudes
et l'herbe poussait à vue d'œil. Les trois pointes princi-
pales des Spanish Peaks, couvertes de glaces éternelles, se détachaient sur le bleu de l'éther; nous n'y
étions pas, il est vrai, mais c'était déjà quelque chose
que de les entrevoir. Nous ne faisions plus que monter.
Voici un plateau sur lequel débouche un chemin que
nous prenons d'abord pour un simple sentier de bisons,
mais sur lequel nous ne tardons pas à reconnaître d'a n-

ciennes traces de chevaux. Il appuie vers le nord, et nous le suivons comme devant nous mener aux bords de l'Arkansas. La route était couverte de cailloux tranchants comme des pierres à feu, ce dont les chevaux avaient beaucoup à souffrir. Depuis que nous planions si haut, le fourrage devenait plus maigre et plus rare. Il en résultait que nous voyions avec peine décroître leur vigueur en même temps que leur embonpoint.

Il y avait quatre jours que nous suivions ce chemin de Damas lorsque, les pauvres bêtes n'y tenant plus, nous mîmes pied à terre pour les soulager d'autant, car elles boitaient toutes plus ou moins. Maître Jacques était le seul qui ne fût pas entamé; aussi n'avançait-il qu'avec des précautions comiques et en choisissant ses cailloux. A notre tour de marcher sur des lames de rasoir!

Nous venions de faire cet atroce métier depuis le lever du soleil jusqu'au crépuscule, sans un brin d'herbe et sans une goutte d'eau, les pieds en capilotade, nous hissant sur tous les sommets, dans l'espoir de trouver au delà la fin de nos maux. Si nous marchions encore malgré la nuit, c'est que la lune éclairait nos pas chancelants.

Tigre s'était avancé en éclaireur; il venait de gravir une colline, lorsqu'il se replia sur nous joyeusement en annonçant d'excellents pâturages et probablement aussi de l'eau, car l'un n'allait guère sans l'autre.

— Une vallée! une vallée!

Figurez-vous des naufragés criant : « Terre! terre! »

On ne pouvait y descendre, dans cette bienheureuse

vallée, que par une pente ardue, sur laquelle s'ouvrait une espèce de porte taillée dans le roc : des roses en comparaison du pavé de piques que nous venions de quitter.

La Chouette poussait, de son côté, une reconnaissance dans les environs. Il poussa un cri guttural; cela signifiait « ruisseau » apparemment, car, malgré sa fatigue, Tigre trouva encore le moyen d'exécuter une de ces cabrioles d'épileptique dont il avait le secret.

Quand nous fûmes assis aux bords d'une source, que les chevaux eurent du fourrage jusqu'aux jarrets, qu'un grand feu de bois éclaira nos faces et les alentours, que le premier fumet d'un rôti de bison délecta nos narines; quand... Mais tout le monde sait bien que la jouissance est en raison directe des privations qu'on vient de subir.

Nous ne savions pas très bien où nous étions. Il fallut la clarté du jour pour nous faire apprécier à sa valeur l'espèce d'oasis, bien rare à cette altitude, que nous devions à la sagacité, je dirais volontiers au flair du jeune Delaware. L'herbe était mêlée d'une sorte de fougère dont les montures appréciaient très fort la saveur. Les buissons, les arbres qui bordaient le ruisseau étaient d'une essence étrangère à ces contrées, ce que dénotait clairement leur écorce mousseuse et leur forme. Quel vent, quel oiseau en avait transplanté le germe jusquelà?... Ceci est le secret de Dieu.

— Si nous restions ici pendant quelques semaines? proposa Cliffton.

— Rien que cela! Pourquoi pas quelques années?

— D'abord, nous ne trouverons rien de mieux. Je parie que si on prenait l'avis des chevaux...

— Et celui de nos jambes... Ensuite, cela donnerait à l'été le temps de venir et à la végétation celui de pousser.

Cet avis prévalut. A partir de là, nous ne fûmes plus que des paresseux, mangeant, dormant, se donnant du bon temps, émaillant leurs loisirs de quelques parties de chasse, à pied bien entendu, ce qui était plus commode dans les montagnes... et puis, il ne fallait pas éreinter ces pauvres bêtes, sous le prétexte de les ménager. Dans ces parages, l'élan remplaçait le cerf. Comme tous les changements, celui-ci fut d'abord bien accueilli; mais nous eûmes bientôt assez de cette chair filandreuse et sèche. Tigre nous apporta, un soir, un mouton de montagne (*mountain sheep*) absolument semblable à notre bouquetin d'Allemagne. C'est une précieuse et abondante ressource, car on en rencontre des troupeaux entiers. La chair est agréable au goût, et le cuir, c'est-à-dire la peau, n'a pas sa pareille pour les vêtements.

Vous savez, on désire ce qu'on n'a pas, on dédaigne ce qu'on a. L'homme est ainsi fait, — et la femme donc! — Toujours de l'élan, toujours du *mountain sheep!*... Un matin, je pris ma carabine, et, suivi de Tom, j'arrivai bientôt aux pentes chauves et rabougries qui descendent vers l'Arkansas, lequel serpentait à quelque chose comme deux lieues de là, et dont les rives apparaissaient de loin, toutes souriantes de verdure. Par exemple, l'intervalle à franchir pour y arriver était des moins engageants : des ravins, des crevasses, des roches isolées ou par groupes, comme dans une carrière en exploitation. Il y en avait de rangés ou d'échafaudés avec autant de symétrie que si la main de l'homme s'en était mêlée. Du reste, aucun arbre, pas l'ombre d'un buisson, tout au plus quelques roseaux malingres poussant entre les pierres, ou des tiges de molènes brisées, desséchées. Rien où l'œil pût s'arrêter et se reposer; la désolation, la nudité, l'aspect d'un cimetière, sauf, tout là-bas, le cordon vert que le fleuve moirait de reflets d'argent; la nature sauvage, muette, immobile.

Ma lorgnette furetait partout, en quête d'un gibier improbable, lorsque, après une demi-heure de marche au milieu de pierres branlantes et croulantes, je restai stupéfait à l'aspect d'un véritable monument, d'une colonne commémorative, de je ne sais quoi. Toujours est-il que, si le hasard l'avait érigée, le hasard est un architecte. Trois énormes pierres plates, d'un mètre cinquante d'épaisseur et superposées, formaient le soubassement sur lequel s'échafaudaient plusieurs étages en s'amoindrissant. Je venais de faire le tour de cette pyramide, en me disant que de sa plate-forme on devait admirablement planer sur les alentours, quand mon regard s'arrêta sur trois masses grises qui, venant du fleuve, trottaient dans ma direction. Un demi-mille anglais nous séparait à peine, en sorte que je ne tardai pas à reconnaître trois ours grislys de la grande espèce.

Je voulais des émotions et de la venaison; il m'en arrivait au delà de mes désirs, car je savais de longue

date combien la rencontre de ces fauves offre de sérieux périls. Un seul, passe encore, mais trois!... J'é-
valuais de l'œil la distance qui me séparait du camp;
mais j'étais à pied et je me sentais cloué au sol comme
par des souliers de plomb. Des ailes ou un cheval!...
vœux stupides autant qu'inutiles!... Il fallait se mettre
en face de la réalité et aviser à la minute même. Dans
mes prévisions, et à en juger par sa direction, le sinistre trio allait passer sur une roche derrière laquelle je
m'étais humblement blotti.

Ils m'auraient sous le flair, ainsi que Tom, en admettant même que celui-ci ne se trahît pas par quelque
incartade ou quelque jappement.

Or nous étions à l'époque du rut, c'est-à-dire à celle
où les fauves, plus féroces encore et plus acharnés,
attaquent pour détruire, alors que la faim ne les y pousse
pas.

L'ours grisly n'a pas la lourdeur des autres; il atteint
à la course un bison et même un cheval; sa force est
colossale, ses étreintes sont mortelles. Lorsqu'il vous
poursuit, la seule chance de salut est de gagner un
arbre, car il ne grimpe pas. Mais il n'y avait pas d'arbre à ma portée, et d'ailleurs Tom, que je ne voulais
abandonner à aucun prix, n'aurait pu m'y suivre... Et
les trois monstres avançaient toujours!...

— La colonne! me cria cette voix intérieure qui vous
inspire parfois dans les grands périls.

Je posai mon fusil sur le soubassement, j'empoignai
Tom, lequel s'aida de mes bras et de mes épaules pour
se cramponner aux rebords du premier étage, et d'un

bond je fus près de lui; puis, ainsi de suite jusque tout
en haut. Une fois là, mes armes et mes munitions sous
la main, prêt à soutenir un siège s'il le fallait, j'attendis, couché sur la plate-forme, de façon à me dissimuler le plus possible.

Si les ours passaient au-dessous de mon donjon de
pierre sans me dépister, il va sans dire que je les lais-
serais parfaitement tranquilles; dans le cas contraire,
qui vivrait verrait.

Encore deux cents pas, encore cent, encore cinquante... J'entendais en moi comme le tic-tac d'une
horloge...

Une vieille ourse marchait en tête avec indolence,
faisant la coquette et se donnant des grâces; derrière
elle venait un énorme mâle, puis, à une certaine distance, un autre plus jeune et plus petit.

L'aîné, — si vous me permettez cette expression en
parlant d'un ours, — avait fini par se rapprocher de
la femelle, en lui posant assez familièrement la patte
droite sur la croupe. Cette avance avait été mal reçue
de la belle; le mâle, repoussé avec perte, était revenu
à la charge. L'ourse s'était alors dressée sur ses pattes
de derrière, en menaçant le galant suranné de ses formidables mâchoires; elle me présentait ainsi le côté
gauche. L'occasion était trop belle pour n'en pas profiter, coûte que coûte; je visai au cœur, et cette Lu-
crèce du désert paya de la vie son accès de vertu. Ayez
donc des mœurs! Le vieux ressauta sur elle, sans doute
pour lui faire de tendres adieux; mais le jeune ne l'entendait pas ainsi. Jaloux posthume, il bondit sur son

rival, et je vis alors s'engager entre les deux monstres un combat terrible.

— Ah! me disais-je, s'ils pouvaient m'épargner de la besogne en s'entre-tuant!

Cependant, le jeune ours reculait; son adversaire avait le dessus. J'avais eu le temps de recharger ma carabine, et je lui logeai une balle près du cœur. Peut-être, dans son raisonnement de bête féroce, attribua-t-il cette blessures à son ennemi; toujours est-il qu'il se rua de nouveau sur lui, et, l'étreignant de ses puissantes pattes, il lui enfonça ses crochets dans le dos. Tout cela faisait mon affaire. L'ours « junior » luttait en désespéré; il s'aperçut bientôt que les forces de l'autre l'abandonnaient et il reprit l'avantage. Par instants, ils se roulaient en paraissant ne faire qu'un; c'était un affreux échange de morsures et de coups de griffes. Le plus jeune était alors le seul sur lequel je n'eusse pas tiré. A peu près sûr de la victoire, j'eus l'imprudence de lâcher sur lui mon second coup avant d'avoir rechargé l'autre canon.

Je l'avais bien touché, mais à peine se sentit-il atteint, qu'il tourna sa fureur contre moi. En dix bonds, il fut au pied de ma colonne, et plantant ses pattes de devant sur les premières assises, dressant sa tête hideuse, dont l'haleine chaude et fétide montait jusqu'à moi, il cherchait à ébranler les pierres de ses efforts surhumains. J'avais heureusement mes revolvers; j'en tirai un de ma ceinture et je fis feu, visant entre les deux yeux. A la façon dont il retomba sur lui-même, les quatre pattes battant l'air, je le crus tué; mais, se

redressant soudain, il recommença l'assaut, plus furieux
que jamais. A tort ou à raison, je voyais réellement le
moment où il pourrait m'atteindre. Armé de mon second revolver, je tirai alors des deux mains à la fois ;
ce fut la fin du combat, mais il était temps !

J'avais beau voir étalées là, devant moi, ces trois bêtes féroces, je ne pouvais en croire mes yeux. C'était
assurément mon plus beau triomphe de chasseur. Il est
vrai que si l'amour ne s'en était pas un peu mêlé...
Toutefois, je n'étais pas sans quelque inquiétude ; d'autres soupirants pouvaient être à la poursuite de l'ourse,
et, en ce cas, ce serait à recommencer. Ma lorgnette à
la main, j'étudiais les environs du haut de mon belvé-
dère... Rien à l'horizon !...

— Allons, Tom, heup !... je crois que nous pouvons
descendre.

Tout joyeux, le brave chien ne se le fit pas répéter.

Mes victimes pesaient, à elles trois, plus de dix-huit
cents kilogrammes.

On en trouve, dans les montagnes Rocheuses, qui
pèsent jusqu'à mille kilos. Ils sont très communs pour
plusieurs raisons : d'abord, on les fuit plutôt qu'on ne
les poursuit ; il faut être en lieu sûr, dans un canot, par
exemple, en pleine rivière, ou au sommet d'un gros
arbre, pour s'aviser de tirer dessus. Les Indiens ne les
combattent que pour se défendre ; aussi, leur plus glo-
rieuse parure est-elle un chapelet de griffes d'ours : cela
équivaut à un certificat de vaillance. Ensuite, la valeur
d'un ours grisly n'est nullement proportionnée aux dangers qu'il faut courir pour s'en emparer. Ajoutez que la

peau est trop lourde, que la fourrure est loin d'être aussi estimée que celle de l'ours noir et que la chair est moins délicate.

L'ours grisly ne connaît ni le danger ni la peur; une fois aveuglé par la colère, il va de l'avant jusqu'à toute extrémité. J'en ai vu ne mourir qu'à la trentième balle.

La portée habituelle des femelles est de deux ou trois petits, qui naissent de novembre à janvier, et sont à bonne école pour développer presque aussitôt leurs instincts féroces. La petite famille chasse sur la montagne aussi bien que dans la plaine : dans le premier cas, elle attend le gibier et se précipite sur lui du haut des rochers; dans le second, elle lutte de vitesse avec la victime choisie pendant plusieurs milles, et finit toujours par l'atteindre et la déchirer. Bisons, chevaux, vaches sauvages, tout lui est bon!

La tactique de l'ours grisly est de vous mutiler d'abord les jarrets d'un coup de griffe; après quoi, ne pouvant plus fuir, vous restez à sa merci. J'en ai vu qui, pris très jeunes et élevés à l'état domestique, semblaient devenus fort doux, mais il ne faudrait pas s'y fier; cette imprudence peut coûter la vie. Tout au moins pourrais-je citer plusieurs cas de colons qui, à cette expérience téméraire, ont perdu un bras ou une jambe.

Dix-huit cents kilos! j'en avais assez pour une fois; il faut de l'ours, mais pas trop n'en faut. Je revins en droite ligne au camp, où je fus accueilli par un hurrah général; ce prompt retour faisait présager une chasse fructueuse.

— Vite! dis-je, les deux mulets, Tigre, la Chouette et John pour m'accompagner!

— Tant de monde que cela! se récria Cliffton. Vous avez donc fait une hécatombe de gibier?

— Mais oui, à peu près.

— Et peut-on savoir?...

— Vous saurez plus tard. D'ailleurs je n'ai pas fait que chasser.

— Ah! et quoi encore?

— Je me suis d'abord bâti une tour.

— Une tour?

— Oui, à plusieurs étages... C'est de là qu'on abat des fauves! ils tombent dès que vous les couchez en joue... Pif! paf! pouf!

Comme je disais cela le plus sérieusement du monde, pour me donner l'innocent plaisir de les surprendre, mes amis se demandaient du regard si je ne n'avais pas reçu, d'aventure, un de ces coups de soleil qui détraquent le cerveau.

— Quel dommage qu'il n'y ait pas dix à vingt mille hommes de troupes dans le pays! ajoutai-je gravement; je passerais un traité avec l'administration pour leur fournir de la venaison pendant quelques mois.

— Plus de doute! dit Mac en posant l'index sur son front.

La curiosité n'en était pas moins excitée à ce point, que tout le monde voulut m'accompagner.

La courte-paille décida que Kœnigstein resterait à la garde du camp.

Quand on aperçut de loin la colonne, il y eut des exclamations à n'en plus finir.

Je leur avais fait faire un léger crochet pour que mes ours, dissimulés par le soubassement, ne leur apparussent qu'au dernier moment.

— Voilà ma première livraison, dis-je en montrant tout à coup les trois ours gissant à peu de distance l'un de l'autre.

L'étonnement fut grand. La joie des Indiens tenait du délire; ils se mirent à sauter, comme piqués de la tarentule, tournant en cercle autour des cadavres, jetant leur fusil en l'air et le rattrapant au vol à la façon des Arabes, invectivant les victimes en imitant leurs grognements, rampant lourdement à quatre pattes et singeant leurs mouvements.

C'était la danse de la chasse et de la victoire.

Cet accès passé, mes deux sauvages donnèrent le fil aux couteaux sur de petites pierres qu'ils avaient toujours sur eux, et ils allaient procéder à l'extraction des griffes du vieil ours, lorsque je m'adjugeai la fourrure entière avec ses dépendances.

Le mal n'était pas grand, puisqu'il leur en restait deux autres à se partager; ils eurent donc chacun leur collier de l'ordre.

Ce fut une rude besogne que le dépècement; des pattes, des filets, de la graisse à n'en plus finir.

Comme nous devions rester là pendant quelques jours encore, j'en profitai pour faire tanner la grande peau, opération dont les Indiens s'acquittent admirablement par des frictions de cervelle. Or il n'y avait qu'à fendre trois crânes pour donner aux ours la satisfaction de se voir assouplir le derme au moyen de leur propre substance.

J'ai dit que les sabots de nos bêtes avaient beaucoup souffert des routes caillouteuses. Des compresses de graisse étaient un puissant remède que nous appliquâmes le soir même.

J'allais expliquer comment on racle une peau pour l'égaliser, comment on l'enduit, comment on la roule et la déroule pour l'étendre ensuite sur le sol, chargée de grosses pierres; mais je me rappelle à temps que vous savez tout cela.

Pour un dîner d'ours, le repas du soir fut d'une gaieté folle.

Sans nous écarter sensiblement du camp primitif, nous changions souvent de place à mesure que nos chevaux tondaient l'herbe fraîche et que disparaissait le bois à brûler que nous avions sous la main.

Au bout de deux semaines, les chevaux étaient en bon état, ma peau d'ours avait atteint toute sa perfection. Nous cherchions des prétextes pour prolonger notre séjour dans cette vallée qui nous avait donné une hospitalité si généreuse... accompagnée de tant d'ours ; mais, n'en trouvant pas de raisonnables, il fallut se décider à lui dire adieu. Nous voilà donc en route vers l'Arkansas, dont les rives fleuries, mais lointaines encore, nous promettaient de gras pâturages.

Rien à noter jusque-là. Arrivés au fleuve, nous le traversons, nous le remontons jusqu'aux sources, et nous nous établissons au milieu d'un petit bois qui commençait à se nuancer de feuillage vert tendre. Le lendemain, à notre grand étonnement, découverte d'un arbre à miel, un vieux platane dont les ouvrières pompaient à leur porte les premiers rayons du soleil levant. Attaque immédiate à coups de hache, chute du platane, qui se brise en s'abattant et nous étale ses richesses... Festin somptueux, ce jour-là! Notre repas prit les proportions d'un festin; tant il est vrai que, lorsqu'on est réduit depuis longtemps aux aliments les plus primitifs, la moindre douceur double de prix! Faute de barils, nous emportâmes le plus de rayons possible dans des peaux de cerf; mais cet expédient n'était bon que pour quelques jours, au bout desquels les alvéoles, coulant sur nos bagages, il fallut les abandonner.

Nous remontons le fleuve pendant deux jours, jusqu'à la jonction d'un de ses bras venant du nord, et que nous suivons pendant vingt-quatre heures encore sans rencontrer d'obstacle sérieux. A droite, une succession de collines qui s'élèvent graduellement; à gauche, sur la rive opposée, des montagnes sur des rochers, des rochers sur des montagnes, des cimes couvertes de neige et d'une hauteur à donner le vertige.

Nous venions de passer quelques nuits sans feu; aussi ma grande peau d'ours me rendait-elle de précieux services. Elle était assez large pour envelopper trois personnes; malheureusement, nous ne pouvions ni la diviser ni nous enrouler de compagnie en un seul paquet.

Nous voici aux pics les plus élevés que nous eussions encore traversés; à distance, les pics neigeux de là-bas ne nous paraissaient pas supérieurs. Cliffton prétendait

que, s'il avait un chapeau à haute forme , il cognerait
le ciel.

Pourtant, dans les intervalles, verdissaient encore
quelques vallées nourricières. Or, un jour que nous
campions dans l'une d'elles, Tigre et moi, nous étions
partis à la chasse, lorsqu'une troupe de mouflons (grosse
corne) nous fit faire beaucoup de chemin, malgré les
balles que nous leur avions inutilement envoyées. Notre
ardeur croissait en raison des difficultés. Une heure
plus tôt, nous ne songions pas plus aux mouflons qu'au
Grand-Turc; maintenant, il nous en fallait à tout prix...
Un mouflon ou la mort!... Après je ne sais combien
de mamelons gravis et descendus, nous atteignons un
plateau couvert de brouillard. Les mouflons fuyaient
d'autant mieux dans cette obscurité relative. A quoi
attribuer ce phénomène de vapeurs intenses condensées
sur un seul point, alors que, dans la contrée environ-
nante, le soleil brillait dans tout son éclat? Nous avançons, nous cherchons, oubliant un instant la chasse,
et nous mettons en quelque sorte le pied dans une source
d'eau chaude qui jaillissait presque à fleur de terre,
en une infinité de bouillons, comme le dessus d'un
coquemar en train de bouillir; tout le plateau en était
couvert sur une demi-lieue de diamètre. Le tuf était
une espèce de chaux grise formant entonnoir. Toutes
ces petites cascades se réunissaient en rigole et coulaient
vers l'est, sous l'épais nuage de vapeurs que nous
avions remarqué. L'eau était buvable à petites gorgées,
pourvu qu'on la laissât tiédir un peu dans la bouche
avant de l'avaler; mais, quant à y tenir un instant la

main, c'était impossible. C'était, du reste, charmant.
Les rayons du soleil se décomposaient en autant d'arcs-
en-ciel au-dessus de chaque source. Par exemple, en
arrivant au bout du plateau, nous étions comme cuits
au bain-marie. La rigole ou plutôt le ruisseau filtrait au
loin à travers les montagnes. On en pouvait suivre les
méandres à son long panache de brouillards.

Cette eau avait un arrière-goût salé qui rappelait un
peu le bouillon de poulet, un bouillon très clair, bien
entendu, sans aucune prétention au consommé. C'était
une eau minérale, à n'en pas douter. Qui sait? dans
une centaines d'années, peut-être même avant, des ma-
lades viendront lui demander la santé. Là où le hasard
nous avait amenés à la poursuite de mouflons, dans ce
désert hanté par les seuls Indiens ou quelques aventuriers
comme nous, s'élèveront des palais et des jardins. On y
donnera des concerts, des bals. Les dames y feront assaut de toilettes, d'œillades, de sourires. Les dandys
y tireront aux pigeons; on s'y ruinera à la roulette, au
trente-et-quarante... Que sais-je encore?

Reste à savoir si cette nature artificielle, toute d'em-
prunt et de serre chaude, l'emportera sur la sauvage
grandeur des solitudes d'aujourd'hui.

Quoi qu'il en soit, j'eus l'enfantillage de graver là, sur
une roche, à la pointe du couteau, mon nom, la date
et l'année.

Pendant ce temps, nos mouflons avaient eu beau
jeu; nous n'en retrouvâmes pas moins leur trace, mais
pour les voir fuir encore, fuir toujours, et bondir d'un
rocher à l'autre avec une agilité de chamois. Ils sont

là perchés sur une pointe, où leurs quatre pieds réunis peuvent à peine tenir ; ils regardent autour d'eux avec une sorte d'effarement. Ce ne sont que ravins, gouffres, précipices, et le vide au fond. On se dit : « Il est à moi, car il ne sortira jamais de là. » On épaule, on vise, on va tirer... Crac ! il s'est rassemblé sur lui-même, il a fait un bond prodigieux, et le voilà sur une autre cime. C'est ce qui nous arriva, alors que, après avoir péniblement escaladé une hauteur d'où je planais sur l'animal poursuivi, et croyant bonnement lui avoir barré toute retraite, je le vis sauter, à plus de sept mètres de distance, d'une gorge sur une autre. J'aurais pu, à la rigueur, le tirer, mais il serait tombé dans le gouffre, où le diable en personne aurait eu quelque peine à aller le chercher. Nous nous étions placés à découvert, en poussant de grands cris, dans l'espoir qu'il se mettrait à courir et passerait près de nous... Pure illusion !... Il avait préféré prendre « par les airs ». Au même instant, un vieux bouc tombait de je ne sais où sur une saillie de rocher, rebondissant sur une autre, puis sur une troisième, pour disparaître dans les ravins. C'était le chef de file. Toute la bande suivit, — moutons de Panurge, — saut par saut, foulée par foulée, empreinte sur empreinte, comme des capucins de carte sur lesquels on souffle. J'en avais cependant abattu un au passage, gisant sur une roche. Un autre bouc, qui fermait la marche, calcula mal son élan et donna de la tête sur une pointe aiguë qui devait le tuer mille fois ; pas du tout, ses grandes cornes l'avaient préservé. Il se redressa comme si de rien n'était et reprit sa course, — autant dire son vol, — pour disparaître à son tour, pendant que Tigre et moi, nous avions la maladresse de le manquer... Dans toute cette bagarre, un seul mouflon de tué; encore fallut-il faire détours sur détours pour l'atteindre et recueillir les trophées de cette modeste victoire... Toutefois, à un mille du camp, un bouc, égaré ou distrait, s'offrit à nos coups avec une confiance dont Tigre ne se fit aucun scrupule d'abuser.

Total : deux mouflons et de la fatigue pour quatre.

Le mouton de montagne, — je l'ai déjà dit, — n'est autre que le bouquetin d'Allemagne. Le bouc porte des cornes longues de plusieurs pieds, arc-boutées en arrière, triangulaires, tranchantes par le bout comme une lame de sabre. Le poil est de deux sortes : l'un, laineux, court, grisâtre, fin et doux au toucher; l'autre, long, soyeux, fauve ou noir. Les chèvres sont également cornues, mais moins puissamment que les boucs; elles portent deux petits, qui sont bien forcés d'apprendre à sauter pour suivre leur mère.

Les mouflons ne descendent dans les vallées que pendant la nuit; c'est alors seulement que le chasseur à l'affût a quelque chance de les atteindre. Durant le jour, ils planent à des hauteurs presque inaccessibles, où il est aussi dangereux que généralement inutile de les poursuivre. Leur peau est très recherchée par les Indiens, qui s'en habillent de préférence à toute autre. — Chair grasse et délicate. — Ils vivent par bandes au plus haut des montagnes Rocheuses, et l'on serait tenté de croire qu'ils y descendent du ciel plutôt que d'y monter de terre.

Nous avions du gibier en abondance, mais notre provision de sel diminuait à vue d'œil. La réserve, on se le
rappelle, était en train, — fort inutilement, — de saler
l'abîme où gisait notre pauvre Sam. Nos vêtements
commençaient aussi à montrer la corde, surtout le linge
qu'il fallait laver à mesure, n'en ayant plus de rechange depuis la catastrophe que je viens de rappeler.
Nous le raccommodions de notre mieux, prenant tour à
tour sur la longueur pour élargir ou sur la largeur pour
allonger; mais ce système ne pouvait nous mener bien
loin. Le tabac également s'en allait en fumée, mais nous
avions, pour le remplacer, des feuilles de sumac à pipe
que veux-tu. Quant au plomb et à la poudre, nous avions
eu la prévoyance de répartir entre tous cette ressource
suprême; il nous en restait pour plus d'une année. Il
n'y avait donc que le sel, dont la privation était surtout
imminente, et que nous dosions grain par grain. Cliffton
proposait bien d'en mettre beaucoup dans les discours,
par compensation, mais cela ne réussissait pas toujours... En somme, nous avions la perspective de renouveler notre provision dans l'un des forts qui avoisi-
nent les montagnes Rocheuses, et la bonne humeur
continuait à être du voyage... même lorsque nous passions deux nuits sur la neige et sans combustible,
comme cela venait de nous arriver.

Par un contraste étrange, les chaînes de montagnes
que nous traversions maintenant portaient encore leur
livrée d'hiver, tandis que les cours d'eau qui en sortaient
pour féconder les vallées se paraient déjà de verdure
comme en plein mois de mai. Les Indiens désignent

ces vallées sous le non de « Salade-Park ». Si on me
demande pourquoi, je répondrai que c'est sans doute
pour les distinguer des autres. Sans être très luxuriante,
la végétation n'en charmait pas moins des hommes et
des bêtes qui sortaient de la neige. Ajoutez que les
bisons reparaissaient par grandes migrations ; or nous
regrettions depuis longtemps leurs langues et leurs os
à moelle.

Un matin, nous nous étions approchés d'un de ces
grands troupeaux, qui paissait entre de gros blocs de
pierre dont chacun de nous avait réussi à se faire une
cachette jusqu'à portée de fusil. Vous jugez du carnage !
Cinq bisons avaient déjà mordu la poussière, lorsque
Mac tira sur un sixième et, le coup parti, commit l'imprudence de se découvrir. Il avait affaire à un vieux
taureau qui, légèrement blessé, le chargeait avec fureur, lorsque Cliffton se montra à son tour et ajouta
deux balles à celle envoyée par Mac... puis, les deux
amis prirent la fuite, non qu'ils fussent poltrons, mais
faute d'expérience. Suivez bien le tableau : le bison,
furieux, s'élance sur leurs pas ; ils décrivent des cercles,
ils rasent l'herbe de leur pied le plus léger, ils contour-
nent les blocs de pierre contre lesquels il importe de
ne pas butter. De chapeau ils n'en ont plus, ni de fusil.
J'envoie Tom en qualité d'auxiliaire ; il asticote les flancs
du taureau. Celui-ci, d'un simple coup de pied, l'expédie
à dix pas de là, rouler sur le dos, et continue sa poursuite avec une nouvelle ardeur. Il paraît que les balles
ne le gênaient pas. Mac fait un faux pas et s'étale de
son long. Entraîné par l'élan, le monstre passe au-des-

sus de lui, talonnant Cliffton, qui courait toujours. Le bison change d'avis, revient sur sa piste et fond, tête baissée, sur le pauvre Mac, lequel n'avait pas encore eu le temps de se relever. Fusillade générale! C'était le moment ou jamais. Une seconde encore, et notre ami allait sentir une paire de cornes lui labourer le corps. Tom revient à point; il saute à la tête de l'agresseur et lui plante ses crocs dans le muffle. Nous l'encourageons de la voix. Le taureau se redresse et soulève le chien, qui ne lâche pas prise. Enfin nous arrivons, et la lutte se termine par quelques coups de revolver.

Nous avions peur que Mac ne fût blessé, mais il ne l'était pas; il s'était seulement foulé le pied en tombant et souffrait beaucoup. Il fallut le hisser à cheval et rétrograder jusqu'au dernier cours d'eau que nous avions traversé pour lui baigner le pied dans l'eau froide.

Nous avions du bison pour un bout de temps, car la chair pouvait se conserver longtemps, grâce au froid qu'il faisait, surtout pendant la nuit.

CHAPITRE XXIII.

Ours blanc. — Le cerf mulet. — *Old-Park*. — Le rio Colorado. — Ascension de la Grande-Pointe. — La Plata du Nord. — Châteaux en l'air. — *New-Park*. — L'orage. — Les Indiens Pieds-Noirs. — Le *Big-Horn*. — Aigle royal. — Montagnes neigeuses. — Rencontre de lord S***.

Après avoir traversé la vallée à petites journées pendant une semaine, nous arrivons un soir à proximité d'un torrent; je propose d'y passer la nuit, dans la crainte de ne pas trouver d'eau plus loin. Tigre était allé pousser une reconnaissance aux alentours, le fusil sur l'épaule. Les camarades préféraient se reposer, sauf moi, qui voulus de mon côté tenter la fortune. Je me fis suivre par Antonio, monté sur Lissy, pour n'avoir pas à rapporter mon gibier moi-même. A une demi-lieue du camp, dans un groupe clair-semé de chênes, j'aperçois un certain nombre de cerfs en train de viander; le pelage trop sombre me faisait douter que ce fussent des cerfs de Virginie. Je tire de mon carnier l'appeau au moyen duquel on imite à s'y méprendre le cri de détresse du faon, car le terrain était trop découvert pour je songeasse à me rapprocher. J'étais sous un chêne; Antonio se tenait derrière moi. A mon appel trompeur, la harde venait de notre côté; elle arrivait presque à portée, quand Antonio me crie :

— Par ici! par ici!

Je crois qu'il me signale les cerfs, je réponds à demi-voix :

— Je vois! je vois !

— A droite, près de vous ! ajoute le Mexicain.

En me retournant, je vois, à vingt pas de moi, un ours; je tire, mais l'ours, s'abritant d'arbre en arbre, avait déjà reculé de beaucoup, en sorte que ma balle n'atteignit qu'un chêne.

Tom, blessé aux pattes et resté au camp, manquait beaucoup. Maître Bruin, attiré par un cri de détresse, était accouru dans l'espoir d'une proie à se mettre sous les crocs. C'était une variété de l'ours noir commun. Sa fourrure me tentait, mais je dus y renoncer pour en revenir aux cerfs, que mon coup de feu avait fait se réfugier dans un bois assez éloigné, où je les retrouvai, viandant de plus belle. J'en abattis un dont l'espèce m'était inconnue : beaucoup plus grand, plus élancé que le cerf de Virginie, son pelage était presque noir, la queue était remarquablement longue, son bois était tombé et commençait à se renouveler. Lissy en eut sa charge. La Chouette m'apprit que c'était un cerf-mulet, ou cerf à queue noire, assez commun dans les régions inférieures des montagnes Rocheuses.

A partir de là, nous ne fîmes plus que monter toujours. La végétation devenait de plus en plus pauvre; toutefois, les sentiers étaient praticables. Enfin, au bout de quelques jours, nous apparurent distinctement les grands monts couverts de neiges éternelles. Nous arrivions en pleins frimas, mal vêtus pour les affronter. Nos

peaux, insuffisantes, n'avaient plus le don de nous réchauffer. J'étais encore le mieux partagé, grâce à ma
grande fourrure d'ours grisly, dont, pendant les haltes,
je m'enveloppais de la tête aux pieds; mais, en route et
à cheval, je claquais des dents, trop heureux de trouver
de temps en temps, pour la couchée, un pli de terrain
qui nous abritât quelque peu, sans trop de neige, et
semé de maigres bouquets de bois épineux auxquels
nous devions le luxe de nous chauffer.

Quand nous trouvions, d'aventure, une place où les
rayons du soleil avaient fait fondre la neige, il nous
semblait « descendre » dans un des plus somptueux hô-
tels de Londres ou de New-York.

— Garçon! sommelier! Holà! quelqu'un! Viendra-
t-on quand j'appelle? criait Clifflon.

Et nous nous mettions à rire de notre misère, comme
de vrais enfants sans soucis que nous étions.

Un matin, après avoir passé la nuit autour d'un semblant de feu et gravi à perte d'haleine une crête presque
perpendiculaire, nous fûmes tout surpris de voir une
plaine d'où le soleil pompait les vapeurs, et si vaste, si
interminable, que le bout s'en confondait, à l'horizon,
avec les montagnes et le ciel. Cette plaine avait pour
ceinture, à l'est et à l'ouest, d'énormes massifs de sapins
et des roches sauvages en pierre blanche, lesquelles
affectaient les formes les plus bizarres. L'imagination
pouvait y voir des minarets, des pyramides, des coupoles,
une ville entière, des forteresses, des tombeaux. En
face, dans le lointain, d'autres roches d'un rouge bleu,
grimpant les unes sur les autres et se perdant dans les

nuages. La vallée, — si l'on peut se servir de ce mot à de pareilles hauteurs, — était traversée, du nord au sud, par un cours d'eau assez considérable, baignant les contre-forts de l'ouest; la végétation se limitait aux sapins et à quelques variétés de grands arbres, tels que peupliers, etc., mais seulement dans le voisinage de la rivière. Tout le reste, accidenté de quelques collines, n'était qu'un désert de pierres et d'aiguilles de rochers. Au dire de nos Indiens, cette vallée enchâssée de montagnes se nommait Old-Park, et le fleuve n'était autre que la source du rio Colorado, lequel coule, comme on sait, à travers le Nouveau-Mexique et la Californie, vers l'océan Pacifique, pour aller se jeter au loin dans le golfe de Californie.

Trois jours après, nous longions le cours du Colorado. Pendant l'une de nos stations, vers midi, alors que nos chevaux broutaient... autant que possible, — ce qui n'était guère, — nous reçûmes la visite de deux chasseurs de castors, qui venaient tout simplement à nous dans le fol espoir de se ravitailler.

— Hélas! Messieurs, répondis-je, j'allais vous en demander autant, car nous sommes logés à la même enseigne.

C'étaient deux Canadiens d'origine française, passablement grossiers, d'assez mauvaise mine, et que nous fûmes charmés de voir s'éloigner en nous disant brièvement adieu.

Ici, une semaine entière de Colorado, jusqu'à un certain endroit où, faisant un coude vers l'ouest, puis vers le sud-ouest, il sort brusquement de sa ceinture de

rochers pour reprendre sa liberté, à travers tout un
monde, jusqu'à l'océan Pacifique. Autre bras du même
Colorado venant de l'est, et que nous traversons pour
suivre encore un autre cours d'eau dans la direction
nord-est.

Tout cela n'a qu'un intérêt topographique, mais, que
sait-on? le lecteur a peut-être envie de faire le voyage.

Mais quel est ce pic qui étincelle là-bas dans les airs,
j'allais dire dans le ciel, avec des scintillations de diamant? C'est le *Big-Horn*, — la Grande-Corne, — que,
depuis longtemps, je m'étais mis dans la tête d'escalader jusqu'à extinction de souffle.

Deux jours après, vers le soir, après avoir fait avancer
nos chevaux jusqu'aux derniers vestiges de pâture, et
décidés à achever le voyage à pied, nous touchions la
base du pic redoutable. C'était à la mi-juin. Le temps
nous favorisait; quant au froid, nous y étions préparés,
non par les vêtements, mais par le courage. Il ne s'agissait pas seulement de trouver un abri pour les bagages
et pour les montures, encore fallait-il autant que possible que cet abri échappât aux Indiens pendant notre
absence : nous le trouvâmes sur la montagne même,
après avoir franchi les premiers mamelons. C'était une
espèce de petite vallée fermée à l'est par des rochers, et
d'où la vue s'étendait, au sud-ouest, dans la direction
d'*Old-Park*. Par miracle, l'herbe y abondait, ainsi que
l'arbre à pins; une source providentielle y faisait jaillir
un filet de cristal : tous les agréments réunis. Ajoutez
qu'on y était en dehors de toute route tracée, à l'abri
des tempêtes, et que, en cas d'attaque, la défense y

était facile. Une anfractuosité de rocher nous servit de
magasin. Nous fîmes des battues pendant plusieurs
jours, afin 'de laisser de la venaison en quantité suffisante à ceux qui resteraient.

Ici s'offrait une difficulté : qui garderait le camp? qui
m'accompagnerait? Je craignais de faire des jaloux.
Sur huit que nous étions, je ne pouvais guère en favo-
riser que deux, sans me compter, les cinq autres re-
présentant à peine une garnison suffisante. Tigre,
l'homme indispensable, était de droit de l'expédition ;
quant au second, j'allais charger le sort de le désigner
entre John, Cliffton et Mac, lorsque ceux-ci se désistè-
rent en faveur du premier.

Précaution essentielle avant le départ : fixer des courroies aux peaux et aux fourrures, et les attacher aux
épaules pour ne pas les perdre en grimpant.

Sur ce, bonne santé, bonne garde, et à bientôt !

Tigre marchait en tête et Tom fermait la marche.

Première journée : des sentiers de bêtes fauves, plus
ou moins praticables ; — des roches de granit rouge, sur
lesquelles il est bon de se cramponner des mains et des
pieds pour ne pas glisser ; — des quantités de mouflons, que nous faisons fuir et qui nous regardent
comme des événements ; — Tigre abat un bouc dont
nous prenons chacun un quartier, Tom s'arrange du
reste ; — l'ardeur que l'on met à toute entreprise qui
commence ; — plus de quatre milles d'une seule traite
et verticalement ; — vers le soir, nous trouvons une
source pour la soif, des broussailles pour nous réchauffer et faire la cuisine ; — une vue grandiose, un site ra-

vissant; — à nos pieds, les rochers qui entourent *Old-Park* et où campent nos amis; — entre les rochers, le fleuve qui serpente; — l'air pur et vif, trop vif même, car, dès que le soleil s'abaisse, nous ne savons plus à quelles couvertures nous vouer; — allumé un feu d'enfer, avec l'intention de l'entretenir toute la nuit : je dis l'intention, car nous dormons comme des loirs jusqu'au lendemain.

Deuxième journée : un lever de soleil dans le voisinage du bon Dieu, et tel qu'on n'en voit pas tous les jours; je vous fais grâce, pour l'avoir trop répété, de la nature qui s'éveille, des cimes qui s'éclairent, des vapeurs qui se dissolvent; — déjeuner succinct; — pris de l'eau dans nos gourdes, à tout hasard; — grimpé comme la veille; — roches de plus en plus chauves; — par-ci, par-là, un pin, des joncs, des molènes; — de la neige fondue, qui descend sur nous à l'état de ruisseaux; — le soir, parvenus à une plate-forme d'une lieue de large, d'où l'on voit le *Big-Horn* dominer comme le clocher principal d'une cyclopéenne basilique; cette plate-forme sépare les hautes régions des couches inférieures; — partout, des miroirs de glace qui font papilloter le regard... Nous avons faim, sommeil et plus froid que jamais.

Au nord, le Big-Horn est absolument à pic; au sud, il s'abaisse par degrés en une succession d'autres pics, dont les moindres ont la forme d'un cône tronqué.

Troisième journée : force nous est de reconnaître qu'il est absolument impossible à un simple mortel de gravir de haute lutte ces hauteurs glacées; toutefois, en biaisant un peu vers le nord, nous remarquons une suite de petites excavations, privées de neige, qui conduisent aux sommets sans trop de fatigue; nous faisons le même métier d'écureuils que la veille et que l'avant-veille. — Le soir, spectacle magique et devant lequel nous restons muets d'admiration... le ciel s'empourpre peu à peu et finit par s'étendre au-dessus des montagnes comme une mer de feu, de laquelle émergent, à l'état de rubis, les aiguilles glacées. L'immense paysage qui nous entoure en prend des teintes chaudes et rosées; la blancheur transparente des montagnes de l'est prend des tons de carmin; puis la nuit étend graduellement ses voiles, d'un bleu qui devient de plus en plus sombre; seules, les plus hautes crêtes accusent encore leur profil laiteux, comme pour protester.

— Voir cela et mourir! disait John Lazar avec enthousiasme.

— Voir cela et vivre! répliqua Tigre dans sa naïveté de sauvage.

Mais un vent glacial nous arracha à ces contemplations éthérées; nous n'avions pas même fait choix d'un gîte pour la nuit. Un encaissement de rochers, où poussait un peu de mousse, nous offrit un lit relativement doux.

A peine fermions-nous l'œil, qu'un gémissement de fauve se répercuta dans les montagnes et vint jusqu'à nous.

— Un ours grisly qui fait des siennes!

— L'essentiel est que ce ne soit pas à nos dépens.

— Il avait bien besoin de nous réveiller!... Bonsoir!

— Bonsoir!

L'habitude nous avait donné une telle insouciance du danger, que cet incident ne nous inspira pas d'autres réflexions. D'ailleurs Tom veillait, et c'était son affaire.

Quatrième journée : le soleil levant nous trouve debout, battant la semelle pour nous dégourdir. — Vues de près, les excavations qui, de loin, nous avaient paru relativement faciles à enjamber, perdent beaucoup de leur charme; elles sont encombrées de pierres d'une telle dimension, qu'il faut faire de nombreux détours pour les éviter; la route s'en allonge d'autant. — Vers midi, un aigle royal bat lourdement des ailes au-dessus de nous, enlevant un mouflon dont il espère dîner tout à l'heure. Il se repose avec son fardeau sur une roche voisine; il pousse de grands cris et semble nous perforer de ses yeux de lynx. — Nous épaulons presque en même temps, et l'aigle, inanimé, s'abat sur sa proie. Tigre escalade le rocher et jette à mes pieds le bourreau en même temps que la victime. Celle-ci était un jeune agneau de l'année, dont la chair fondait dans la bouche. — Repas succulent. — Conserve d'agneau battue, triturée et salée, car, faute de combustible, nous allions bientôt en être réduits à nous nourrir de viande crue. — Tigre ajoute à ses trophées les serres et les plumes de l'aigle.

Nous voici en pleine température boréale. Nos poitrines s'oppressent, nous respirons plus difficilement. — A la tombée du jour, nous sommes enveloppés d'un vaste linceul de neige; il faut faire beaucoup de che-

min avant de trouver une place où le soleil l'ait bue
tout entière. Couchons-nous et dormons... s'il est possible. Tigre et John se réveillent plusieurs fois; ils ne
se sentent plus les extrémités et prétendent que leur
sang se fige dans leurs veines. — Possesseur d'une
fourrure, j'éprouve à la fois la satisfaction et le remords d'avoir presque chaud...

Cinquième journée : nous n'enfonçons plus dans la
neige durcie par la gelée; — nos bâtons ferrés nous
rendent de grands services; ils nous permettent de son-
der le terrain avant d'y hasarder le pied, et de franchir
en toute sécurité des ravins qui nous eussent engloutis
dans une neige friable; — ma montre marque onze
heures quand, après des fatigues inouïes, nous atteignons le point culminant. C'est une plaine de glace
qui descend, à l'est, dans une fondrière, derrière laquelle se dressent d'autres montagnes qui se détachent sur l'azur du ciel; au sud, au-dessous de nous,
des pics neigeux dominés par les deux sommets des
Grandes-Cornes. L'aspect bleuâtre et glacial de ces
cimes maîtresses contraste avec la teinte chaude du
paysage.

A droite et à gauche, dans la demi-lune tracée par
les monts, un océan de roches groupées de la façon la
plus pittoresque; des reflets de prisme, des dégrada-
tions de lumière qu'il est impossible de décrire : ici,
des éblouissements, qui aveuglent : là, de grandes taches noires, orifices béants d'abîmes insondables, de
rares brins d'herbe, des soupçons de feuillage, étonnés
de se trouver là, et dont le vert mélancolique semble

vous sourire au milieu de cette nature immobile autant
que sauvage.

Old-Park se dessine sous nos yeux en un étroit vallon où plusieurs cours d'eau nouent et dénouent leurs
ceintures d'argent. Bien loin, au delà d'Old-Park,
dans l'horizon brumeux, se déroule la vaste étendue
qui s'étend des montagnes Rocheuses à l'océan Pacifique. Où commence le ciel ? où finit la terre ? Ces
montagnes sont-elles des nuages ? Ces nuages sont-
ils des montagnes ?... On a beau braquer sa lorgnette,
l'œil doute et s'y perd. Cependant, tout là-bas, semble poindre une série de pics enchevêtrés les uns dans
les autres, et qui pourraient bien être ce que l'on est
convenu d'appeler les Alpes de la mer de Californie,
ou montagnes *Neigeuses*. Du reste, aucune végétation,
si ce n'est le cordon de verdure indiquant le parcours
du rio Colorado.

Sous peine d'y rester à jamais figé par le froid, il
faut pourtant dire à ce magnifique spectacle un dernier adieu. Une nuit passée là serait mortelle. Après
deux heures d'extase, nous nous arrachons à ces contemplations, et, la barbe gelée, nous regagnons à
grands pas notre gîte de la veille. Pour comble de dis-
grâce, le vent nous avait joué le mauvais tour de s'élever encore. Aussi quelle nuit !... Sans notre conserve
de l'agneau que l'aigle avait eu l'obligeance de tuer
pour nous, nous courions le risque de mourir de faim
par-dessus le marché.

Nous sortîmes des neiges éternelles avec un plaisir
sensible. Le soir, nous trouvions de l'eau et assez de

bois pour préparer notre repas, dont un bouc fort
gras, occis chemin faisant, composa le menu, peu varié, mais réconfortant.

Le lendemain soir, nous arrivions, sans trop d'avaries, au milieu de nos compagnons. Ces retours font
du bien; on se quitterait, rien que pour avoir le plaisir de se retrouver. Tout était dans le meilleur état.
Devant le campement s'élevaient une foule de petits
piquets où, devant un feu de charbon, séchait une
bonne provision de viande découpée par tranches.
Deux peaux d'ours, l'une plus grande que l'autre, nous
donnaient le mot de l'énigme.

La Chouette avait abattu, non loin de là, une vieille
ourse et un de ses petits, dont il s'agissait de rissoler
la chair pour la conserver. C'était une excellente idée,
car l'ours se met à toutes sauces. Vous faites rôtir, je
suppose, un quartier de cerf, peu juteux de sa nature.
Eh bien ! avec un peu de graisse d'ours, vous en faites
un mets délectable.

L'ourson pesait une trentaine de kilos. Le soir, grand
dîner d'apparat. Je me chauffe à outrance pour réparer
la chaleur perdue. Mais il n'y a pas plus de bonheur
sans tache que de soleil sans ombre : le sel allait nous
manquer, le tabac également, car ces montagnes ne
produisent pas de sumac. Si l'on en excepte les munitions, nous étions à bout de tout. Nos vêtements en
peau de cerf nous disaient adieu; le peu de linge qui
nous restait, nous le gardions pour en faire des ban-
dages en cas de blessures. Seuls, la santé et le moral
faisaient bonne résistance : *mens sana in corpore sano.*

C'était l'essentiel... D'ailleurs, dans quelques mois, ne pourrions-nous pas nous ravitailler dans l'un des forts situés à l'est des montagnes Rocheuses?... Dans quelques mois!... Ce n'était pas demain!

Dès le lendemain de notre retour au camp, nous remettons le cap Old-Park sur pour remonter, à l'ouest de cette vallée, l'un des bras du Colorado, dont nous suivons les méandres dans les montagnes jusqu'à ce que, devenu torrent, il bouillonne en cascades des plus pittoresques. Nous restons aussi longtemps que possible les fidèles compagnons de ce fleuve; si quelque accident de terrain nous en écarte, bien vite nous le rejoignons. Pourquoi cet excès de tendresse? Parce que nous pêchons dans ses eaux vives des truites délicieuses, de quatre et cinq kilos... rien que cela; parce qu'une grande quantité de gibier et de fauves se donnent rendez-vous sur ces rives; parce que les talus sont accessibles, commodes, et que nous pouvons nous baigner soir et matin; parce que... Mais voilà bien assez de raisons!

Cependant, comme il finissait par s'éparpiller et se perdre dans une infinité de petites sources, il fallut bien le quitter, mais pour en trouver presque aussitôt un autre semblable de l'autre côté de la montagne, avec cette différence que, au lieu de couler au sud, puis à l'ouest, vers le Pacifique, celui-ci coulait au nord et, après avoir décrit un grand arc autour des montagnes noires sous le nom de *la Plata*, il allait se jeter à l'est dans le Missouri, pour gagner ensuite, par le Mississipi, le golfe du Mexique.

Deux jours après, nous retrouvions une végétation
remarquable pour ces parages, mais toujours limitée
au voisinage de l'eau. La pente sur laquelle nous avions
établi notre camp était couverte de grands bois, particulièrement de pins et de chênes, à travers lesquels
filtrait le torrent jusque dans la vallée voisine, que
nous dominions. Les hauteurs environnantes s'abais-
saient en pente douce dans cette vallée, comme dans un
vaste entonnoir de verdure au milieu duquel s'élevait
un rocher conique, ayant l'apparence d'un château en
ruines. Le torrent contournait ces rochers et son eau
transparente miroitait dans les éclaircies. Enfin, pour
compléter le charme du paysage, quelques bisons venaient de temps en temps brouter de rares fougères
dans cet Éden relatif. Or, le besoin de l'os à moelle
commençait à se faire sentir.

Tigre, John et Cliffton profitèrent donc de ce que
nous n'étions encore qu'au milieu de la journée pour
se mettre en chasse ; Antonio les accompagnait, monté
sur maître Jacques. Moins d'une demi-heure après, nous
les vîmes déboucher de la forêt, puis se glisser, en s'a-
britant de leur mieux, vers l'objet de nos convoitises.
Nous étions comme sur un observatoire, d'où rien ne
nous échappait. Presque aussitôt, de légers flocons de
fumée montèrent dans l'espace, deux détonations ré-
veillèrent les nombreux échos, et nous eûmes la satisfaction de voir tomber un bison, pendant que ses lâches compagnons s'éclipsaient derrière les rochers.
Pendant ce temps, nous allumions un grand feu, et
la Chouette apportait du ruisseau voisin une couple de

truites... presque saumonnées. Lucullus chez Lucullus!

Le lendemain, de grand matin, les chevaux étaient sellés, les mulets bâtés; nous nous apprêtions à partir quand, au delà du « château en ruines », plusieurs colonnes de fumée frappèrent nos regards... C'était signe d'Indiens. La première précaution à prendre était de remonter jusqu'à la forêt et de s'y cacher jusqu'à nouvel ordre, pendant que Tigre et moi pousserions une reconnaissance.

Notre étonnement fut au comble en découvrant à nos pieds un vaste camp offrant toute l'apparence d'une civilisation raffinée.

De longues banderoles flottaient à l'air vif du matin, au-dessus de tentes de toutes les couleurs. La circulation était des plus actives, le coup d'œil des plus animés. Des palefreniers s'occupaient des chevaux, des marmitons s'occupaient du déjeuner. Ceux-ci, à peine réveillés, s'étirant les bras, allaient non-chalamment se baigner; ceux-là, pourvus de tous les engins inventés par la mode, achevaient une toilette de petit-maître. D'où diable sortait cette caravane en pantoufles, soignée, musquée, bariolée ? Était-ce une troupe de comédiens de haut parage venant donner la comédie aux ours du désert? Après tout, quels que fussent ces touristes, leur rencontre ne pouvait nous être que favorable. Je sortis de ma poche les derniers lambeaux d'un mouchoir que j'attachai au bout de mon fusil, je grimpai au plus haut d'une roche, et je lâchai mes deux coups en agitant en l'air le drapeau de la paix. On nous avait aperçus, toutes les mains se

levaient vers nous. Bientôt une mousqueterie formidable
répondit à mon salut; plus de cinquante mouchoirs, —
de vrais mouchoirs, — flottaient dans l'espace.

Nous descendîmes à la hâte pour annoncer la bonne
nouvelle à nos compagnons, et, prenant le galop le
long du ruisseau, nous fîmes, dans cette espèce de
camp du Drap-d'Or, une assez piteuse entrée, qui n'en
fut pas moins accueillie par des hurrahs frénétiques.

Déjà nous étions entourés d'une foule compacte de
curieux qui nous adressaient mille questions. Laissant
à Kœnigstein et à Antonio la surveillance des chevaux
et des bagages, nous suivîmes des guides officieux jusqu'à la tente principale, ombragée d'une marquise et
sur laquelle flottait un pavillon blanc. Un homme d'un
certain âge et parfaitement distingué s'avança à ma
rencontre; il me plut à première vue, et je démêlai
dans son regard sympathique que je lui produisais la
même impression. Comme nous nous serrions la main
en échangeant les politesses d'usage, un souvenir me
frappa... Oui, c'était bien lord S***, une ancienne connaissance, que j'avais déjà rencontré dix ans plus tôt à
l'est de ce même continent.

Grande joie réciproque, et d'autant plus vive, que
nous devions moins nous y attendre.

Lord S*** nous fait asseoir autour d'un bon feu, sur
des piles de coussins moelleux; nos cœurs s'ouvrent,
les réminiscences affluent, et nous remontons le cours
du passé. Il savait ma vie, et je connaissais la sienne
jusqu'à l'époque de notre première rencontre. Mais
tant d'événements étaient survenus depuis!... Quant

à lui, son existence s'était écoulée parfaitement calme, quoique très nomade.

Retourné en Europe, il l'avait parcourue de fond en comble. Il avait ensuite fait un long séjour en Asie; puis, sa passion pour la grande nature vierge reprenant le dessus, il revenait faire au Nouveau-Monde ses derniers adieux.

Il était parti d'Indépendance avec de nombreux amis, presque tous Européens ou Américains; sa suite se composait en grande partie de *half-bred*, — métis de blanc et d'Indien, — engagés tout exprès pour l'expédition.

Après avoir remonté le Missouri sur un yacht à vapeur, puis le Yellowstone aussi loin que possible, il avait pris terre avec tout son monde, tout son attirail de voyageur sybarite. Traversant alors les montagnes du sud jusqu'à la Plata, il s'était engagé, le long du susdit fleuve, dans les montagnes Noires, jusqu'à l'endroit où nous l'avions rencontré.

La caravane se composait d'environ quatre-vingts personnes, plus une centaine de chevaux, y compris les mulets, achetés pour la plupart à des Indiens dans les environs du fort où ils avaient quitté leur bateau à vapeur. Une douzaine de ces Indiens s'étaient loués pour la campagne et avaient suivi leurs chevaux.

Il est inutile d'ajouter que le Pactole coulait dans les poches du noble lord.

Cette petite armée offrait le coup d'œil le plus varié qu'on se puisse figurer. Depuis le sauvage à peine couvert jusqu'au gentleman du West-End, — depuis le chevalier du moyen âge en cotte de buffle jusqu'à l'hidalgo en toque à plumes et pourpoint crevé de satin, — depuis le brigand italien en veste de velours et coiffé d'un chapeau pointu à plume de coq, jusqu'au marquis français chiffonnant ses manchettes en habit gorge de pigeon, — depuis le « puncho » mexicain en larges pantalons dans de grandes bottes rouges aux bruyantes molettes, jusqu'au boucanier de Cooper, vêtu de cuir et d'un sombrero, toutes les modes, toutes les époques, toutes les fantaisies, tous les pays y étaient représentés.

Un seul type leur manquait comme couleur locale : celui du pauvre diable de voyageur revenant en guenilles des montagnes Rocheuses, et dont nous étions la déplorable expression. Je crois, Dieu me pardonne ! que quelques-uns de ces beaux messieurs auraient échangé volontiers leurs costumes tout neufs contre ma défroque trouée, fatiguée, roidie par le sang, qu'ils n'eussent pas, à New-York, ramassée avec des pincettes... Il y en avait même en robes de chambre, dont la grande occupation était de se limer les ongles en fumant des cigares de la Havane. Par exemple, ils étaient tous égaux devant la barbe, qui depuis longtemps avait cessé toutes relations avec le rasoir.

En somme, de braves cœurs, un peu futiles peut-être, mais avec lesquels la connaissance fut vite faite, et qui se mirent en quatre pour nous faire oublier nos souffrances et nos privations. Nous menâmes là, pendant quelques jours, une vie de Sardanapales : des vins exquis, une chère délicate, des conserves de fruits et de légumes, toutes les superfluités imaginables... Et,

avec cela, la belle humeur, l'affabilité, la bonne grâce...
Nous étions chez eux, et ils avaient l'air d'être chez
nous !

On passait le temps à tirer au but, à organiser des
steeple-chases, à lutter, à courir la bague, à jouer aux
cartes ou aux dés, à chasser.. Mais ce dernier exercice n'était pas du goût de tout le monde.

— Trop fatigant ! disaient les damerets, et cela dé-
range la frisure.

En raison de la grande quantité d'animaux que ces
bizarres touristes traînaient après eux, la montagne
ne leur offrait pas toujours des ressources suffisantes.
La table des chevaux était moins abondante que celle
des maîtres; de là cet établissement provisoire dans
une belle et vaste prairie.

Après quatre jours de liesse il fallut songer à quitter Capoue, bien que nos nouveaux amis voulussent
nous garder encore.

Lord S*** nous avait comblés de tout ce qui pouvait
embellir ou faciliter notre expédition ; des provisions
de toutes sortes : non seulement l'utile, mais le su-
perflu. De plus, une garde-robe nouvelle, et en double,
de sorte que, par le fait, nous étions mieux équipés
qu'au commencement du voyage. La Chouette et Tigre
s'étaient embellis d'une foule de bimbeloteries, d'anneaux, de colliers, de miroirs de poche, qui les jetaient
dans le ravissement. Leurs chevaux étaient criblés
d'ornements de toutes les couleurs. Cela me rappelle
que le cheval pie avait de nombreux admirateurs. Lord
S*** en offrait jusqu'à 500 dollars ; mais Tigre ne vou-

lait le vendre à aucun prix, et, chaque fois que cette question revenait sur le tapis, il affectait de ne pas comprendre.

Donc, le cinquième jour, après un déjeuner solennel et des toasts sans fin, salués d'une salve de mousqueterie, nous partions, sous l'escorte de lord S*** et de quelques-uns de ses amis, qui voulurent absolument nous accompagner pendant plusieurs lieues. En donnant à mon vieil ami la poignée de main d'adieu, j'allais le remercier, mais je sentis une larme au coin de mes yeux... Cette éloquence a dû lui suffire.

Nous nous retrouvions donc à huit, comme auparavant, et dans un calme relatif, au sortir de l'hospitalité la plus tapageuse et la plus élégante qui se soit jamais offerte dans le désert. Mais quelle différence sous le rapport du bien-être!... Du sumac, fi donc!... Est-ce qu'on fume du sumac?... Nous ne quittions plus la pipe que pour nous offrir des cigares; aux sources que nous traversions, le grog remplaçait l'eau pure... C'était à qui aurait le premier rhume de cerveau pour utiliser ses mouchoirs... Ce jour-là, nous fîmes halte de très bonne heure. Savez-vous pourquoi?... Pour refaire en petit comité un de nos dîners d'autrefois, pour saler, poivrer, faire circuler du biscuit sans le peser par onces, humer le café et le pousse-café. Grands enfants que nous sommes! Et combien il est vrai de dire que les jouissances d'aujourd'hui sont en raison directe des privations de la veille!

Toujours en côtoyant la rivière le plus possible, nous étions, le lendemain, dans une vallée nommée New-

Park ; les montagnes finissaient par resserrer à ce point,
que, dans quelques endroits, elles laissaient à peine
un passage au cours d'eau, très rapide par lui-même, et
que grossissaient encore de nombreux torrents. Parfois,
les vagues déferlaient jusque sur les roches et retom-
baient en cascades d'écume.

Les Indiens appellent ces hauteurs les montagnes de
la Médecine... Peut-être y pousse-t-il des plantes salu-
taires... Il s'en fallait que nous fussions sur des roses ;
le chemin était gras, glissant ; au bord des précipices,
nous descendions de cheval.

Je passe sur plusieurs journées insignifiantes.

Un soir, nous campions sur un point assez élevé,
pourvu d'herbe et de chênes rabougris. Le fleuve coulait
au-dessous de nous, dans les rochers, à quelque chose
comme une demi-lieue, où il se grossissait d'un ruisseau
dont nous voyions jaillir la source d'un petit fourré,
presque à côté de nous. Nous nous couchons en pleine
sécurité ; il se met à pleuvoir, et la source, notre providence de la veille, est cause que nous nous réveillons
submergés, ainsi que nos bagages, laissés à l'aventure.

— Bah ! dit princièrement Cliffton, nous en serons
quittes pour changer d'habits.

Le lendemain, instruits par l'expérience, nous dres-
sâmes nos tentes, ce qui arrivait rarement. Il fallait les
déplier, les établir, les défaire, y pénétrer à quatre
pattes, si bien que, en général, nous préférions la belle
étoile et le voisinage du foyer. Bonsoir mutuel. Le temps
était calme et la soirée chaude. Kœnigstein, en venant
se coucher à côté de moi, avait néanmoins fermé l'ou-

verture tournée au nord. Je trouve qu'on étouffe, et je
me lève pour la rouvrir. Nous causons un peu, les yeux
clignent, les langues s'alourdissent, le murmure de la
cascade voisine semble nous bercer, et nous voilà partis
pour le pays des rêves.

Au bout d'une heure, un âcre courant d'air me fouette
le visage, et je me réveille. La pluie entre par rafales ;
l'ouragan ébranle nos abris de toile. Je secoue Kœnigstein, qui saute debout. Nous allions nous baisser pour
sortir de la tente ; mais celle-ci s'envole, ce qui nous
évite cette peine. Nos amis ont subi le même sort ; ils courent éperdus, celui-ci après sa couverture, celui-là après
son chapeau, cet autre après ses vêtements. L'obscurité
ajoute encore au désordre ; on se heurte, on se bous-
cule. Le pire est que nous entendons des pas de chevaux
qui s'éloignent de nous... sans doute les nôtres, qui,
pris d'épouvante, ont arraché leurs entraves.

Nous courons à l'endroit où nous les avions attachés :
César et la jument de John sont seuls à leur poste, avec
les lassos brisés de leur camarades. Je n'avais pu prendre à la hâte que ma grande peau d'ours ; accoté à
César, tournant le dos à la tempête, je lui parlais, je le
caressais pour le calmer, pendant que je voyais les
autres errer comme des ombres en peine. La tour-
mente augmentait encore ; elle semblait vouloir arracher tout ce qui ne pliait pas devant elle. Un jeune
chêne, auquel je m'arc-boutais pour rester debout,
ployait à se rompre, et balayait le sol de ses branches.

L'obscurité devenait telle, qu'on ne distinguait plus

rien. Quant à se héler, la grande voix de l'ouragan étouffait les nôtres. La pluie fouettait horizontalement, nous coupant le visage et formant sous nos pieds de profondes flaques d'eau. Le tonnerre grondait, mais au loin, lorsque soudain les pics blancs des montagnes de l'est nous apparurent couronnés comme d'un nimbe de feu. Pendant plus d'une heure, les éclairs se succédèrent sans interruption; les montagnes s'ébranlaient aux roulements de la foudre. Jusque-là, il n'avait fait que pleuvoir, maintenant le ciel se fondait en eau. Certes, bien que la circonstance ne s'y prêtât guère, si nous avions pu nous voir grelottants, transpercés, à demi vêtus, figés dans la boue, nous n'aurions pu nous empêcher de nous rire au nez. Mais que parlé-je de rire, alors que nos chevaux errants battaient le pays !

C'était le cas, ou jamais, de faire un grand feu; or, il ne nous manquait pour cela que du bois sec, et, en admettant que nous en trouvassions par la pluie battante, le vent ne nous aurait pas permis de l'allumer... Attendre et se résigner : les deux plus grandes occupations de la vie !

Enfin, le jour glissant par-dessus les montagnes, il nous fut possible d'apprécier la situation. Quel triste spectacle ! Là, une peau de bison nageant dans une mare; ici, une couverture de laine coiffant un arbuste; des chapeaux meurtris, roulés dans la vase; un lambeau de tente accroché à un chêne...

— Si encore lord S*** n'avait pas oublié de nous offrir des parapluies ! A quoi pensait-il donc? dit Cliffton, le plus philosophe de nous tous.

Pourtant, au milieu de ces désastres, l'aurore nous réservait une agréable surprise, celle de voir maître Jacques et l'Aubère, de Kœnigstein, paissant de conserve dans la vallée.

Tigre et la Chouette se mirent à la recherche des autres chevaux, qui ne devaient pas être bien loin, à moins qu'il ne leur fût arrivé malheur.

Pendant ce temps, nous cherchions à résoudre le difficile problème de faire du feu. Les vieux arbres creux étaient plus que rares, et les broussailles ne pouvaient flamber qu'à la dure condition de sécher d'abord. De guerre lasse, Tigre s'avisa de changer de place la grande bâche huilée sous laquelle nous avions abrité la veille le gros des bagages et que de grosses pierres avaient empêchée de s'envoler comme le reste; là était le salut sous la forme de quelques souches, que nous parvînmes à allumer. On planta des pieux sur lesquels nous étendîmes nos effets; Mac et Cliffton reçurent la mission de rassembler les objets épars; un certain ordre se rétablit. Sur ces entrefaites, nos deux Indiens revinrent en poussant devant eux les chevaux perdus, retrouvés à une certaine distance dans la montagne.

Toute la journée se passa à réparer les tentes, à renouer les lassos, à dégager de la vase les selles et les brides, à fourbir les mors et les étriers... si bien que, le lendemain matin, nous pouvions nous remettre en route sans qu'il y parût.

Par exemple, Cliffton avait, à point nommé, le rhume de cerveau qu'il avait souhaité.

Depuis dix jours que nous avions quitté le camp de

lord S***, nous ne nous étions pas sensiblement écartés du fleuve de la Plata, enserrés que nous étions entre des montagnes impraticables. Enfin, celles de gauche s'évasèrent peu à peu pour nous découvrir une vaste étendue, relativement gazonnée, semée de collines entre lesquelles le fleuve fuyait vers le nord. Je pris le parti de le suivre dans cette nouvelle direction, à travers les vastes prairies, à l'est des montagnes Rocheuses, et de pousser jusqu'au fort Laramie, pour regagner de là mon Leone en suivant les grandes plaines du sud.

C'était par une chaude après-midi ; nous traversions une prairie en diagonale pour couper une courbe décrite par le fleuve. Le soleil nous grillait les épaules. Les chevaux marchaient, la tête basse, foulant d'un pas nonchalant l'herbe poussiéreuse ; nous nous balancions de droite à gauche sur nos selles, pesant sur l'étrier pour laisser l'air circuler. J'occupais l'aile gauche, et je venais de me tourner vers Tom, lequel trottait derrière César en tirant une langue d'une aune, lorsqu'il me sembla voir, à la distance d'un demi-mille anglais, deux figures humaines qui disparurent rapidement dans l'herbe. Sans m'arrêter, sans changer d'allure, j'appelai Tigre et lui fis part de ma découverte.

— Pas bouger! dit-il; ne plus regarder! ne plus vous retourner!

Et, caracolant à ma droite, comme pour se jouer, il embrassait d'un rapide coup d'œil tout le côté gauche de la plaine que je lui avais désigné; puis il fit semblant d'être emporté par son cheval, battit la prairie dans tous les sens, comme au hasard, et revint nous dire que nous avions probablement affaire à un parti d'Indiens Pieds-Noirs, lesquels tournaient autour du camp de lord S*** pour lui voler quelques chevaux. Lui aussi venait d'en apercevoir un derrière une mare croupissante entourée de roseaux, au milieu desquels le sauvage s'était pour ainsi dire effondré, sauf sa houppe de cheveux, qui flottait au-dessus.

Prévenus comme nous l'étions, nous n'avions plus qu'à nous tenir sur nos gardes.

La nuit suivante, nous campions de nouveau sur les bords du fleuve, les chevaux sous la main et solidement attachés. Tom montait la garde; il semblait inquiet, grognait, allait et venait. Cependant notre repos ne fut pas autrement troublé.

Le lendemain matin, à la première heure, au moment où nous sortions de nos peaux de bison, Tigre, trempé de rosée, arrivait déjà d'une reconnaissance qu'il avait poussée dans les environs. Décidément, nous étions entourés de Pieds-Noirs. L'éveil donné par le chien les avait probablement tenus à une distance respectueuse, à moins que, ne se jugeant pas en force, ils n'attendissent du renfort pour nous attaquer.

Ces Pieds-Noirs sont, paraît-il, une vilaine race, habitant plus au nord et ne quittant leurs parages que pour marauder. Ils se sont heureusement mis à dos toutes les tribus du sud : les Utahs, les Sioux, les Pahnis, les Sacs, les Foxes, qu'ils ont à éviter d'abord avant de s'en prendre aux visages pâles. A l'époque où ils habitaient l'État qui forme aujourd'hui le Missouri, les colons les

traquaient à l'égal des bêtes fauves. Ils n'en forment
pas moins une des peuplades les plus considérables et
les plus puissantes de l'Amérique du Nord. Ils ont
été refoulés jusqu'aux sources du Missouri et du fleuve
des Pierres-Jaunes; agressifs et féroces, ils ne peuvent
supporter aucune tribu rivale dans leur voisinage. Cependant les Indiens Corbeaux leur tiennent tête, quoique moins nombreux; mais il en résulte de sanglants
combats entre les deux peuplades et pas mal de chevelures enlevées.

Tels étaient ces maudits Pieds-Noirs, dont l'allure
suspecte était bien faite pour nous inquiéter.

Nous avions suivi le cours d'eau jusqu'à l'endroit où
le fleuve de la Médecine, lequel descend des montagnes
du même nom, vient s'y réunir. Tigre, accompagné
de la Chouette, était allé aux renseignements. Il en résultait qu'une quarantaine de Pieds-Noirs venaient de
traverser la rivière, dans la pensée que nous continue-
rions à la côtoyer jusqu'aux montagnes Noires, et que
là, dans une passe étroite à eux connue, ils trouveraient
l'occasion favorable de fondre sur nous.

Il importait donc de ne pas se jeter dans cette gueule
du loup.

Le soir, réunis autour du feu, nous tînmes conseil sur
la route à suivre.

La Chouette, dont l'avis avait bien sa valeur dans cette
circonstance, conseillait de remonter le fleuve de la
Médecine entre les montagnes, pour revenir ensuite
par la plaine de Laramie. Nous tournions ainsi le dos aux
Pieds-Noirs en particulier, et nous évitions les grandes

prairies de l'est, où la rencontre des Indiens, en général, était à redouter.

Consulté à son tour, Tigre partagea cette opinion, puis moi, puis tout le monde.

Nous avions pêché beaucoup de poisson et nous le mettions au feu, à la tombée du jour, quand nos deux Indiens crurent voir des silhouettes de Pieds-Noirs remonter le fleuve.

— Ah çà! il y en a donc partout? demanda Cliffton. Ceux-ci descendent la rivière, ceux-là la remontent : nous ne saurons bientôt plus où nous fourrer.

Cette boutade nous fit rire sans que nous en eussions trop l'envie.

— Attendons et veillons, dit Mac.

— Si nous placions une sentinelle à l'entrée du petit bois, du côté de la Plata? proposa John. Nous la relèverons d'heure en heure.

Ainsi fut fait.

Vers onze heures, je venais de remplacer Antonio. La nuit était sans lune, mais on y voyait un peu. Assis par terre, je distinguais non seulement les reflets argentés de l'eau, mais une certaine étendue de la prairie; Tom, couché à mes pieds, allongeait tranquillement le museau sur ses pattes croisées. Soudain, il lève le nez en l'air et jappe sourdement. J'appuie la main sur lui, et il se tait, sans cesser de regarder le fleuve; tout son corps frémissait sous cette pression vigoureuse, signe certain qu'il cherchait à maîtriser une colère croissante. Mon regard suit le sien, mais je ne remarque rien d'extraordinaire. L'herbe qui s'étendait devant moi n'était pas assez haute pour cacher quelqu'un, mais elle était semée de quelques petits buissons sur lesquels il était prudent d'avoir l'œil. Justement, en voilà un qui vient de remuer... Le vent peut-être?... Mais il n'en fait pas. Un effet d'optique, l'imagination qui travaille?... La nuit, à cinquante pas, il est si facile de se tromper! Du reste, un silence de mort, rien que le monotone clapotement des vagues. Sauf les tremblantes lueurs de notre foyer, qui se projettent derrière moi, le camp ne donne pas signe de vie.

Je me rappelle alors que Tigre et la Chouette sont partis en patrouille, et que, au moment où j'avais pris mon poste, ils n'étaient pas encore revenus; or, je ne les avais pas entendus rentrer depuis.

Non, ce n'est pas une illusion, le buisson remue de nouveau; en regardant avec attention, je vois même quelque chose de noir en sortir lentement.

A coup sûr, homme ou bête, c'est un être vivant; les buissons ne poussent pas aussi subitement. Tirer dessus, à tout hasard, pour avoir le mot de l'énigme?... Parfait!... Mais si c'était un de nos deux amis?... Bah! est-ce qu'ils prendraient toutes ces précautions pour revenir à nous?... Donc, c'est un fauve ou un Pied-Noir, et, comme l'un ne vaut pas mieux que l'autre, je tire... L'ombre noire se met à courir, et j'entends une chute sourde dans la rivière. A la surface de l'eau, qui miroite dans l'obscurité, nage l'énigme en question, qui gagne le milieu. Je lâche mon second coup. J'entends un clapotement, je devine plutôt que je ne vois des mouvements convulsifs, puis l'onde se referme et reprend son cours, sans trahir davantage ce qui se passe dans ses mystérieuses profondeurs.

Au bruit des détonations, mes amis s'empressent d'accourir; je leur raconte la chose en deux mots, et nous passons le reste de la nuit sous les armes, attendant le retour de nos Indiens, qui tardent bien à reparaître.

Enfin, les voilà! Tigre nous apprend que, à l'affût dans des roseaux, ils auraient sans doute eu le plaisir de scalper quelques Pieds-Noirs qui se préparaient à passer l'eau, mais que ma fusillade leur avait donné l'éveil.

—Ce sera pour une autre fois, dit tranquillement Cliffton; leur chevelure n'en sera que plus longue.

Pour cette nuit, nous n'avions plus rien à craindre; mais la sentinelle fut maintenue jusqu'au jour, par surcroît de prudence.

Examen fait du buisson sur lequel j'avais tiré, il en résulta ceci: 1° une branche brisée, 2° des foulées de Pied-Noir. Je n'ai jamais pu deviner à quoi Tigre les reconnaissait... Un don de sauvage!

La Chouette traversa le fleuve à la nage pour explorer l'autre bord; en effet, si mon homme avait remonté le talus, il devait y avoir laissé des traces toutes récentes... Rien!

—— Il dort là-dessous, dit l'Indien en indiquant la rivière.

La matinée fut employée à rattraper le sommeil perdu. Vers midi, nous prenions la nouvelle direction convenue.

Tigre calculait que, si les Pieds-Noirs allaient nous attendre plus haut, sur la Plata, à cette passe étroite dont il nous avait parlé, nous aurions sur eux l'avance d'une journée, et que, à moins qu'ils ne fussent montés, ils ne pourraient nous joindre avant la nuit du lendemain. Or nous ne leur avions pas vu de chevaux; mais rien ne prouvait qu'ils ne les eussent pas cachés.

Par hasard, la route était bonne, et nous pouvions avancer rondement; au coucher du soleil, nous avions fait au moins quatre milles allemands. Une clairière entourée d'aulnes nous offrait un abri favorable, et nous l'acceptâmes. Mais l'abri était traître!... Les mulets étaient à peine déchargés, qu'un affreux hurlement retentit au-dessus de nous, sur les hauteurs rocailleuses, au milieu d'un tourbillon de poussière.

— Les Pieds-Noirs! criâmes-nous d'une voix unanime.

— Par ici! ajouta Tigre: que chacun prenne son cheval en laisse et me suive!

Quelques minutes après, toutes les montures, à la garde d'Antonio, étaient réunies et attachées séparément sous le bouquet d'aulnes. A peine était-ce fait, qu'une avalanche d'Indiens à cheval — au moins quarante — se ruaient vers nous; garantis de face par le cou de leurs bêtes, préservés à gauche par leurs grands boucliers, ils offraient peu de prise.

— Feu! criai-je lorsqu'ils furent arrivés à soixante pas.

Il y eut, parmi les Pieds-Noirs, un moment de tumulte et d'hésitation. A travers la fumée et la poussière, nous vîmes plusieurs chevaux étendus par terre, pendant que des cavaliers démontés sautaient en croupe de leurs camarades.

Nous étions là, rangés sur une ligne, silencieux, immobiles, la crosse à l'épaule, attentifs au commandement.

— Feu! criai-je pour la seconde fois.

L'ennemi fit volte-face pour regagner les hauteurs; mais un Pied-Noir se jeta en travers des fuyards et les menaça de sa lance. Nous voyions distinctement son étalon se cabrer; son cri de guerre traversait l'espace. Une minute après, l'escadron revint sur nous, le chef en tête. Nous avions eu le temps de recharger nos armes.

— Un seul coup comme tout à l'heure, recommandai-je à mes amis; le second presque à bout portant, s'il y a lieu.

Parvenus à la même distance que la première fois, les sauvages furent accueillis de la même façon. J'avais spécialement visé le chef, dont l'étalon s'abattit avec le cavalier. Au même instant, un autre cheval roulait sur lui pendant que l'homme qui le montait détalait précipitamment à la suite de ses compagnons.

J'avais remarqué que Tigre avait disparu après la première attaque, et cette défection au moment du danger me paraissait étrange; il devait y avoir là-dessous une ruse de guerre. En effet, comme le chef cherchait à se dégager, nous vîmes le jeune Delaware sortir des buissons de la prairie et, d'un bond de jaguar, s'élancer sur le Pied-Noir en brandissant son tomahawk. Le chef fit un pas en arrière et, pendant que Tigre se baissait pour éviter le coup, lança le sien avec une telle violence, qu'il alla tomber au loin dans le fleuve. Notre champion saisit alors sa hache d'armes et en porta un terrible coup dans la poitrine de son adversaire; puis, enlacés comme des serpents, ils roulèrent tous deux sur le sol. La lutte fut courte; nous n'étions pas encore arrivés au secours de notre ami, que déjà celui-ci s'était relevé et, un genou sur le vaincu, d'un simple tour de couteau, comme on détache la queue d'un melon, lui enlevait dextrement la peau du crâne. La Chouette en faisait autant à un autre Pied-Noir.

Toute victoire indienne se termine par une danse autour des cadavres. Nos deux enfants du désert se seraient bien gardés de manquer à cet usage. C'est la joie grossière dans son ivresse la plus insensée, dans ses plus extravagantes contorsions. On pille les morts en cadence; on les déshabille aux sons d'une mélopée qui doit irriter leurs mânes au lieu de les calmer.

En tant que sauvages, ces Pieds-Noirs étaient bien vêtus : pagnes de cuir travaillés avec goût, ornés d'emblèmes, de peintures, et frangés de soies de porc-épic; de la verroterie, des plumes, des coquillages, des chevelures scalpées; pour armes, l'arc, la lance, la hache et le couteau; rarement une arme à feu. Le cuir presque noir de leur équipement leur donne un aspect sinistre.

Cependant, dans les premiers transports du triomphe, Tigre ne s'était pas aperçu qu'il avait une blessure dans le dos, mais peu grave, et que nous nous empressâmes de panser. Son ennemi avait la poitrine ouverte, une

balle dans le crâne et un coup de couteau dans le cœur :
de quoi mourir plusieurs fois.

— Nous dormir en paix, disait notre jeune et vaillant
ami; Pieds-Noirs plus de chef! Qu'ils aillent raconter
chez eux que les Delawares font sécher devant leurs
tentes des scalps de Pieds-Noirs! Ces vieilles femmes
n'ont pas même emporté leurs morts pour les faire
dormir auprès des ancêtres !

Il n'en avait jamais tant débité d'une haleine.

Nous reprîmes notre installation au point où nous
l'avions laissée.

— Comme cela ouvre l'appétit! dit Mac en s'as-
seyant sur une selle devant le souper fumant.

— Mieux que l'absinthe, ajouta Cliffton.

Bien que, au dire de Tigre, nous n'eussions plus à
redouter une nouvelle attaque, nous veillâmes toute la
nuit, à tour de rôle.

Tenue à distance par notre feu, une bande de loups
hurla jusqu'au matin. Au petit jour, nous n'avions pas
encore traversé la rivière, que déjà la bande déchi-
quetait les cadavres.

CHAPITRE XXIV.

Cerfs géants. — Bisons à l'abreuvoir. — Chiens de prairie. — L'Indien Pahni.

Pendant cinq longues journées nous remontons le fleuve, traversant fréquemment de moindres cours d'eau qui viennent s'y jeter; cela nous conduit, à l'est, aux ramifications des montagnes de la Médecine, d'où sort le fleuve de ce nom, lequel n'est d'abord qu'un simple ruisseau coulant sur un fond pierreux. Là, notre itinéraire nous force à le franchir, et, longeant le pied des montagnes, nous atteignons au bout de deux jours une autre rivière coulant, toujours à l'est, à travers une plaine de trente lieues de large, que les Indiens appellent la plaine Laramie. Ainsi que nous l'avait dit la Chouette, cette rivière va droit aux montagnes Noires, qu'elle traverse pour se précipiter, plus à l'est que jamais, dans la Plata du Nord, non loin du fort Laramie.

Par leur altitude, leur forme et leurs cimes couvertes de neige, ces montagnes Noires rappellent les Grandes-Cornes; elles aboutissent à la courbe formée par la Plata du Sud, qu'elles étranglent d'abord entre leurs pentes presque verticales, pour la rendre ensuite à son majestueux essor. Des accidents de terrain nous rejettent au loin dans une autre plaine, où nous man-

quons d'eau pendant vingt-quatre heures, grâce à l'im-
pardonnable oubli d'avoir rempli nos gourdes. — Nous
avions bien du cognac ; mais du cognac pour la soif !... —
Du reste, pas plus de bois que d'eau ; absence absolue
d'arbres et de fourrés, et un soleil !... Cliffton regrettait naguère de ne pas avoir de parapluie ; il regrette
maintenant de ne pas avoir une ombrelle. L'homme
n'est jamais content... ni la femme non plus.

Le lendemain, l'aspect d'un grand lac — environ une
lieue de diamètre — nous fait concevoir les espérances
les plus flatteuses... C'est un lac salé qui aiguise notre
soif au lieu de l'éteindre.

Un peu plus loin, de vrais ruisseaux limpides et na-
turels et un second lac, qui n'ont rien d'alcalin, et
dont nous nous gorgeons à devenir hydropiques : station
charmante, où nous bivouaquons, où nous pouvons
nous baigner, où nous tuons des oies et des canards !

Le jour suivant, route ingrate dans une plaine aride
et triste ; cependant, vers le soir, le paysage s'égaye
d'un petit bois et d'un autre bras du fleuve, qui coule,
à travers les montagnes Noires, vers le fort Laramie.
D'excellentes truites et tout ce qui peut embellir la vie
de voyageurs qui ne sont pas difficiles. Les chevaux
font bombance ; les bisons reparaissent, ainsi que des
cerfs à queue noire. Le bois seul aurait suffi pour nous
mettre en belle humeur, car nous commencions à avoir
assez des plaines uniformes et stériles.

Au moment où le soleil allait se coucher, nos chevaux se prirent à hennir ; il nous sembla qu'on leur
répondait de l'autre côté du bois... Il se fit dans les

buissons un bruit assez semblable au grondement du
tonnerre, puis un cheval en liberté, qui en guidait beaucoup d'autres, s'arrêta frappé de terreur devant notre
feu; toute la bande imita son chef et, faisant demi-tour,
frappée d'une panique soudaine, reprit au galop le
chemin de la forêt. L'étalon était une superbe bête gris
pommelé qui me rappela l' « Étoile des prairies », et que
j'eusse bien voulu joindre à mon écurie; mais il n'y
fallait pas songer.

Le lendemain matin, nous sommes de nouveau forcés d'abandonner le fleuve pour appuyer au sud. Plaine
sans eau et sans arbres, comme précédemment; une
herbe rabougrie, fatigue générale, le moral en deuil...
Il y a des jours comme cela!... Du feu aux bouses de
bison et aux broussailles : juste ce qu'il faut pour préparer le repas. Une averse qui se charge des sauces et
nous force à dresser les tentes. Le soir, la pluie se corse
et le vent se déchaîne; cela dure jusqu'au matin. Les
nuages se déchirent et s'accrochent aux montagnes, ce
qui nous permet de revoir, par les interstices, les cimes
blanches qu'éclaire le soleil. Un ami, le soleil, qui met
du baume dans nos cœurs !

Partis à la recherche d'une région plus hospitalière,
enfin, vers midi, des forêts se dessinent à l'horizon.
Nous embarquons le trot, et, avant le soir, nos montures
se délectent aux bords d'une rivière qui tient au delà
de ce qu'elle promettait.

Il était encore de bonne heure, la pluie avait rafraîchi
l'air, la nature s'était comme embellie d'une nouvelle
robe verte.

— Il y a longtemps que nous n'avons chassé, fit observer Mac.

— Chassons, si le cœur vous en dit.

Telle fut ma réponse.

Chacun partit à sa guise ; suivi de Tom, je me dirigeais vers la lisière du bois, lorsque je vis remuer quelque chose dans la prairie, derrière les buissons.

— J'espère que ce ne sont plus des Pieds-Noirs, pensai-je en souriant de ma crainte.

C'étaient trois à quatre douzaines de cerfs géants en train de viander, des brins de mousse accrochés à leur ramure. Ainsi agglomérés, on eût dit une forêt de cornes.

Il faut être chasseur pour apprécier ce coup d'œil. Que n'aurait pas donné J***, un de mes bons amis d'enfance, pour être là près de moi, — et que n'aurais-je pas donné aussi pour qu'il y fût ! — lui qui, veneur intrépide, portait toujours sur lui son album de chasse et mettait Nemrod au rang des grands hommes ! Que de battues légendaires nous avions faites ensemble en Allemagne ! Que de... Mais je n'étais pas là pour chasser de souvenir ; c'est une denrée creuse dont on ne soupe guère... Pendant que j'armais mon fusil, toute la harde défilait devant moi au galop de parade ; j'en avais surtout remarqué un dont l'empaumure, chargée de cors, s'élevait plus haut que les autres. Je le visai au défaut de l'épaule, et j'entendis distinctement ma balle le frapper ; cependant il continuait sa course, tout en faiblissant. Un autre cerf vénérable venait ensuite : seconde balle, seconde blessure, et même insensibilité apparente du blessé. Il fallut recharger, et, pendant ce temps, la troupe avait disparu dans les fonds boisés.

— Bon! me dis-je, j'avais bien besoin d'aller faire un tour en Allemagne!

Mais Tom s'était mis sur la double voie saignante et me consultait du regard : « Dois-je? ne dois-je pas? » Il devait, cela va sans dire. Le voilà donc le nez en terre, et me faisant gravir une colline d'où j'aperçois au loin, dans la vallée, mes deux cerfs étendus morts dans un rayon de dix pas.

On sait que, de six à sept ans, le cerf est ce que l'on appelle *dix-cors;* jugez de ceux-ci, dont l'un en avait *trente-huit* et l'autre *vingt-six.* Les perches variaient d'un mètre soixante-quinze centimètres à deux mètres de hauteur; le poids, de quinze à vingt kilogrammes.

Les pauvres bêtes étaient tombées en pleine course, la tête en avant... Voilà que j'ai la duplicité de les plain-dre, moi, leur meurtrier!...

Provisoirement, après avoir fait à Tom sa part de curée, je n'emportai que les crochets comme sou-venir.

De leur côté, mes amis n'avaient pas perdu leur poudre. Cliffton et John avaient abattu un bison; Mac s'était contenté de tirer à l'oie; Kœnigstein rapportait du poisson. La Chouette, Antonio et Kœnigstein s'en allèrent chercher les nappes et la venaison où nous les avions laissées, ainsi que la ramure du plus grand cerf, dont je comptais bien embellir la chambre préférée que vous vous rappelez peut-être.

Il n'est si bon gîte qu'il ne faille quitter. L'aurore

nous surprit à cheval. Maître Jacques, se figurant sans doute qu'ils venaient de lui pousser, paraissait tout fier des bois qu'il portait, bien qu'ils ajoutassent beaucoup à sa charge.

— Te voilà devenu cerf, mon bonhomme, lui disait Cliffton; n'abuse pas de tes privilèges en nous dépassant.

Une chose remarquable dans ces contrées, c'est que les extrêmes s'y touchent et que, d'une étape à l'autre, on tombe de l'oasis dans le désert ou du désert dans l'oasis. Ainsi, le paysage recommençait à s'accidenter de montagnes qui traversaient la plaine de l'ouest à l'est, et dont les vallons nous offraient à la fois de l'herbe, du combustible et de l'eau : perspective engageante, qui nous mettait à tous du baume dans le sang!

L'atmosphère est, ici, bien plus vaporeuse et plus colorée que dans les États de l'est et surtout dans la vieille Europe. Les plans éloignés, bien que purs et distincts, nagent dans une teinte nacrée, sur laquelle les ombres et les demi-teintes se détachent avec plus de vigueur; jusqu'aux nuages, qui s'irisent d'un bleu mêlé de cobalt et n'attristent pas la terre, comme chez nous, de ces noirs reflets qui vous glacent. On lit jusqu'au fond des eaux, où le ciel se mire. Les forêts, les prairies sont comme diaprées d'une flore abondante qui en atténue le vert monotone. Une grande variété d'animaux ajoutait à cette belle nature la vie et le mouvement. Des chevaux sauvages, aux pelages divers, fuyaient à notre approche; au loin, galopaient lourdement des bœufs sauvages, à l'épaisse toison. Des hauteurs voi-

sines, les antilopes légères nous examinaient curieusement.

Or, par une soirée chaude et calme, un peu avant le
coucher du soleil, nous descendions une côte verdoyante
dans la direction d'un fourré d'aulnes, où nous soup-
çonnions un ruisseau. Selon sa coutume aventureuse,
Tigre nous dépassait d'une vingtaine de pas; il allait
disparaître dans un étroit bouquet d'arbres, lorsque,
poussant un cri et faisant un bond de côté, nous le
voyons fuir devant un ours grisly. Chacun de nous se
précipite à la suite du jeune Indien, qui, rompu aux
ruses de cette chasse, cherche à nous rejoindre en traçant un large cercle. Les ours, je crois l'avoir dit, ne
vont vite qu'en ligne droite; c'est le diable pour eux de
pivoter sur leur lourde base. Nous faisons pleuvoir sur
celui-ci une grêle de balles dont il ne paraît pas se soucier, si ce n'est pour abandonner la poursuite de Tigre
et jeter son dévolu sur le pauvre John. Second feu de
peloton, tout aussi inutile que le premier. John imite
la tactique de Tigre et revient sur nous par une courbe,
pendant que nous déchargeons à la fois tous nos revolvers sur l'invulnérable grisly.

— Il escamote les balles, prétendait Cliffton.

Kœnigstein, monté sur l'Aubère, se trouvait d'aventure le plus près du monstre, lequel s'élance inopinément sur lui et brise d'un coup de dent l'étrier de bois.
Heureusement le pied n'y était plus! Kœnigstein avait
eu le temps de le retirer et de faire faire demi-tour à
son cheval en le soulevant vigoureusement sur ses
jarrets de derrière. Sept balles de revolver partent

encore à la même adresse, dont l'une brise l'épine dorsale et force l'enragé à fléchir sur son arrière-train. Il écumait, grinçait, hurlait de rage impuissante, se balançant encore de droite à gauche sur ses larges pattes, et traçant ainsi devant lui un demi-cercle de sang.

Je venais de voir Tigre descendre de cheval et charger vivement sa carabine pour donner le coup de grâce.

— Assez! ne tirez plus! criai-je aux autres pour laisser au brave garçon cette satisfaction; ce qui lui valut un nouveau collier de griffes formidables.

Mon Dieu, nous rions de ces vanités puériles, et, parmi les civilisés, c'est à qui se plastronnera le plus possible d'orfèvrerie!

J'ai dit que nous avions soupçonné un ruisseau dans un fourré d'aulnes : le ruisseau y était... et, de plus, un poulain de deux ans que l'ours — les foulées en témoignaient, — avait enlevé dans la prairie, pour en faire l'objet d'une ripaille qne nous devions interrompre.

Le soir, nous campons dans un délicieux vallon, près d'un torrent qui charrie de simples pierres, enduites de je ne sais quoi qui leur donne les fausses apparences de l'or le plus pur. Des platanes, des érables, des chênes magnifiques nous prêtent leur ombrage; des milliers de hanteurs ailés nous donnent une aubade.

Les Européens se figurent que les oiseaux, en Amérique, n'ont que le plumage, et que le ramage leur fait complètement défaut. C'est une grande erreur : les espèces mélomanes affluent, au contraire, sur ce conti-

nent. Il n'y manque que le rossignol, remplacé d'ailleurs, et bien au delà, par « l'oiseau moqueur ». Cette
croyance doit résulter de ce que les émigrants habitent,
en général, les grandes villes de l'est ou leurs alentours, absolument privés d'oiseaux par le fait de gamins
qui, dès l'âge de dix ans, s'amusent à tirer dessus.
Ajoutez que ceux qui, à l'heure des grandes chaleurs,
recherchent l'ombre des bois, y trouvent les oiseaux
muets par cette excellente raison que ceux-ci se reposent comme eux. Mais allez le matin dans la campagne, quand la nature se réveille, et vous entendrez des
concerts qui dépassent tous ceux de la mère patrie.

La vallée courait devant nous entre des collines plus
ou moins boisées, derrière lesquelles se dressaient, à
notre droite et, plus loin, à notre gauche, de hautes
montagnes nues rejoignant les montagnes Rocheuses.
Nous la suivîmes pendant plusieurs jours, jusqu'au moment où du haut d'une colline nous saluâmes, un
matin, les eaux bleues et transparentes de la Plata du
sud.

Le fleuve, à cet endroit, était déjà considérable; il
ondulait comme un serpent, avec la rapidité vertigineuse de toutes les rivières de ces contrées. De belles
forêts verdissaient ses rives, déprimées çà et là par des
amas de pierres, espèces de chaussées détruites par le
temps et qui, à des époques difficiles à déterminer,
avaient dû servir de passage aux générations éteintes.

A ce moment même, où, pour la première fois peut-
être, l'un de ces gués séculaires allait servir à des visages blancs, une colonne de bisons, arrivant des mon-

tagnes du sud, commençait à le traverser par masses si
profondes, qu'on n'en voyait pas la fin. C'était à celui
qui entrerait le premier dans l'eau pour étancher sa
soif. Ils formaient une longue ligne noire qui se déroulait aux flancs des hauteurs. L'air retentissait au loin de
leurs beuglements. Le gué ne suffisant ni à leur empressement ni à leur nombre, ils se précipitaient par centaines du haut des rives latérales et s'abandonnaient au
courant rapide, qui leur donnait du fil à retordre.

La tête de colonne avait déjà disparu depuis longtemps, qu'il en descendait toujours; enfin, au bout
d'une heure, il ne restait plus que des traînards. Je ne
crois pas me tromper en évaluant à quatre ou cinq mille
l'armée de bisons qui venait de défiler devant nous. C'est
effrayant, n'est-ce pas? Eh bien, ce n'est rien en
comparaison de ce qu'il y en avait il y a vingt ans;
chaque jour en voit décroître le nombre, et, selon toute
apparence, d'ici à un demi-siècle, on n'en trouvera
plus... que dans l'histoire naturelle.

Nous aussi, nous voulions traverser le gué, mais en
sens inverse, et, pour de bonnes raisons, nous leur en
avions laissé les honneurs. Chose étrange: le fleuve, qui
venait d'être piétiné et repiétiné, était aussi pur, aussi
diaphane que si l'on n'avait jamais dérangé une pierre
de son lit.

Comme nous allions au sud et que les bisons en venaient, nous avions toutes chances de trouver des chemins tracés.

Parvenus à mi-côte, à plus d'une demi-lieue de la rivière, nous allions être croisés par quelques bisons re-

9.

tardataires, qui rejoignaient au trot le gros du troupeau. Mais à tout seigneur tout honneur! Nous leur laissâmes le sentier libre, et, embusqués derrière des
roches, comme les brigands des Abruzzes, nous les at-
tendîmes, l'escopette au poing. Plusieurs vaches, suivies
d'un vieux bœuf, apparurent les premières... et le mâle
n'alla pas plus loin.

— Voilà ce qui s'appelle savoir se conduire en société,
dit Clifton; protection au sexe faible !

Grâce aux pionniers à quatre pattes qui nous avaient
précédés, nous n'avions jamais trouvé, dans les montagnes, de route aussi bien battue. Notre marche s'en ac-
célérait. Du haut de chaque crête, nos regards plon-
geaient dans de riantes vallées, dont la fraîcheur avait
alors tout le charme du fruit défendu, car nous suïons
à grosses gouttes, et le soleil ne nous ménageait pas ses
rayons.

— Tant pis! dit John, moi, je descends; qui a soif
me suive !

Et nous descendîmes, car l'eau de nos gourdes était
presque tiède.

Ces vallées étaient traversées par une foule de petits
ruisseaux qui descendaient des hautes montagnes de
l'est et coulaient, à l'ouest, vers la Plata, dont nous
rencontrâmes, au bout d'une semaine, un bras très
considérable venant du sud-ouest du Big-Horn.

Le moment était arrivé où nous allions voir pour la
dernière fois, dans tout leur éclat, les montagnes de
neige. Le grand pic brillait comme une tour d'argent
sur le ciel indigo; ses confrères, plus humbles, allaient

en se dégradant et finissaient par se vaporiser en brouillards bleuâtres. A l'ouest, quelques collines qui se perdaient au sud; au nord, les montagnes Noires, semblables à des épaules de géants.

Nous avions traversé la Plata du sud avec l'intention
de camper pendant quelques jours dans de gras pâturages, encadrés de forêts profondes, qui promettaient à
nos chevaux une série de bombances. Des sources transparentes contenaient d'excellent poisson, que nous n'a-
vions qu'à choisir, car, le voyant nager, rien n'était plus
facile que de jeter l'hameçon à sa rencontre. Aux environs, du gibier de toutes les espèces, des mouflons,
des cerfs à queue noire, l'élégant cerf de Virginie, le majestueux cerf géant, lequel commençait à entrer en rut
et, le poitrail en saillie, écornait de ses andouillers les
arbres à bois blanc de la forêt. Les bisons, l'antilope
légère aux yeux noirs, brochaient sur le tout; jusqu'à
ces intéressants petits animaux que l'on nomme à tort
« chiens des prairies », car ce sont des rongeurs (ham-
sters), et nullement des carnassiers; leur chair rôtie est
excellente, et nous en abattions, par-ci par-là, une
douzaine pour varier notre nourriture. Comme les la-
pins, ils se creusent des terriers où il n'est pas rare
d'en trouver jusqu'à cent les uns sur les autres. Quoique
rusés, on les culbute sans trop de peine : il suffit pour
cela de se cacher dans l'herbe jusqu'au moment où, sortant de leur trou, ils poussent une sorte de jappement
que les naturalistes ont comparé à celui du chien, et
de là le nom qui leur est resté. Leur longueur ne dépasse guère cinquante centimètres; ils ne vivent que de

végétaux, dont ils accumulent sous terre de grandes provisions pour l'hiver; ils forment des associations dont je ne vous dirai pas les statuts, n'en ayant trouvé aucune trace écrite, mais ayez pour certain qu'ils en ont, aussi bien que les castors et les abeilles. Inconstants par nature, ils changent souvent de place.

Adieu à la Grande-Corne, que nous sommes venus admirer de si loin!

Nous continuons à suivre la Plata jusqu'au moment où nous rencontrons une route parfaitement frayée qui conduit au fort Saint-Vrains, situé au Missouri sur le bras sud de ladite Plata. Nous ne faisons que traverser cette route, en appuyant au nord, afin d'éviter les nombreuses tribus d'Indiens qui la suivent habituellement.

Avec le temps, tout arrive. Ces montagnes, aperçues de si loin que nous ne distinguions pas leur point de suture avec les nuages, les voilà franchies, et, aussi loin que l'horizon peu s'étendre, nous ne voyons plus que d'immenses prairies.

Ici, huit jours de plaines vertes, fleuries, bien ombragées, mais dont nous commençons à avoir assez, car on se fatigue de tout. Mac demandait un changement à vue, comme dans les féeries; Cliffton invoquait quelqu'un ou quelque chose qui variât la monotonie du parcours, fût-ce une tempête ou des anthropophages...

Enfin, un soir, nous foulons le sol moussu d'une grande forêt vénérable et druidique, moins les dolmens et les crommlechs. Quelle fête pour les poumons! Nous étions à ce point brûlés, desséchés, racornis, que nous saluons, le chapeau à la main, ces sombres voûtes où la respiration n'est plus un vain mot; pourvu qu'il y ait de l'eau dans le voisinage, auquel cas nous nous y établirons pour longtemps.

— Pour des années! dit Mac en buvant de l'air à pleines gorgées.

— Pour toujours! *for ever!* ajoute plaisamment Cliffton.

A point nommé, nous entendons mugir un ruisseau rapide, lequel, d'après la Chouette, n'est autre qu'une des nombreuses sources de l'Arkansas, qui coule, à l'est, dans le Missouri.

— Une cabane!... Si nous bâtissions une cabane, un château, un palais, dans le goût de Windsor ou de Versailles?

La proposition est accueillie à l'unanimité.

Toutefois, nous nous contenterons d'une cabane; à demain la pose de la première pierre... de la première branche, veux-je dire.

La hutte fut construite, et le feuillage des jeunes chênes nous fournit, en effet, les matériaux essentiels.

Le bien-être que procure une station en pleine forêt après de longues marches dans les prairies découvertes est inimaginable. Nos yeux, fatigués par la continuelle perspective de l'horizon et par la réverbération du soleil, avaient grand besoin de verdure pour se reposer. L'air qui circule sous les arbres est balsamique et frais; celui de la plaine est aride, il dessèche le gosier et semble sortir d'un four. Aussi étions-nous tout heureux de ce changement. Tantôt nous battions ensemble ou séparément les environs, très giboyeux, tantôt nous nous livrions aux paisibles voluptés de la pêche... sans compter quelques essaims d'abeilles qui se seraient bien passés de notre gourmandise.

Au sud, s'étendaient de petites prairies qui, alternant avec d'étroites bandes de forêts, envoyaient au fleuve Kansas, en les abritant, les nombreuses sources qui jaillissaient de leur sein.

Cependant, tout en aspirant au repos, le repos nous fatiguait : arrangez cela!

Un matin, après le déjeuner, je partis à cheval, suivi de Tom, dans le but de pousser une reconnaissance assez loin dans la contrée; et, comme l'expérience m'avait appris à tout prévoir, je prévins mes amis que pour le cas où je me perdrais, je suivrais les ruisseaux jusqu'au fleuve, où je les attendrais, à moins qu'ils ne m'y attendissent.

Quelques heures après, j'avais déjà franchi plusieurs des susdits ruisseaux, et, sortant d'un bois de peu d'étendue, je venais d'atteindre le milieu d'une petite prairie, lorsque, se dégageant tout à coup d'un bouquet de grands chênes, un Indien à cheval se précipita vers moi en poussant son cri de sauvage. Il agitait un arc au-dessus de sa tête; une lance se balançait à son bras droit : l'intention était évidente. Il était trop tard pour mettre pied à terre et faire usage de ma carabine. J'embarquai le galop, et, armé d'un revolver, j'évitai à cet Indien téméraire la moitié du chemin... J'ouvre ici une parenthèse pour vous donner un conseil : si vous vous trouvez jamais dans ce cas, prenez toujours la gauche, c'est à-dire la droite de l'adversaire, ce qui facilitera vos mouvements et le gênera dans les siens. Supposez-vous un instant à cheval, faites le simulacre d'épauler un fusil ou de bander un arc, et vous jugerez la différence qu'il y a entre le faire à dextre ou à senestre. Il est vrai que les deux champions visent généralement au même résultat, et alors, à moins de se heurter poitrail contre poitrail, c'est au plus tenace et au plus adroit... Mon Indien avait donc deviné mon intention et cherchait à la contrecarrer; nous courions l'un sur l'autre, mais encore hors de portée.

A soixante pas, je fis faire inopinément à César, de toute sa vitesse, une pointe sur ma gauche, et je tirai à tout hasard, n'espérant guère toucher, mais ayant encore cinq coups dans mon revolver. La monture du sauvage fit un bond de côté, trébucha des pieds de devant et s'abattit, le poitrail en avant.

Une vigoureuse saccade le remit un instant sur jambes, pour retomber de plus belle *sous* son cavalier, ce qui implique que ce dernier était *dessus*. Cependant, je ne le vois plus... Par où a-t-il passé?... La pauvre bête me tournait le dos, et l'Indien, autant que possible, se dissimulait sous son ventre. Je ne m'en serais pas aperçu à l'aide de ma lunette, qu'une flèche tombée derrière moi, et venant de cette direction, ne m'eût pas permis d'en douter. J'avais du reste entrevu l'arc couché horizontalement sur le flanc de l'animal et les deux doigts qui courbaient la corde. C'était donc une barricade de chair qu'il fallait abattre.

Je saute à terre, la bride à l'épaule, et j'attaque à

coups de carabine, comme un bastion, le dos du cheval. L'Indien reste coi; je fais un quart de cercle, ce
qui me met en face de la croupe, et je recommence.
L'Indien, débusqué, rampe jusque sous le poitrail, entre les deux pieds de devant, et m'oppose un nouveau
rempart. C'est le cheval qui était à plaindre ! Toutefois,
ce nouvel abri manquant de surface, il en résultait des
échappées de peau noire qui, tranchant sur un poil bai
clair, m'offraient une nouvelle cible sur laquelle je pouvais m'exercer avec quelque chance d'atteindre, non
plus la bête, mais l'homme. Nouvelle conversion du
sauvage, qui, de roulé en boule qu'il était, fourre la tête
entre les deux jarrets de devant, allonge les jambes le
long du cou et m'examine, comme à travers une lu-
carne, entre les jarrets de derrière. J'avais beaucoup
chassé durant ma longue carrière, mais jamais dans
ces conditions. Le patient n'étant plus vulnérable que
par les jambes, j'en vise une, et je la vois battre l'air
avec des mouvements convulsifs. Le malheureux cherche à se relever, mais il retombe en s'écartant un peu
du cheval. Il était là, étendu sur le dos, et ne bougeait
plus; mais un blanc doit toujours se défier d'un Indien,
à moins qu'il ne soit deux fois mort. Je tirai donc encore une fois, et ma balle parut frapper un but insen-
sible. J'avançai alors avec précaution, le fusil en arrêt et
je pus me convaincre que mon agresseur n'était plus de
ce monde. Ma seconde balle avait pénétré dans sa han-
che droite, la troisième dans la tête, au-dessus de l'o-
reille droite, et la dernière dans la poitrine, du côté du
cœur. Le cheval était criblé de projectiles.

L'Indien était un homme d'une trentaine d'années,
solidement bâti, aux traits énergiques; ses cheveux,
d'une longueur peu commune, pendaient en désordre,
fixés par deux plumes d'aigle. Au cou, un collier de
griffes d'ours; aux bras, des anneaux de cuivre : toute
la verroterie habituelle; le bas du visage et les pau-
pières rougis au cinabre, le front et les joues peints en
noir, ce qui lui donnait un aspect diabolique. Mises à
découvert par la contraction des lèvres, les dents tran-
chaient sur le tout comme un liséré d'ivoire. Mais cette
contemplation avait ses dangers, car le défunt devait
avoir des amis dans les environs. Je m'emparai donc de
l'arc, des flèches, du carquois, et, suspendant à ma
selle ces trophées posthumes, je fis vers le camp une
rapide retraite.

Tigre, parti en chasse, n'était pas encore de retour;
je donnai immédiatement des ordres pour le départ.
Le Delaware survint comme nous enfourchions nos
chevaux. Il était couvert de sueur et m'apprit que, mis
en éveil par ma mousqueterie, il était arrivé sur le
champ de bataille presque au moment où je venais
de l'abandonner.

Ma victime était un Pahni, dont la tribu devait certainement rôder dans le voisinage. Or, dès qu'on s'apercevrait de son absence, on le chercherait, on le trouverait, et alors gare à nous, car ces Pahnis étaient des
hommes de courage.

Il importait donc de filer au plus vite, ce que nous
fîmes à la queue-leu-leu, en suivant Tigre dans le lit
même du ruisseau, pour que, en admettant que les

Pahnis découvrissent les vestiges de notre camp, ils ignorassent au moins notre direction.

Le ruisseau, d'ailleurs, ne nous offrait d'autres obstacles qu'un tronc d'arbre abattu çà et là; il est vrai qu'il coulait sur un lit de cailloux, mais peu profond et bordé de berges accessibles.

Nous le suivions déjà depuis longtemps lorsque, une large étendue pierreuse s'ouvrant à notre droite, nous la traversons, en nous éloignant du fleuve à angle droit, vers le sud. A l'autre bout, second ruisseau, également ombragé d'une forêt, dans laquelle nous pénétrons pour laisser souffler nos chevaux.

La lune venait de se lever; or, si indécise que fût sa clarté, elle nous permettait de reconnaître les alentours à courte distance. Pas l'ombre d'un Pahni! Nous nous remettons en route au milieu du solennel silence de la nuit, troublé seulement par des loups qui hurlent et des bisons qui mugissent. La lune se couchant deux heures avant le lever du soleil, l'obscurité complète nous force à rester sur place.

Sans perdre du temps à dépaqueter, nous nous couchons dans l'herbe humide en attendant le jour. Nos chevaux demandent un plus long repos, mais il faut marcher, marcher toujours, comme le Juif errant. Il y a là-bas une plaine de verdure suivie d'un bouquet de bois : allons, du courage! un temps de galop! Nous y arrivons dans la matinée. Voici un brave ruisseau dont la vue nous cause un plaisir extrême. La Chouette prétend qu'il s'en va au nord-est rejoindre le Kansas.

— Qu'il aille où il voudra, dit Cliffton; il n'en est pas moins le bienvenu.

Nous sommes harassés de fatigue.

— Autant que possible, insinue John Lazar, il faudrait pourtant ne pas perdre l'habitude de déjeuner.

Et le feu s'allume.

Pendant que s'ouvrent nos bouches, nos yeux se ferment malgré nous. Nous mangeons à longues dents, pendant qu'une vedette surveille les environs. Les chevaux eux-mêmes ont plus envie de dormir que de pâturer. Une courte halte est résolue, pendant laquelle nous fumons comme des Suisses et causons comme des pies pour combattre le sommeil.

— En supposant que les Pahnis nous poursuivent, dit Mac, nous avons de l'avance sur eux.

— Soyez bien sûr qu'ils nous poursuivent, répond Tigre.

— Il ne suffit pas d'avoir de l'avance, ajouta John, l'essentiel est de la conserver.

Ceci est l'arrêt des pauvres bêtes. Il est juste midi, l'heure fatale des insolations, et nous avons à parcourir une plaine découverte. Enfin, puisqu'il le faut!... Les chevaux rechignent, ils reculent plutôt qu'ils n'avancent. La parole est aux éperons; nous sommes obligés de traîner les mules à grand renfort de lassos. La chaleur redouble, pas un souffle d'air, les plantes fléchissent, inertes, desséchées, à demi mortes. Les montures laissent après elles des sillons de sueur; ce ne serait rien encore, mais des insectes les piquent sous le ventre, où le sang se coagule avec la poussière et les

enduit d'une pâte qui répugne à l'œil... Mais il n'y a
pas à dire : « Mon bel ami, » nous ne nous arrêterons
qu'à la nuit tombante.

Enfin, vers la chute du jour, nous apercevons au loin,
du côté de l'est, la lisière d'une forêt qui se détache sur la plaine comme un fond de brouillard ; cette
forêt borde l'Arkansas. Jamais de la vie les chevaux
pahnis ne dévoreront d'une seule traite un pareil espace. Or, s'ils se reposent, nous pouvons en faire autant, tout en conservant les distances. La lune aux doux
reflets remplace le soleil, et nous épuisons nos dernières forces à atteindre le paradis, — lisez la forêt.

Depuis trente-six heures, nous avions fait plus de
cinquante lieues, en grande partie par des chemins non
tracés, encombrés de cailloux ou de hautes fougères,
et cela, à de certains moments, par cinquante degrés
de chaleur. Nous n'avions trempé qu'une seule fois nos
lèvres fiévreuses dans une mare potable, mais tiède :
non pas que l'eau manquât pour les bêtes, mais c'é-
tait de l'eau de pluie stagnante et boueuse dans les dé-
pressions de terrain.

Pour tout dire, nous en étions arrivés à cet état de
paroxysme où l'on s'abandonne, où le danger s'oublie,
où l'on est prêt à payer de n'importe quel prix quelques heures de repos. Nous suivions un sentier de bisons ; Tigre marchait en tête, comme toujours. Soudain il s'arrête et nous déclare qu'il ne peut aller plus
loin : il avait perdu le sentier... La lune avait beau bril-
ler là-haut, elle filtrait à peine par quelques éclaircies
de l'épais feuillage. Seule, l'écorce argentée de cer-

taines essences nous servait de phares bien insuffi-
sants.

Nous faisions au hasard quelques pas dans tous les
sens à la recherche du sentier perdu, puis les lianes
nous barraient le chemin.

Tigre eut alors l'idée de ramasser de l'herbe sèche
et de la tortiller en manière de torche. Dès qu'elle fut
allumée, il put, à sa lueur, en faire une plus grande,
et, à l'aide de ce fanal improvisé, nous sortîmes du dé-
dale où nous étions engagés.

Avouez que ce Tigre était un garçon de ressources
et que nous étions bien heureux de l'avoir! Remis
sur la bonne voie, nous atteignîmes promptement le
petit bras de l'Arkansas, que nous appelions de tous
nos vœux.

— Depuis si longtemps que j'ai soif, disait Cliffton,
l'eau est peut-être changée... Si elle avait cessé d'être
liquide!

Elle l'était encore.

Le foyer pétille, le souper rissole, le cours d'eau murmure, nos « peaux de nuit » nous attendent... C'est
trop de jouissances à la fois; il est vrai que nous les
avons payées un bon prix, et d'avance. Si nous avions
été absolument certains d'être rejoints là nuit même
par les Pahnis, nous aurions dit : « Qu'ils viennent! »
en priant la vigie de nous réveiller le plus tard possible, au moment de l'attaque. L'unique précaution fut
d'étouffer le brasier, de façon à éviter la réverbération
sur la cime des grands arbres, réverbération qui, de
très loin, aurait pu trahir notre refuge.

Sommeil de taupes, auquel nous ne sommes arrachés que par le gloussement des dindons, dont nous tuons quelques-uns, malgré les prudentes représentations de Tigre et de la Chouette.

— Bah! répondions-nous, qu'ils arrivent donc, vos Pahnis, et que ça finisse!

— Je finirai par croire que ces deux Indiens veulent nous inspirer une terreur « pahnique », ajoutait l'incorrigible Clifflon.

Si nous étions bien, nos chevaux étaient mal, en ce sens que le campement manquait absolument de fourrage, ce dont, mortes de fatigue, les pauvres bêtes ne s'étaient pas aperçues la veille. Or, le lendemain matin, elles éprouvaient d'autant plus le besoin de déjeuner qu'elles avaient soupé par cœur.

Tigre partit en reconnaissance, et, une demi-heure après, il revenait nous apprendre que, de l'autre côté de l'Arkansas, à moins de cent pas dans les terres, nous trouverions une plantureuse prairie qui ne demandait qu'à se laisser tondre.

Le déménagement fut promptement opéré. Nous retrouvions là un Arkansas qui commençait à être digne de ce nom, se creusant un large lit entre des berges plates.

La journée fut toute au repos... et aux repas. Dans la crainte d'attirer les Pahnis, Tigre et la Chouette s'étaient opposés à ce qu'on tuât des dindons; ils n'en mangèrent pas moins.

Le lendemain soir, au moment où le soleil disparaissait, nous faisions halte près d'un autre affluent de l'Arkansas, ourlé de buissons sur notre rive, tandis que, sur l'autre, une prairie côtoyait la berge.

Après avoir laissé les chevaux se désaltérer, nous descendîmes le courant, l'herbe nous paraissant meilleure un peu plus bas. Quelques minutes plus tard, nous sommes en présence d'une chute d'eau franchissant une roche polie comme l'ivoire, et tombant avec fracas de plus de trois mètres de hauteur. Il en résultait un bassin profond encadré de pierres plates et dominé, de notre côté, par des masses rocheuses surplombant sur un assez vaste espace.

Nous campons sur ces rochers aussi lisses que le marbre, semés d'une foule d'arbustes auxquels nous attachons les montures et de quelques nappes de gazon où elles peuvent s'attabler.

Nous prenons un bain, nous dînons, nous nous couchons, narguant les Pahnis.

John a la bizarre fantaisie d'emporter sa peau, ses armes, et d'aller s'établir sous le rocher, au bord de l'eau, où il sera, dit-il, plus au frais. Nous lui souhaitons une bonne nuit, en lui recommandant par plaisanterie de ne pas se laisser dévorer par les ours.

Nous dormions du premier, du meilleur sommeil, lorsque nous sommes réveillés par un coup de feu. Mac murmure : « A votre souhait ! » se figurant que quelqu'un vient d'éternuer. Un second coup de feu, presque immédiat, le désabuse, et nous sautons sur nos armes. Cela vient d'au-dessous de nous, de l'alcôve de John. Nous dégringolons le rocher, nous courons à la chute d'eau, et, de l'autre côté du bassin, à la mate lueur de

la lune, nous voyons une panthère énorme qui nous
examine, en marchant d'un pas lent et cauteleux le
long des buissons isolés. Une grêle de balles pleut sur
elle ou autour d'elle, je ne sais pas trop, puis elle disparaît comme une ombre dans le brouillard de la nuit.

— John ! John ! où est John ?

John apparaît enfin dans son entier, avec armes et
bagages.

Voici son histoire en deux mots : il est réveillé par
un grognement, il se soulève sur le coude et voit rôder
quelque chose autour du bassin ; ce quelque chose re-
muait une queue. Cette queue était l'appendice d'une
panthère, sur laquelle il lâche un premier coup de
carabine, puis un second, au moment où le plus féroce
des mammifères se jetait dans l'eau.

Le hasard venait de sauver notre ami d'une mort
affreuse et certaine. Si la panthère avait eu le bon ou
plutôt le mauvais esprit de ne pas grogner, John était
étranglé sans seulement s'en apercevoir, et, le lendemain, nous ne trouvions plus que ce que l'horrible
bête en aurait laissé.

— Cela t'apprendra à faire bande à part, dit Cliffton
en regagnant sa peau de bison, qui n'avait pas eu le
temps de se refroidir.

Le lendemain matin, un brouillard à couper au couteau voilait l'atmosphère. Je fis signe à Tigre, et, suivis de Tom, nous allâmes du côté où la panthère avait
disparu. Des poignées de poils nous guidaient. Le
chien flaira bientôt une piste de sang qui, à cent pas
plus loin, devenait une mare ; à n'en pas douter, le

couguar s'était arrêté là. Tom pique vers un fourré, s'arrête immobile, le fouet en l'air, c'est-à-dire la queue, et m'interroge du regard. Je l'arrête, dans la crainte de l'exposer à une lutte par trop inégale; j'écarte doucement les broussailles, le fusil en arrêt, et je vois le monstre étendu sous les racines d'un grand peuplier, dardant encore sur moi des yeux dévorants.

C'était la dernière fois qu'il devait regarder ainsi : une seule balle suffit pour l'achever.

John avait tous les droits possibles à la fourrure tigrée que lui prépara la Chouette.

CHAPITRE XXV.

L'aérolithe. — Tigre et le jaguar. — Le rut des cerfs. — La nièce de
Pahajucka. — Un brin de cour. — L'ombre portée.

A partir de là, nous faisons route à travers un pays
fertile et charmant, traversé par de nombreux cours
d'eau qui coulent tous vers l'est. Ce sont, en général,
des prairies ondulées, grasses, bordées de collines et
de forêts; l'œil trouve partout un site gracieux où se reposer, d'immenses chênes se groupent çà et là. L'herbe,
ni trop haute, ni trop rase, accuse une sève vigoureuse
et facilite la marche des chevaux; le gibier abonde...
C'est un parc anglais que nous mettons tout un mois à
traverser.

Nous avions franchi ce qu'on appelle le Bras-Rouge
et beaucoup d'autres affluents de l'Arkansas.

Un soir, nous atteignîmes la rivière Saline, qui se
jette aussi dans ce fleuve gourmand; elle arrose de
grands bois, déjà plus touffus que ceux du nord, et où
nous n'avons que la peine de cueillir d'excellentes
pommes sauvages, qui nous rafraîchissent.

Nous la traversons, cette rivière Saline, ainsi qu'un
bout de forêt qui lui fait suite, et nous nous établissons
sur la lisière, à même une prairie... Je dis une prairie, ce qui suppose de l'herbe, mais il y pousse sou-

dain quelques centaines d'Indiens à cheval, sortis des
bois voisins, et qui nous regardent avec une surprise
égale à la nôtre. Si ce sont les Pahnis, ils ont mis le
temps à nous joindre.

Un Indien s'avance en poussant je ne sais quel cri et
tient à la main un tison fumant. A ce cri, un grand
émoi se manifeste dans la caravane; les hommes se
massent en avant, les femmes et les enfants s'effacent
et font reculer à la hâte de nombreuses bêtes de somme.
De notre côté, nous nous mettons en défense, les chevaux sont détachés, les armes s'apprêtent.

— Comanches! Comanches! s'écrie Tigre.

Ces mots me rassurent.

Par réminiscence, me croyant encore dans le « monde
ancien », je cherche sur moi une carte et, naturellement, je n'en trouve point.

— Allez leur apprendre mon nom, dis-je princièrement à Tigre, cela suffira.

Ce dernier s'avance en ambassadeur et s'acquitte de
sa mission. Des acclamations retentissent; un vieillard
se détache des groupes; il accourt, suivi d'une femme,
à grand trot de mulets, et je passe des bras de Pahajucka, — « l'Homme amoureux », — dans ceux de madame son épouse. Bientôt, importune et curieuse,
nous avons toute la tribu sur le dos; Pahajucka élève la
voix et renvoie son monde sous les arbres de la forêt.

— Il y en a là-dedans qui seraient capables de vous
voler, ajoute l'*Homme amoureux* par l'entremise de Tigre, qui me le répète en mauvais anglais.

Une si heureuse rencontre ne pouvait manquer d'être

fêtée; les « fourneaux » s'allument, j'offre à mes hôtes
d'excellents cigares, et, en attendant le dîner, l'enjouée madame Pahajucka nous prouve surabondamment
que sa langue n'a pas cessé d'être bien pendue. Elle
nous apprit qu'ils se dirigeaient vers l'ouest, dans les
montagnes du Sacramento, vers les sources du Puerco,
où devait se tenir une grande assemblée de toutes les
tribus comanches.

— Vous devriez nous accompagner, ajouta-t-elle avec
sa gentillesse un peu surannée.

J'exprimai poliment mes regrets de ne pouvoir accepter. Un peu de Comanches, rien de mieux, mais tant
que cela, je n'aurais pas voulu le rêver.

Je ris encore au souvenir de Clifflon venant m'aver-
tir, une serviette sous le bras, que « j'étais servi »,
puis offrant le bras à la vieille :

— Chère Madame, lui dit-il avec un sérieux parfait,
j'espère que vous voudrez bien nous pardonner... C'est
à l'infortune du pot !

Pendant ce temps, le gros de la tribu, hommes, femmes, enfants, se glissant un à un, était revenu former
autour de nous un cercle inquiétant; nos bagages surtout paraissaient les intéresser vivement. Je criai à Antonio et à Kœnigstein de veiller au grain. Pahajucka
devina sans doute le sens de mes paroles, car il se mit
dans une colère bleue, et toute la cohue s'évapora de
nouveau en un clin d'œil, sauf une jeune et jolie fille de
seize ans, que l'*Homme amoureux* me présenta comme
sa nièce.

Tatoweija, ou « l'Antilope, » — c'était son nom,

avait une taille faite au tour, des pieds et des mains
d'enfant, de longs cheveux noirs rejetés sur le dos, un
nez presque aquilin, d'une pureté parfaite, une toute
petite bouche s'ouvrant sur des perles, de grands yeux
en amandes, le regard doux et timide, la démarche
gracieuse : une aimable apparition, je vous jure; il ne
lui manquait que d'être blanche... pour n'être pas
noire. Le petit jupon qui serrait sa taille était de la
« bonne faiseuse » et très historié; ses bras potelés
et ronds ornaient les méchants bracelets de cuivre
qu'elle daignait porter; les fausses perles avaient beau
faire, elles ne parvenaient pas à gâter son cou de
cygne, à la courbe élégante. Son père, le frère de
Pahajucka, avait été fusillé pendant une expédition au
Mexique, et les deux vieillards l'avaient adoptée. Je
regrettais vivement de n'avoir rien là que je pusse lui
offrir, mais je lui promis beaucoup de belles choses
si elle voulait venir me voir au Leone en compagnie de
son oncle et de sa tante, ce que ces derniers me pro-
mirent. La lune se levant, mes hôtes remontèrent sur
leurs mulets; ils prirent les devants, et je les suivis
avec leur fille adoptive. Leur camp, du reste, était à
deux pas. Il se composait d'une vingtaine de huttes
en peaux de bisons presque blanches, rangées sur
deux files, de façon à former une large rue, où chaque
famille, accroupie devant le feu, vaquait à ses petites
affaires. Le vieux chef avait toujours sur le cœur l'in-
discrétion de ses gens, à moins qu'il ne simulât la colère pour me faire sa cour. Toujours est-il qu'il se mit à
arpenter la rue en roulant de gros yeux, en fulminant

10.

je ne sais quelles menaces. Je voulais aller le calmer,
mais Tatoweija me retint par la main en me faisant
signe de m'assoir par terre, à ses côtés, en deçà de
la première tente. En Europe, avec un peu de pré-
somption, j'aurais pu croire à une bonne fortune;
dans le désert, cela ne signifiait absolument rien. Ma
compagne se contenta de promener autour d'elle ses
grands beaux yeux noirs, pendant que, sur l'ordre du
chef, je voyais les feux s'éteindre et les Comanches disparaître.

Pahajucka revint alors à moi, calme et souriant comme
un homme heureux de « s'être montré », et m'instal-
lant devant son foyer :

— Je leur ai fait honte, dit-il, de se conduire ainsi à
l'égard de blancs qui sont amis des Comanches... Mais
qu'ils s'avisent d'y revenir !...

Nous restâmes longtemps à causer de tout et de rien.
Ce n'était pas avec une interlocutrice comme la vieille
bonne femme, très sensée d'ailleurs, qu'une conversation pouvait jamais languir; c'était toujours la même
nature gaie, sautillante, même un peu folâtre. L'époux,
lui aussi, avait conservé l'habitude de lancer à l'épouse
certains regards modérateurs qui semblaient lui dire :
« Assez, mon amie, vous vous oubliez! » Leçon ta-
cite dont Mme Pahajucka ne faisait que rire, caressant,
tarabustant, mignardant son seigneur et maître jusqu'à
ce que ce dernier en fît autant. Il n'est pas absolument
indispensable d'aller chez les sauvages pour assister à
ces petites scènes d'intérieur.

Tatoweija jouait gentiment son petit rôle dans tout

cela; elle s'impatientait lorsque l'interprète ne traduisait pas assez vite ses observations, et cherchait alors à le suppléer par une mimique éloquente. Sa parole était rapide et pleine de feu; ses beaux yeux, où se reflétait la flamme du foyer, s'animaient à mesure; ses petites mains fines gesticulaient avec une promptitude nerveuse. Quand elle commençait une phrase, les mouvements de sa physionomie l'achevaient bien avant qu'elle eût tout dit. Assise dans la pénombre, avec ses dents blanches et ses regards de diamant, elle dégageait je ne sais quoi d'attrayant et de mystérieux qu'on ne se lassait pas d'admirer... J'ai l'air de m'enflammer, ma parole d'honneur!

Il était déjà tard lorsque je songeai à m'en aller. Tout le camp dormait comme un seul homme. Pahajucka voulait m'accompagner un peu, mais la jeune fille, sans plus de façon, lui demanda la permission de le remplacer.

— Allez! dit le vieillard avec une confiance primitive; mes pas ne sauraient être aussi légers que ceux de l'Antilope.

Tatoweija noua son petit bras autour du mien, et nous longeâmes la forêt dans l'herbe humide de la rosée. La distance, trop courte selon moi, se réduisait à quelques centaines de pas. L'interprète n'était plus là, nous ne pouvions rien nous dire, mais sa seule présence me charmait.

Aux premières lueurs du feu autour duquel mes amis veillaient en fumant leur pipe, Tatoweija s'arrêta, me serra affectueusement, et me souhaitant une bonne nuit, — du moins je le suppose, — elle s'enfuit, avec une prestesse qui justifiait son nom, à travers le léger brouillard.

Le lendemain, dès la pointe du jour, Pahajucka et sa femme arrivaient au camp; l'aimable nièce les accompagnait. Elle accourut à moi, comme une fille à son père, me donnant une de ces intimes poignées de main qui remplacent la parole avantageusement; elle me prit ma pipe pour en porter le tuyau d'ambre à ses lèvres rouges; elle s'étala sur ma peau de bison en m'appelant du geste.

— Tatoweija! Tatoweija! disait le vieux chef en homme du monde et en formaliste, qu'il s'efforçait de paraître.

Était-ce pour faire plaisir à M. et à Mme Pahajucka? était-ce pour les beaux yeux de la nièce? Je ne sais trop. Toujours est-il que je les conviai à un somptueux déjeuner où rien ne fut épargné, ni le restant de notre biscuit, ni le dernier des flacons de madère que nous devions à la munificence de lord S***.

Que de grands parents qui se figurent ainsi être l'objet d'attentions dont ils ne sont que le prétexte!

Les Comanches n'avaient pas de temps à perdre; d'après leurs calculs, et pour arriver à temps au rendez-vous général, ils devaient atteindre, le jour même, le Najo, un des affluents du fleuve canadien. C'était, du reste, le cours d'eau le plus rapproché de la rivière Saline où nous nous trouvions.

Tatoweija m'avait reconduit la veille: c'était bien le moins que je lui donnasse à mon tour un pas de con-

duite. Et puis, je voulais voir plier les grandes tentes...
Dame! on est curieux ou on ne l'est pas! Et voyez
comme les idées s'enchaînent! Ces braves Comanches!
ça leur ferait tant de plaisir! Puisque nous suivions la
même route, pourquoi ne pas lever le camp en même
temps qu'eux? Ce serait une marque de déférence bien
due à ce vieux chef, qui nous paraissait si dévoué, qui
n'avait pas voulu qu'on nous volât, qui... et mille raisons captieuses dont je me leurrais, pour une seule
vraie que je ne m'avouais pas. Ensuite, nous ne les
escortions que pendant une journée ; nous les laisserions
au fleuve Najo.

Pahajucka et sa femme se montrèrent très recon-
naissants de cette résolution. Tatoweija applaudit de ses
gracieuses menottes.

Quand nous y arrivâmes, le camp des Comanches
était plein d'animation. Dans la grand'rue, les enfants
s'exerçaient à lancer des flèches, à jeter le lasso, à lutter, à courir ; les parents regardaient, se moquant des
maladroits, approuvant les habiles.

Sur un mot du chef, tous les jeux cessèrent ; les femmes coururent aux tentes et les abattirent. Ce sont de
grandes huttes de quatre à cinq mètres de hauteur sur
environ six mètres de diamètre à la base, et pointues
par le haut. Elles s'ouvrent à volonté au sommet ou
sur les côtés, selon la direction du vent, afin de laisser
s'évaporer la fumée lorsque le mauvais temps ou le
froid forcent à faire du feu à l'intérieur.

Les peaux qui servent à la construction de ces tentes
sont blanchies, tendues à miracle, enjolivées de pein-

tures baroques au dedans et au dehors, et si étroitement cousues que la pluie n'y peut pénétrer. L'hiver,
le thermomètre de Réaumur y marquerait au moins
quinze degrés... s'il y en avait un.

En une demi-heure, tout fut roulé, paqueté, bouclé
de courroies. Les mêmes femmes attelèrent alors les
bêtes de trait dans une espèce de brancard formé de
deux longs bâtons de tente, dont les bouts de derrière
traînaient à terre. D'autres bâtons plus petits, attachés
transversalement, formaient comme une civière où s'en-
tassent les peaux, les ustensiles de cuisine, tout le trem-
blement. Ces dames grimpent par là-dessus avec deux,
trois ou quatre enfants, selon le cas, et, si les chevaux
ou les mulets ainsi lestés prennent le mors aux dents,
c'est qu'ils y mettent beaucoup de bonne volonté.

Pendant que ces malheureuses travaillent comme de
vraies négresses qu'elles sont, les hommes, nonchalamment étendus devant le feu, fument leur calumet.
Encore faut-il qu'on leur amène leur cheval et qu'on
leur présente leurs armes pour qu'ils daignent se
remuer.

Un Indien prit la tête, porteur de tisons de l'arbre
mosquitos, dont le bois se carbonise très lentement,
et la caravane s'ébranla.

Mes amis étant prêts, nous défilâmes à sa suite.

Il faisait un temps superbe ; l'air, très vif, corrigeait
la chaleur ; quelques légers nuages tamisaient le soleil. Nous avancions rapidement, car nous n'avions pas
moins de vingt heures de marche avant d'arriver à l'é-
tape que s'étaient fixée les Indiens. La voie se déroulait

d'autant plus commode, qu'elle était battue par les centaines de Comanches qui nous précédaient. Ceux-ci faisaient de fréquentes évolutions, qui renversaient l'ordre de marche, afin que tous surmontassent tour à tour les premiers obstacles.

Si vaste était la prairie dans laquelle nous venions de nous engager, que, comme en pleine mer, nous n'avions que le ciel pour tout horizon; des fleurs aux mille nuances, toutes plus vives les unes que les autres, émaillaient le gazon.

Pahajucka et sa femme trottaient devant nous sur leurs mulets de choix. Montée sur un petit étalon aux jambes de cerf, Tatoweija se maintenait à mes côtés, joyeuse et hardie comme un page: hardie en tant qu'écuyère, bien entendu. La chère enfant se donnait mille peines pour établir entre nous, par signes, une conversation un peu suivie. Elle était assise sur plusieurs grandes peaux comme sur un matelas; ses deux petits pieds, chaussés d'étriers de bois peu profonds, caressaient le cou du cheval. Elle paraissait au mieux avec lui, elle lui parlait de sa petite voix flûtée, elle le stimulait légèrement d'une houssine mignonne tressée de ses mains.

On marcha toute la journée, sans s'arrêter autrement que pour faire boire les bêtes aux flaques croupissantes que nous rencontrions sur notre route. Au soleil couchant, un cordon de vapeurs bleuâtres nous annonça les forêts que baigne le fleuve canadien. L'obscurité s'étendait rapidement, bien que, là où l'astre d'or venait de s'éteindre, le ciel fût encore pourpre, et qu'une légère tache jaune annonçât le lever de la lune, laquelle allait bientôt planer sur nos têtes comme une boule de feu.

Une pluie d'insectes lumineux faisait scintiller la plaine comme une étoffe verte lamée d'or. Jamais route si longue ne m'avait paru si courte.

Enfin, les sombres contours de la forêt parurent plus distincts, et, vers dix heures du soir, parvenus à sa lisière, nous soulagions de leur poids les bêtes harassées, non loin du Najo.

Les deux camps s'établirent, comme une paire d'amis, dans le voisinage l'un de l'autre ; mais, une fois le souper terminé, la causerie eut tort, grâce à la fatigue.

Le lendemain matin, tous les Pahajucka, y compris la nièce, partagèrent une dernière fois notre déjeuner. Ils allaient continuer leur voyage, alors que nous allions prendre un jour de repos.

La séparation fut presque touchante; j'insistai beaucoup pour qu'on me fît, au Leone, la visite promise. Tatoweija eut un mouvement de tête qui pouvait se traduire ainsi : « Soyez tranquille, je me charge de le leur rappeler. »

Pendant que je l'aidais à monter sur son étalon, la gracieuse enfant cherchait à dissimuler ses larmes par un sourire, ce qui ne les empêchait pas de trembler au bout de ses longs cils comme des gouttes de rosée. Je crois, Dieu me pardonne, que je les aurais bues volontiers.

Au dernier moment, Tatoweija prit à sa ceinture

une pochette de cuir brodée de perles, et me la mit
dans la main; elle voulait parler, mais les sanglots
l'en empêchèrent. « Tatoweija! » C'est tout ce qu'elle
put dire en me montrant la petite bourse, qu'elle appuya sur son cœur; puis elle me serra encore la main
et alla rejoindre au galop ses grands parents, qui s'é-
taient mis à la tête de la colonne, derrière le porte-feu.

L'habitude de transporter des tisons d'un campement à l'autre est tout à fait spéciale aux tribus indiennes de ces parages; arrivés à la dernière limite
d'où ils peuvent apercevoir le camp de la veille, ils lui
envoient un dernier adieu en agitant le brandon fumant, sur lequel ils soufflent pour l'entretenir aussi
longtemps que possible.

Nous passâmes cette journée assez tristement au
bord du fleuve canadien. Tatoweija me manquait.
Mme Pahajucka manquait aussi à Cliffton, qui s'en
était beaucoup amusé en aiguillonnant son regain de
coquetterie.

Le lendemain, sept à huit lieues dans la direction
du sud : campement agréable. Vingt-quatre heures
après, nous traversons avec beaucoup de peine le fleuve
canadien du Sud, aux bords duquel nous passons la
nuit. A partir de là, changement de front : nous remontons le fleuve vers ses sources, qui sortent des
montagnes du Sacramento par un étroit défilé, paral-
lèle à la rivière Puereo, jusqu'à ce qu'il rejoigne les
montagnes de San-Saba, lesquelles se prolongent de
l'est à l'ouest et dominent une vallée fertile.

Toute cette contrée est ravissante; en Europe, les

paysagistes se la disputeraient. Les deux fleuves coulent
de compagnie, séparés seulement par de grasses prairies jusqu'à ce que le Puereo se débaptise dans! le rio
Grande.

Les Comanches et les Mercalieros considèrent cette
vaste et riche étendue, jusqu'aux premières exploitations du Texas, comme leur propriété particulière; pas
plus gênés que cela! Tout au plus, y tolèrent-ils quelques Delawares, Shawnees ou Kikapus, parce qu'ils les
redoutent et ne veulent pas provoquer des hostilités.

Cette bande de terre est assurément le jardin, l'eldo-
rado des États-Unis. Les deux végétations s'y confon-
dent, celle du Nord et celle du Sud. Il y pousse des
bananes, des cocotiers, des oranges, des pommes,
des poires, des cerises; des ceps de vigne s'y accrochent partout, aux arbres et aux fourrés. Le sol se
passe de jachère et produit tout le temps. Les pâturages l'emportent sur ceux du Yorkshire et de la Nor-
mandie. Le mosquito, qui les recouvre une partie de
l'année, les préserve tour à tour des grands froids et
des grandes chaleurs. Tôt ou tard, au lieu de nourrir des fauves plus ou moins féroces, ces pâturages en-
graisseront des animaux domestiques. Le climat est
excellent; les fortes chaleurs y sont tempérées par la
brise rafraîchissante du golfe du Mexique. L'hiver, il
n'y pleut que raisonnablement, et le froid est tolérable.
Aucune de ces eaux croupissantes qui engendrent les
maladies; qu'un fleuve vienne à déborder, qu'il tombe
une pluie d'orage, l'eau est promptement absorbée par
les forêts et par les prairies ondulées.

Arrive une sécheresse, les ruisseaux qui descendent des montagnes de granit, les chutes, les cascades facilitent les irrigations.

Les plaines y alternent avec les collines. Les graminées y sont des arbustes; les mousses y sont colossales. Les fougères, qui rampent chez nous, atteignent dans les forêts vierges des hauteurs de quatre-vingts pieds : végétation hyperbolique pour ceux qui n'ont jamais admiré les splendeurs de la nature qu'à travers une petite cloche de verre ou dans des serres chaudes.

Pendant quelques jours, notre route continue vers l'ouest, au sud du fleuve canadien. Voilà les montagnes qu'arrose à leur base le Sacramento. Nous atteignons un affluent de ce fleuve qui vient du sud-ouest. C'est à quelques milles de là que doit se trouver ce fameux aérolithe, mélange de fer et de pierre, dont, selon Tigre, le dieu de la chasse avait un jour écrasé je ne sais quel Weïco prévaricateur. Nous pouvons satisfaire notre curiosité sans nous écarter beaucoup de notre chemin. Le Delaware sert de guide; nous débouchons, avant la nuit, dans une prairie que la rivière, bordée d'arbustes, encadre d'un demi-cercle d'argent. Au centre s'élève la pierre vengeresse. Bien que très enfoncée par son propre poids, elle dépasse encore le sol d'un peu plus d'un mètre sur quatre mètres de tour. Elle est d'un rouge de rouille, dure à ce point qu'il faut de grands efforts pour en détacher une parcelle, et dégage une influence magnétique assez prononcée. Si aérolithe il y a, c'est, à coup sûr, le plus curieux et le plus colossal que j'aie jamais vu. Il ferait la gloire d'un musée.

Puisque nous avions tant fait que de venir jusque-là, nous y restâmes pour la nuit, et l'histoire du Weïco, re-racontée sur place, en acquit une nouvelle saveur.

Le lendemain, seconde station aux bords du fleuve canadien, que nous suivons pendant une semaine entière jusqu'aux contreforts des montagnes du Sacramento; là, quittant ce fleuve, nous descendons droit au sud, jusqu'au moment où, après trois autres semaines, nous rencontrons les sources du fleuve Rouge, qui jaillissent de roches granitiques dont nous faisons l'ascension. Si la fatigue a été grande, le dédommagement est immédiat, car toutes les conditions d'un bivouac où rien ne manque s'y trouvent réunies. Des Indiens piétons nous y ont précédés, ce que constatent de longs bâtons courbés en demi-cercle et dont les deux extrémités sont piquées en terre. Dans l'impossibilité où ils sont d'emporter de grandes tentes, ces nomades pédestres étendent leurs peaux sur ces demi-cerceaux, et voilà un abri dressé en dix minutes.

Un chemin très frayé nous conduit de là à la crête des montagnes, d'où nous enjamberons celles du San-Saba, qui doivent nous acheminer, au sud, vers les sources du rio de las Nueces, lequel se jette dans le golfe du Mexique, non loin du Corpus-Christi. C'est la Chouette qui nous trace à vol d'oiseau cet itinéraire, dont la clarté ne saute pas précisément à tous les yeux. Ce chemin si frayé semble être aussi vieux que le monde; il sert de communication entre le golfe et la région située au nord des montagnes Rocheuses. Chaque ravine, chaque pierre, chaque bouquet de broussailles, portent l'empreinte de milliers d'hommes et de quadrupèdes.

Des sources sortent de partout pour se former en ruisseaux, et, en vérité, ce n'est pas trop de tant de fleuves, presque l'un sur l'autre, pour les absorber. De distance en distance gisent de grosses roches, qui ont sans doute roulé du haut des montagnes.

A l'est, de grandes plaines, à travers lesquelles nous voyons courir le fleuve canadien, bordé de hautes forêts; à nos pieds, des plaines de médiocre étendue, où poussent quelques arbustes et des cyprès géants qui invitent le voyageur à venir se reposer sous leur ombrage toujours vert. On regarde, on convoite, on soupire, on regrette, mais, par force majeure, on repousse l'invitation.

Le lendemain, la journée promettant d'être étouffante et la montée laborieuse, nous déjeunons sur le pouce et nous partons dès l'aurore pour jouir d'un peu de fraîcheur. Les vallées, encore couvertes de brouillards, s'en dégagent insensiblement. Toutes les cassolettes du bon Dieu s'ouvrent à la fois. Jusque dans les fentes de rochers, le moindre brin d'herbe lève la tête et se vivifie. A dix heures du matin, nous n'avions fait que monter encore et monter toujours, sans nous arrêter. D'oblique qu'il était d'abord, le soleil nous arrive d'aplomb.

John propose une halte; Cliffton objecte que, griller pour griller, autant griller en marchant.

— La marche déplace l'air, ajoute-t-il, et l'air déplacé
fouette toujours un peu.

Cette théorie captieuse est loin de nous convaincre.
Toutefois, la discussion nous distrait, et nous abordons
un plateau d'où le paysage est vraiment féerique. Les
rochers qui nous surplombent forment des groupes
admirables.

Si nous nous rapprochons des pentes de l'ouest, la
vue embrasse cinquante à soixante lieues de pays, où
coulent, à de grandes distances, le rio Grande et le
Puereo, séparés par de fertiles et riantes prairies.

Plus loin, au sud, se dresse un groupe de pics isolés
qui se perdent dans les nuages : ce sont les montagnes
de Guadalupe. A l'est, d'autres plaines non moins
plantureuses, et le fleuve Rouge et le lac Salé, que nous
avons entrevus déjà au commencement du voyage. Les
cours d'eau ne se comptent pas : ceux-ci coulent avec
majesté entre des rives unies et vont droit leur chemin ; ceux-là bondissent sur le flanc des montagnes et
serpentent comme des boas. A vingt, à cinquante, à
cent lieues de là ils seront absorbés par le Colorado ou
le Brazos.

L'aspect de ces magnificences ne nous empêchait pas
d'avoir chaud ; le système de Cliffton ne réussissait que
tout juste. Les chevaux ruisselaient, trottant la tête basse
mais avec courage, dans l'espoir de sortir bientôt de
cette fournaise.

Le soleil dardait perpendiculairement, ce qui empêchait les quelques grands rochers que nous côtoyions
de projeter de l'ombre. Aucun sentier transversal qui

nous offrît un abri. Quant à l'eau, les cyprès, qui nous
en promettaient dans leur voisinage, étaient à une distance telle, qu'il ne fallait pas songer à les atteindre
d'une seule traite. Les mouchoirs étaient à tordre dès
qu'on les avait seulement passés sur le front.

Cependant, tout décline en ce monde, même le
soleil; quand cet astre, impitoyable autant que bienfai-
sant, se fut un peu abaissé sur l'horizon, il devint possible de respirer de temps en temps dans ce que les
peintres appellent l'« ombre ». Rendons grâces aussi
aux cactus, qui produisent en grande quantité une sorte
de prunes très juteuses, lesquelles calmaient la soif
des chevaux. Elles calmaient également celle de quelques-uns de nos amis, les plus imprudents, qui s'en
trouvèrent mal.

Au déclin du jour, notre sentier s'avisa de déboucher
à l'improviste sur un large chemin descendant à l'est,
et au bout duquel, à une demi-lieue environ, se dessinait un sombre groupe de cyprès.

Les chevaux y allèrent tout seuls, guidés par l'instinct, et nous les suivîmes, comme on peut le croire.

Les cyprès n'avaient pas menti : nous trouvâmes là
de l'eau, de l'herbe, de la fraîcheur et un repos bien
gagné.

Des troncs carbonisés accusaient une halte récente.
Les relâches sont si rares dans ces parages, que les Indiens nomades ont fini par les adopter à poste fixe. Ils
les recherchent comme, dans le monde civilisé, les
voyageurs donnent la préférence à tel ou tel hôtel con-
sacré par la vogue.

Des rugissements de jaguar nous firent entretenir, pendant la nuit, un feu plus vif que de coutume.

Levés avant le soleil, nous avions à revenir sur nos pas, vers le fatal sentier qui devait nous conduire au haut des montagnes. Après cinq heures de marche, nous voyons s'estomper, au nord-est, les hauteurs de Guadalupe. A l'est, les montagnes s'échancrent de ce côté-ci du Puereo et nous laissent voir le rio Grande au delà du Paso del Norte. Ce passage est le seul praticable à travers la Cordillère du Nord; c'est par là que, d'ici à quelques années, les locomotives, domptant tout obstacle, conduiront de l'océan Atlantique à l'océan Pacifique.

Entre les montagnes où nous sommes et les défilés que nous apercevons à une vingtaine de lieues, coule le Puereo, encaissé dans de belles vallées. Ce fleuve nous attire, et nous nous décidons à suivre le premier chemin praticable qui nous dirigera dans ce sens : il ne manque plus que le chemin. Nous en cherchons un pendant toute la sainte journée, sans trouver autre chose que de méchantes sentes caillouteuses, bonnes pour des bisons tout au plus.

Pourtant, vers quatre heures de l'après-midi, une route coupe la nôtre de l'est à l'ouest, et nous la descendons dans cette dernière direction, si toutefois cela peut s'appeler descendre; dégringoler serait plus juste. Les chevaux, menés en laisse, glissent sur leur train de derrière, et nous avons beaucoup de peine à n'en pas faire autant. Les précipices compliquent la situation; ils nous obligent à de dangereux circuits. Il faut tantôt

remonter, tantôt redescendre. Quelle providence que
les sources! Sans elles... J'allais dire un lieu commun
qui frise la bêtise. Bref, vers le soir, nous en trouvons
une et nous nous précipitons dessus, bêtes et gens,
dans une touchante promiscuité. Le ruisseau longe la
route. Allons! encore un peu de courage!... si bien
que le crépuscule nous trouve dans un petit bois touffu,
où, la cuisine faite et défaite, nous n'avons pas besoin
d'être bercés pour nous endormir.

Tigre présumait que nous ne tarderions pas à aboutir
dans la vallée dont le doux sourire nous avait subju-
gués. Le lendemain, de bonne heure, il pousse une reconnaissance dans le double but de s'en assurer et de
tirer un cerf ou une antilope, car notre dernier morceau de venaison vient de disparaître. Il est d'ailleurs
prudent de laisser se reposer les montures, pour le cas
possible où, ne trouvant pas de passage, nous en serions réduits à regagner les montagnes.

Le jeune Delaware nous avait quittés à la pointe du
jour. D'accord avec le soleil, nos montres marquaient
midi, et il n'était pas encore de retour. Étendus à l'ombre de grands ormes et de peupliers, nous prenions le
café. Un galop précipité attire notre attention; ce ne
peut être que le cheval pie qui nous ramène notre ami.
Le voilà!... Mais le cheval a cessé d'être pie; au cou et
au poitrail, les taches blanches sont devenues rouges.
Tigre lui-même, à mesure qu'il se rapproche, nous paraît tout ensanglanté. Nous courons au-devant de lui,
nous le débarrassons de ses armes, nous l'aidons à descendre. De larges et profondes blessures, d'où le sang

11.

ruisselait, labouraient toute son épaule gauche. Antonio
se charge du cheval, et nous conduisons le cavalier à
l'ombre des ormes.

L'intrépide garçon souffre sans se plaindre; il ébau-
che même un sourire entre ses dents blanches, et
voici ce qu'il nous raconte. A une demi-lieue du camp,
comme il traversait un petit bois, un jaguar avait tout
à coup bondi au cou de son cheval, témérité que
payait aussitôt le monstre en recevant un coup de couteau entre les côtes. Par malheur, le cheval s'épouvante, se cabre et renverse le cavalier, sur lequel le
jaguar se précipite de plus belle. Enlacement effroyable et lutte corps à corps; lame d'acier d'une part,
crocs et griffes de l'autre... Tigre avait fini par égorger
son terrible adversaire, mais sa victoire lui avait coûté
cher. Durant la mêlée, le cheval avait pris la fuite le
long du ruisseau; il le croyait perdu, mais le fidèle
animal n'était pas allé bien loin; il revenait au premier
appel.

Tigre n'avait pas moins de cinq trous à l'épaule
gauche, très rapprochés l'un de l'autre et se prolon-
geant sur le bras, à l'état de déchirures de six pouces
de long.

Le premier était si profond, qu'il fallut le recoudre,
appliquer des compresses d'eau froide, les renouveler
souvent, bander le tout solidement.

Le pauvre cheval, lui, était atteint de quatre morsures au garrot, sans compter les coups de griffe à
droite et à gauche. Toutefois, malgré l'enflure du cou,
rien de tout cela ne paraissait bien dangereux; de

fréquentes lotions d'eau froide amenèrent un prompt soulagement.

La Chouette battait la montagne à la recherche de gibier.

Kœnigstein, Antonio et moi, nous partîmes en quête du jaguar, ou plutôt de sa peau. Le champ de bataille, piétiné et sanglant, donnait une idée de la lutte. Le tigre d'Amérique avait reçu une assez jolie collection de coups de couteau, tous bien près du cœur. Si la peau en souffrait, l'humanité n'avait qu'à s'en applaudir, car c'était un monstre de moins.

Tom m'avait suivi; cela m'inspira l'idée de chasser un peu en descendant le ruisseau, car l'exploit de notre ami le Dalaware ne nous rapportait qu'une fourrure, et ce n'était pas assez pour la faim.

Après avoir marché longtemps sans trouver l'occasion de tirer un coup de fusil, j'allais m'en revenir par une autre route, pour varier, lorsque j'entendis bramer à une certaine distance, mais bramer d'une voix rogue, comme il arrive à certains lions de le faire, quoique ce ne soit pas leur spécialité. Diable, un lion! C'est assurément fort beau comme descente de lit, mais, indépendamment de ce qu'il faut le tuer avant qu'il ne vous tue d'un simple coup de patte, ce n'était pas encore là le gibier de mes rêves. J'avance avec précaution, avec le respect qu'inspire le roi des forêts, et je vois... deux cerfs géants qui, au milieu d'une harde de biches, comme des pachas dans un sérail, se livraient un combat à outrance. Leurs ramures s'entrelaçaient à ce point de n'en faire plus qu'une; c'était par là qu'ils

se secouaient, qu'ils se bousculaient, tombant parfois
sur leurs genoux, puis se relevant pour recommencer.
A une certaine distance, d'autres grands cerfs, impassi-
bles, les regardaient faire. J'avais pu m'approcher jusqu'à quarante pas sans être aperçu, et, visant l'un des
deux champions, je l'abattis d'une seule balle, ce dont
l'autre profita lâchement pour lui enfoncer ses andouillers dans le flanc.

— Toi, pensai-je, tu ne parais pas te douter qu'il reste
une balle dans ma carabine, et tu mériterais...

Mais, réflexion faite, et par gourmandise, je
donnai la préférence à un faon, qui paya pour l'affreux
jaloux.

Toute la harde avait détalé. Le mort, bien en venaison,
portait vingt-deux cors.

Comme je rentrais au camp, je rencontrai la Chouette
qui revenait bredouille. La nuit était survenue, une
nuit très-obscure. Comment faire pour aller chercher
mon cerf?... Mais l'estomac n'a pas de loi, et le souper
en dépendait. Des tisons de bois de pin nous servirent
de torches. Antonio ouvrit la marche en nous éclairant,
Kœnigstein la ferma, suivi de maître Jacques.

Nous n'étions guère de retour avant dix heures, mou-
rant littéralement de faim, car nous n'avions rien pris
depuis le matin. Ajoutez le temps qu'il fallut pour tourner les broches, si bien que Cliffton put demander, en
se mettant à table, si nous déjeunions ou si nous sou-
pions.

Tigre souffrait beaucoup moins, l'inflammation avait
diminué; mais, le lendemain matin, les compresses

n'ayant pas été renouvelées pendant la nuit, son bras s'était engourdi, de telle sorte que, au lieu de diminuer, la douleur devenait plus vive. Cette considération nous décida à ajourner le départ jusqu'au lendemain.

Toute une journée à dépenser ! Les cerfs étant en rut, je voulus en profiter pour cueillir, avec John, de nouveaux lauriers. La matinée était fraîche, la rosée scintillait partout comme un réseau de perles, le brouillard matinal noyait encore le haut des rochers, de longues tuniques de nuages blancs flottaient aux flancs des montagnes. Parvenus à mon affût de la veille, nous entendîmes bramer au loin nos rôtis de l'avenir. Instruits par une expérience toute récente, ils avaient sans doute cru se mettre hors d'atteinte en remontant un peu le ruisseau. Nous traversons de hautes fougères dont la rosée pleuvait sur nous, et nous atteignons un plateau qui domine un précipice à donner le vertige.

C'est là que nos grands cerfs s'étaient remisés. Le moins éloigné était un des plus vieux. Il faisait jabot, comme on dit, et secouait fièrement ses bois gigantesques ; sa voix retentissait comme un orgue enrhumé. Les biches devaient être très courues, car, sur les hauteurs d'alentour, on n'entendait que des concerts de cerfs amoureux.

John n'ayant jamais eu l'occasion de tirer sur un cerf géant, il était assez naturel que je lui cédasse les honneurs du pas. Atteint au défaut de l'épaule, le majestueux animal, le seul qui fût à notre portée, comblé d'années et de cors, — sa ramure en marquait vingt-six, — fléchit sur les genoux, se releva pour bramer une dernière fois et retomba sur la pierre moussue, en rendant le dernier soupir.

John ne put maîtriser sa joie; il s'élança brusquement vers sa victime.

Et, pour cette fois, notre chasse en resta là, car le reste de la harde avait pris la fuite.

Avant de retourner au camp chercher un mulet, notre jeune vainqueur, dans la crainte que son cerf ne devînt la proie d'une bête fauve, arbora son mouchoir blanc sur le cadavre, en guise de drapeau.

Il était encore de très bonne heure; le soleil dorait à peine la cime des montagnes où nous buvions à pleines gorgées la brise du matin. Rien ne nous rappelait au bivouac avant le déjeuner. Nous suivions donc avec nonchalance une pente assez douce, laquelle s'éloignait de plus en plus des hauteurs voisines, de façon à former d'abord une espèce de gorge, pour prendre ensuite, en s'élargissant, les proportions d'une vaste vallée, au fond de laquelle des chaines de rochers s'étageaient les unes sur les autres. A l'est, se tournait et se contournait en nombreux zigzags un sentier, lequel, de toute évidence, ne pouvait être que la continuation de celui aux abords duquel nous étions campés. Nous ne songions, en ce moment, qu'à admirer la nature; je cherchais à me rappeler la première idylle de Virgile, regrettant de ne pas entendre quelque Tityre charmer une Amaryllis du son de ses pipeaux. John braquait ma lorgnette de çà et de là.

— Ce sentier est bien loin tout là-bas, me dit-il; on urerait qu'il remue.

Je lorgnai à mon tour, et je reconnus une colonne d'Indiens. Que faire? Ils étaient tout au plus à une heure de marche de notre bivouac, qu'ils devaient infailliblement rencontrer, et il nous fallait, à nous, au moins trente minutes pour le rejoindre.

Adieu aux idylles, à la belle nature! et, si nos amis ont à repousser une attaque, que nous soyons au moins là pour les y aider!

CHAPITRE XXVI.

Indiens Apaches. — Retour au fort. — La famille Wite. — L'attaque.
— L'héroïne. — Le buisson qui marche. — Primus.

Tigre, instruit du danger qui nous menaçait, mais
impotent pour le quart d'heure, nous conseilla de seller au plus vite et de faire disparaître avec soin tous les
signes apparents de notre présence.

D'après mes calculs, nous avions à peu près une
demi-heure pour faire place nette et nous éclipser.

Les tisons du foyer furent enveloppés dans une peau
de cerf et jetés à l'eau; le crottin des chevaux — pardonnez l'expression, mais nous ne sommes pas ici dans
le boudoir d'une petite-maîtresse — et les reliefs de
nos repas furent enfouis dans les buissons voisins; il
restait bien, vaguement, quelques traces d'un camp,
mais rien ne les empêchait de remonter à plusieurs
jours, et même à quelques semaines.

Les chevaux furent conduits par une sorte de macadam non broyé, en dehors du chemin tracé, jusqu'à
l'endroit écarté où j'avais tué mon cerf de la veille.
Quant à nous, la Chouette nous déterra un observatoire,
à une demi-lieue de là, d'où nous pouvions à peu près
voir ce qui se passait sans trop courir la chance d'être
vus.

Les Indiens arrivèrent presque au moment où nous venions de leur céder la place.

Tigre les reconnut pour des Apaches, qui probablement allaient à quelque marché de l'est des États-Unis, car ils voyageaient avec leurs femmes, leurs enfants et de gros ballots de pelleteries. Nous n'avions nulle envie de les déranger. Ils s'installèrent tranquillement, après quoi, leur tournant le dos, nous remontâmes le ruisseau qu'ils venaient de descendre. Ce chemin nous conduisit, par une grande courbe, jusqu'à la gorge aperçue le matin pendant notre chasse aux cerfs. John leva les yeux et regarda tristement les rochers où gisait, en même temps que son mouchoir, la seule grosse bête qu'il eût jamais, à lui tout seul, tuée de sa vie.

— Quel dommage! disait-il; une si belle ramure! un si glorieux souvenir! Je donnerais bien dix dollars pour l'avoir.

— On t'en donnera des mouchoirs, reprenait Cliffton, pour les prodiguer de la sorte!

— Soyez tranquille, monsieur John, dit mystérieusement la Chouette, vous aurez le tout avant ce soir.

Et, après avoir ajouté je ne sais quoi à l'adresse de Tigre, dans leur patois natal, il disparut entre les rochers.

Nous n'avions, à droite et à gauche, que des montagnes nues et arides; de loin en loin, un jucca ou un mimosa, qui croissaient isolément entre les pierres; la vallée elle-même, large d'une demi-lieue, était obstruée de cailloux roulants. Ce n'est qu'au bord du ruisseau, lequel serpentait au centre, que la vue se reposait par-

fois sur un bouquet d'arbustes ou sur une touffe d'herbe.
Nous n'en avancions pas moins aussi vite que possible,
malgré la chaleur.

Bientôt le soleil s'abaissa, et le cordon de rochers qui
tapissait le bout de la vallée y projeta ses grandes ombres. De larges échancrures nous permettaient d'entrevoir les vallées du fleuve Puereo, dont nous n'étions
plus séparés que par des collines, les unes boisées, les
autres rocheuses.

Au moment où le soleil disparut derrière le Mont-
Diablo, au sud du Paso del Norte, nous nous installions
sur la lisière du premier bois succédant à la vallée. Le
ruisseau n'avait pas cessé d'être notre compagnon de
route. Vu à la dégradation successive des rayons solai-
res, puis aux pâles reflets de la lune, c'était un des
sites les plus ravissants dont le souvenir me soit resté.

Nous venions de faire du feu sous le sombre feuillage
d'un chêne; la flamme se réverbérait sur les alentours,
lorsque Tom, couché à mes pieds, se leva soudain, fit
quelques pas dans la direction de la gorge et se mit à
grogner. Je le rappelai et lui fis reprendre sa place en
le caressant. Le pas d'un cheval s'accentuait dans la vallée; à n'en pas douter, c'était la Chouette, mais il était
toujours bon de s'armer, ce que nous fîmes tous, à l'exception de Tigre, dont le bras gauche était en écharpe.
Un instant après, la Chouette faisait son apparition et,
débarrassant la croupe de son cheval, étalait devant
John, non seulement la ramure, mais tout le « massacre » du cerf. Il n'avait pas même oublié le mouchoir.
Sur ce, muet comme une carpe, il conduisit sa bête au

pâturage et revint se coucher autour du feu, sans seulement quêter un « merci » pour son dévouement. Tigre
lui arracha pourtant quelques renseignements à l'endroit des Apaches, lesquels continuaient à nous remplacer sans qu'aucun souci parût les troubler. Douze
colonnes de fumée, que la Chouette avait religieuse-
ment comptées, témoignaient de leur nombre.

Les bois du cerf, détachés du massacre, furent mis
à sécher avec un morceau du crâne ; la Chouette ne réclama que la langue, dont il se régala après l'avoir fait
rôtir.

Le lendemain, pour la première fois depuis longtemps, nous entendîmes des dindons saluer l'aurore.
C'était de bon augure. Ces braves réveille-matin per-
chaient sur des arbres à baies qui les nourrissaient gras-
sement. Une heure après, nous en avions entassé une
petite montagne. Les uns firent avec la broche une connaissance immédiate ; les autres, préparés, salés, poi-
vrés de ce piment dont les forêts abondent à cette
époque de l'année, furent destinés à nous garantir des
famines possibles.

Et maintenant, en route pour les dernières montagnes qui nous séparent encore du fleuve Puereo !

L'entreprise offrait des difficultés ; le plus souvent, il
fallait conduire les chevaux à la main sur les pentes
escarpées. Les cailloux aigus ajoutaient encore aux obstacles de la descente ou de la montée, tantôt l'un, tantôt l'autre, selon les caprices du terrain. Souvent, au
risque de vous casser une jambe, de grosses roches isolées ne se faisaient aucun scrupule de vous barrer le

passage. Enfin nous en sortîmes, et le soir, à la fraîche, nous foulions l'herbe si désirée de la vallée du Puereo. Nous y campâmes, toujours aux bords de ce ruisseau fidèle que nous suivions depuis plusieurs jours, et qui commençait à se donner les airs d'une petite rivière.

Les jours suivants, toutes les tribus imaginables de Comanches devant passer par là pour aller à la grande réunion, aux sources du Puereo, ou pour en revenir, nous jugeâmes plus prudent de suivre le pied des montagnes, où l'on est moins en vue que dans la plaine. Cet itinéraire nous promettait aussi plus de gibier. Par exemple, il y avait un inconvénient, celui de manquer d'eau de temps en temps, car la vallée qui s'étendait des montagnes au fleuve n'avait pas moins de dix à quinze lieues. Or, la course était un peu longue pour l'entreprendre à l'heure des repas.

A chaque pas que nous faisions, la végétation, la nature du sol, la température, nous rappelaient notre cher pays, que nous n'allions pas tarder à revoir. La flore devenait plus abondante et plus variée, l'horizon plus vaporeux, le ciel d'un bleu plus foncé que dans le nord. Tout témoignait d'une sève plus active.

Dans la hâte d'arriver, comme ces chevaux qui flairent l'écurie, nous fournissions généralement de très longues étapes, partant de bonne heure et marchant fort tard. Quand la chaleur était excessive et que nous trouvions un peu d'ombre, nous nous permettions une sieste de onze heures à trois heures. Il est vrai que le premier quartier de la lune favorisait momentanément ce nouvel ordre de marche.

Nous côtoyions depuis plus d'une semaine les montagnes de l'Est ; les collines qui bordaient le Puereo à l'ouest se rapprochaient chaque jour en rétrécissant de plus en plus la vallée. Nous venions de marcher jusqu'à deux heures de relevée, sans trouver une goutte d'eau ni le moindre ombrage.

— Pas de sieste aujourd'hui ! disait Mac en poussant un profond soupir.

— Qu'est-ce que je vois donc là-bas ? demanda Cliffton ; sont-ce des Indiens ?

— Ils seraient, en ce cas, d'une belle venue, objecta John.

J'allais braquer ma lunette, lorsque Tigre, dont les yeux valaient mieux que des télescopes, nous apprit que nous avions affaire à des peupliers dont les feuilles, encore vertes, étaient synonymes de ruisseau, car la sécheresse les fait jaunir d'abord et tomber ensuite.

— Hardi, les bêtes ! cria Cliffton en éperonnant son cheval ; il ne s'agit plus de flâner, le nez en terre, comme des rosses qu'on mène chez l'équarisseur. Le « nanan » est là-bas, il faut le conquérir !

Le fait est que, au lieu de faire prendre patience à notre soif, la perspective de boire tout à l'heure ne faisait que l'aviver.

L'air est si pur et si transparent, dans ces maudites belles plaines qui n'en finissent pas, que les distances cessent d'être appréciables ; on se croit toujours sur le point d'arriver : encore un temps de galop, et nous y sommes !... Le temps de galop s'achève, et il s'en faut

encore de quelques lieues qu'on n'y soit. Ce fut l'histoire de nos peupliers.

Mais il ne faut pas se plaindre. Nous ne comptions
que sur des bourbiers remplis de vase, et, pas du tout,
voilà que nous nous trouvions en présence d'un étang,
que dis-je? de deux étangs limpides comme de l'eau de
roche ! Les chevaux témoignèrent leur joie en se roulant
sur le gazon, et peu s'en fallut... mais notre dignité
d'homme nous imposait, par malheur, un peu plus de
retenue !

En apparence, ces étangs n'étaient tributaires d'aucun fleuve ni d'aucune rivière; ils ne venaient de nulle
part et n'allaient nulle part, si ce n'est peut-être, et
même sans doute, par des conduits souterrains qui nous
échappaient.

Il faisait bon être là; pas un souffle d'air; le feuillage
semblait de plomb, tant il bougeait peu. Quant à nous,
nous étions énervés, mous, désarticulés, comme ces
poupées qui n'ont plus de « son » dans les veines. Seul,
le monde des insectes semblait jouir de cette température et remplissait l'air de ses mystérieux bourdonnements.

J'allais m'assoupir, quand mes yeux, à demi fermés,
tombèrent sur un caméléon que la chaleur obsédait
aussi et qui ne savait que faire de sa petite personne.
On sait que, grâce à une organisation toute particulière,
les poumons de ce reptile peuvent se remplir d'air à ce
point d'occuper tout le corps. Dès lors, il n'est plus que
poumons, et son volume se double, en même temps
qu'il reflète les nuances les plus diverses, selon que ces

mêmes poumons, plus ou moins dilatés, colorent plus ou moins le sang qu'ils refoulent dans les vaisseaux cutanés. La croyance était, autrefois, que le caméléon prenait la couleur qui l'environnait; aujourd'hui, la science sait à quoi s'en tenir. Celui-ci avait quelque chose de ces lampes d'albâtre auxquelles une bougie intérieure donne des teintes rosées. Il avait enfin conquis une petite place fraîche et, de ses yeux d'or, semblait me supplier de ne pas l'en déloger.

Pendant que mes regards étaient en train de vagabonder, je fus surpris de voir, à la miroitante surface de l'eau, un tronc d'arbre qui, très certainement, n'y était pas tout à l'heure. Certes, personne ne venait de l'y jeter. Il remontait donc des profondeurs de l'étang. Comment et pourquoi?... Bon! en voilà un second, puis un troisième, toute une forêt horizontale et sous-marine qui s'avise de « faire la planche », comme disent les nageurs.

Tigre, seul, ne dormait pas; je lui fais signe de venir à moi, je lui montre du doigt le phénomène. Il regarde, pousse une exclamation et m'apprend que ce sont des alligators qui se chauffent au soleil. Les deux étangs en sont remplis. Se chauffer par un pareil temps, faut-il avoir envie!...

L'alligator, ou caïman, ou crocodile d'Amérique, à la gueule obtuse, aux pieds de derrière à demi palmés, mesure généralement une vingtaine de pieds de la tête à la queue. Sa chair est mangeable, quoique musquée; mais, en attendant, si vous lui tombez sous la dent, il s'accommodera parfaitement de la vôtre.

Donc, tout le monde sous les armes, et attention au commandement, comme pour les Pieds-Noirs!... Nos huits coups partent à la fois, n'en faisant qu'un seul. Grand remous dans l'eau, dont les éclaboussures jaillissent jusqu'à nous. La fumée se dissipe. Deux monstres surnagent, courent dans toutes les directions comme des insensés, plongent et reparaissent; les autres se sont engloutis. Antonio jette alors son lasso, emprisonne l'alligator dans le nœud coulant, et nous réunissons toutes nos forces pour le haler jusque sur l'herbe, où il grince de ses terribles mâchoires et cherche à nous balayer de sa puissante queue d'écailles. Pour en finir, il fallut fui cribler la tête de balles, comme une plaque de tir.

L'autre continuait de nager, sans trop se préoccuper de son compagnon, dont il ne tarda pas à partager le sort.

1° Le ruisseau le plus voisin était éloigné de plusieurs milles;

2° Le caïman ne s'écarte jamais de l'eau; dès qu'il touche terre, il y est aussi embarrassé qu'une tortue.

Cela posé, je me demande par quel miracle ceux-ci se trouvaient dans les étangs.

Admettez, si vous voulez, que, par aventure, l'un d'eux se soit égaré loin de son élément naturel, et que, après de longues pérégrinations, il n'ait rien trouvé de mieux qu'un étang. C'est possible pour un, quoique improbable; mais trente, cinquante caïmans, mais des caïmans comme s'il en pleuvait!...

Une autre question plus facile à résoudre, hélas! est

celle de savoir comment ces monstres, d'une voracité à faire frémir et d'une si redoutable capacité digestive, peuvent trouver à se satisfaire. Mon Dieu! vous, moi, le premier voyageur venu qui accourt de bien loin pour boire ou pour se baigner, tous les animaux, grands et petits, qui en font autant, voilà leur menu habituel. Si, en arrivant, nous avions eu la désastreuse idée de nous jeter à l'eau, voyez un peu quel régal! Ils vous guettent, ils vous happent, ils vous entraînent dans les profondeurs de leur empire, où des milliers de dents vous mettent en charpie. Si colossal qu'il soit, un bison ne leur fait pas peur; c'est l'affaire d'un peu plus de bouchées, et voilà tout. Ainsi, Kœnigstein, ayant ouvert le ventre des alligators que nous venions de tuer, trouva dans l'un un pied de cerf et dans l'autre des pattes de dindon : maigre cuisine, dont ils avaient dû se contenter à défaut de mieux.

Nous en eussions volontiers détruit un plus grand nombre, mais on n'en voyait plus la queue d'un. Le soleil couchant se réfléchissait si débonnairement à la surface limpide des étangs, que jamais, au grand jamais, on ne se serait douté qu'ils recélassent dans leurs ondes trompeuses une mort si terrible.

Comme nous n'avions fourni qu'une demi-étape, une fois reposés, nous ne songeâmes plus qu'à la compléter.

Nous cheminons pendant une semaine avec des fortunes diverses, tantôt mal, tantôt mieux, au hasard des campements et de la chasse, mais sans aventure qui vaille la peine d'être racontée. Toujours beaucoup de cours d'eau, tributaires du Pucreo. Le septième jour, à l'heure habituelle de la sieste, nous apercevons, au sud, une magnifique forêt que va traverser notre route. Elle se développe, d'une part, depuis les grandes montagnes de l'est jusqu'au Puerco, et, de l'autre, jusqu'aux chaînes de l'Ouest, que dominent les sommets de San-Saba. Ce sont les dernières montagnes qui nous séparent encore de chez nous.

Dévorés du désir d'arriver, nous ne tenions plus en place. John réclamait à grands cris un ballon — et une brise favorable — pour embrasser plus tôt sa famille. La brise survenait parfois, mais le ballon restait sourd à cet appel filial. Nous trompions notre impatience en accélérant la marche autant que possible, en doublant les traites, en rognant sur les nuits.

Ce jour-là, à l'heure où nous nous engagions dans la forêt, il y avait encore assez de lune pour chercher et trouver un sentier de bisons ; mais, plus loin, une fois sous la voûte des grands arbres séculaires, impossible de continuer : non pas que le sentier nous échappât, car il était très battu et les bêtes l'eussent suivi d'instinct, mais parce que d'inextricables écheveaux de lianes obstruaient le passage. Force nous fut de mettre pied à terre et de recourir, comme nous l'avions déjà fait, aux falots de fougère, dont Tigre et la Chouette avaient la spécialité. Ce qui nous pressait tant, c'était d'abord une soif générale, et ensuite la grande probabilité de trouver une source avant qu'il fût peu.

En effet, au bout de cent pas, Tigre, qui éclairait la marche, fut tout étonné de se voir précédé d'un autre falot : c'était le sien qui se mirait... vous devinez dans quoi.

Les chevaux désaltérés, les gourdes remplies, nous eûmes la constance de pousser jusqu'à la prairie, au delà de la forêt.

Nous n'en pouvions plus de fatigue ; les bêtes avaient grand besoin de se refaire, ce qui nous engagea à les laisser paître jusque fort avant dans la nuit, en les surveillant à tour de rôle, bien entendu.

Le lendemain, quelques dindons firent les frais du déjeuner, puis nous nous jetâmes à l'eau pour nous dégourdir, puis... ma foi ! le sommeil nous reprit, et nous achevâmes notre nuit en plein jour.

A trois heures de relevée, branle-bas général ; tout le monde sur le pont. Nous poursuivons notre route au sud ; — beaucoup de temps perdu, non pas précisément à traverser la rivière, mais à y descendre et ensuite à faire remonter nos bagages, tant les rives sont escarpées ; — ombre et fraîcheur pendant quelques lieues, sous l'épais feuillage de la forêt, que le soleil troue çà et là de ses flèches dorées. Avec un peu de bonne volonté, nous pourrions nous croire à dix portées de fusil du Mustang et du Leone ; la nature est la même. Les arbres sont plus rapprochés ; les lianes les étreignent, les étouffent, les fleurissent, grimpent jusqu'à leur cime et sautent de là sur les arbres voisins, qu'elles enguirlandent à leur tour.

Les perroquets aux plumes flamboyantes se balancent, la tête en bas, sur ces gracieux perchoirs ; d'innombrables cardinaux vont et viennent, semblables à des tisons qui voltigent.

Le cerf mélancolique allonge sur nous un regard de

défiance; suivie de ses faons, l'antilope timide fuit dans les fourrés. L'identité des aspects nous rappelait les absents; nous ne tarissions plus sur la réunion prochaine; la pensée prenait des ailes et devançait l'instant fortuné...

— Nous aurions dû emmener des pigeons voyageurs, disait John; cela m'aurait permis d'envoyer de temps en temps des baisers à ma mère et à mes sœurs.

— Fatal oubli! reprenait Cliffton; c'était si facile... Si nous avions su!...

A neuf heures du soir, nous sortions de cette forêt enchantée et nous campions au pied des montagnes de San-Saba, à proximité d'un torrent qui en sortait pour se jeter dans le Puereo.

Le lendemain, nous suivons ce torrent jusqu'au fleuve, comme si nous voulions nous y jeter aussi, et, là, nous prenons le grand sentier indien qui traverse, au sud, la chaîne de San-Saba, ce qui facilite singulièrement notre marche.

Trois jours après, à la chute du jour, nous campons au pied des hauteurs voisines de nos habitations.

L'étape suivante est au fleuve des Dindons; nous voulions la doubler pour arriver quelques heures plus tôt, mais les chevaux demandent grâce. La nuit se passe plutôt à causer qu'à dormir.

Les dindons sonnent la diane, selon leur coutume; mais, cette fois, nous sommes trop pressés pour les payer en monnaie de plomb.

Voilà donc le grand jour!

Pour nous présenter avec avantage, nous faisons une

toilette un peu plus soignée, non pas que notre costume habituel comporte de grandes modifications,
mais, vous savez, il y a de ces petits soins qui rehaus-
sent la mine : le peigne fonctionne mieux, la cravate
est mieux nouée, les traces de poussière disparaissent,
les boutons ne se trompent plus de boutonnière. Mes
compagnons partent au galop; chacun veut arriver le
premier. Je réprime cette ardeur en faisant observer
que la traite est longue et que, si nous surmenons nos
bêtes dès le commencement, nous pourrions bien y
perdre au lieu d'y gagner. Vers dix heures, nous faisons notre dernière halte à l'endroit même où nous
avions fait la première quelques mois plus tôt.

Toilette des chevaux, c'est-à-dire que nous les capa-
raçonnons des plus belles peaux conquises pendant le
voyage.

Maître Jacques profite de ce que nous lui tournons
le dos pour avoir une idée folle : il se livre à quelques
sauts de mouton, puis, tout à coup, il s'élance au trot
sur le sentier qui mène au Leone. En raison des services qu'il nous a rendus, nous lui pardonnons cette
escapade, qui dénote un cœur bien placé.

D'ailleurs, tous les chevaux en feraient autant si nous
ne les tenions pas en bride.

Enfin, bien avant le coucher du soleil, nous débouchons de la forêt, le long de notre fleuve bien-aimé.

Arrivés dans la prairie, au-dessous du fort, nous nous
annonçons par une mousqueterie à laquelle on ne tarde
pas à répondre. Wilfrid, Muller, les nègres, les chiens,
c'est à qui nous fera le plus vif accueil... Ces émotions

12.

perdent à être décrites; avec un peu de mémoire chacun les retrouve en soi.

Au fort, tout était comme par le passé; il n'y avait qu'une bonne récolte de plus. A l'écurie, à l'étable, au chenil, la population s'était accrue. Les colons nouveaux avaient fait tache d'huile : il y en avait maintenant au nord et au sud.

M. Lazar père m'ayant confié son fils, je tenais à le lui reconduire moi-même, bien portant et sans avarie. John était si pressé d'embrasser tout son monde, — et cela se conçoit, — qu'il ne me laissa pas le temps de me changer. Laissant César et Tom aux soins de Kœnigstein, je fis donc seller Fancy, et nous voilà partis pour le Mustang, accompagnés de Clifton et de Mac-Donnel.

Mais que de changements par là! Le blockhaus était remplacé par une belle et spacieuse maison; des croisées, des galeries vitrées miroitaient dans le crépuscule. Nous faisons de nouveau parler la poudre, ce qui est assez généralement la manière de « sonner » dans ces contrées primitives. Aussitôt, des mouchoirs s'agitent, des robes claires accourent au-devant de nous; la joie, les étreintes, les baisers, les larmes... d'heureuses larmes s'entend, celles qui font du bien... Je pleurais bien aussi un peu moi-même... C'est si bon, la famille, et j'étais tout seul... Enfin!...

Ma tâche remplie, je voulais me retirer, humilié de ma tenue, mais qu'importe la tenue dans ces moments-là?... Nous soupâmes sous une véranda, le cœur en fête et la vue aussi, entourés que nous étions des plantes les plus rares, transportées à grand prix.

Les bouteilles circulèrent à l'américaine, de toutes les nuances et de toutes les formes; elles circulèrent même tant, que, habitué au vin des sources comme je l'étais, je jugeai prudent de reprendre ma route pendant que j'étais encore en état de la retrouver.

Il était près de minuit quand je rentrai chez moi, retombant d'une fête dans une autre, car j'avais donné des ordres pour que tout le monde se ressentît de notre heureux retour. C'est avec un véritable bonheur que je retrouvai ma chambre et mon lit.

Il fallut plusieurs semaines pour me remettre au courant, pour visiter les travaux en cours d'exécution, pour en ordonner de nouveaux, pour améliorer d'un côté, pour réparer de l'autre, et jeter un peu partout ce coup d'œil du maître que rien ne supplée. J'avais, en outre, de fréquentes relations avec les Lazar. Le vieux gentleman et moi, nous rendions visite aux nouveaux colons; nous formions le projet d'établir des ponts, des routes... bref, nous ne décidions de rien l'un sans l'autre.

Plus nous croissions en nombre, et moins nous redoutions les Indiens; aussi, bien que faites sous les apparences de l'amitié, leurs fréquentes visites nous devenaient-elles singulièrement à charge. Il se passait rarement une semaine sans que l'une ou l'autre tribu, ou fraction de tribu, vînt sous le prétexte de nous proposer une alliance, et, en réalité, pour nous soutirer des présents qu'il était difficile de refuser sans encourir leur vengeance. En effet, mieux valait lâcher quelques bibelots que de se voir enlever du bétail dans les pâturages

ou d'être soudain réveillé, la nuit, par un de ces feux
de prairie que les Indiens s'entendent si bien à propager,
tout en le portant au compte du simoun. En somme,
nos exploitations étaient désormais à l'abri d'une attaque
nocturne; seuls, les « squatters » qui habitaient le
désert y étaient encore exposés.

Peu de temps après notre retour, nous vîmes arriver
avec toute sa famille un certain M. Wite, originaire de
la Virginie. Cette famille se composait de la femme, de
deux fils, entre douze et quatorze ans, et de deux filles
plus jeunes. Cet émigrant venait nous prier, M. Lazar et
moi, de le piloter dans le choix d'un terrain à coloniser.

Ces gens nous plurent de prime abord; la visite que
nous leur rendîmes au camp provisoire qu'ils avaient
choisi près du Leone nous confirma dans la bonne opinion que nous en avions conçue. Il y régnait un ordre
parfait, une union touchante, une sérénité de bon augure.

M. Wite, nous le reconnûmes plus tard, était un de
ces hommes résolus, énergiques, qui savent prendre
un grand parti et qui, ce parti une fois pris, ne négli-
gent rien pour réussir. Après avoir vainement et longtemps lutté, dans la mère patrie, contre la fortune, qui
lui refusait ses faveurs, au lieu de se décourager, de s'a-
bandonner, il s'était expatrié, avec la ferme volonté de
lui faire violence. Nous ne demandâmes pas mieux que
de l'y aider.

Nous lui conseillâmes de s'établir au bord du fleuve
des Dindons, sur notre ancien campement, où nous
allâmes, un matin, l'installer avec sa famille.

Lazar avait emmené dans ce but une vingtaine de

noirs, et ce fut bientôt fait. En très peu de jours, un joli blockhaus, flanqué de deux pavillons réunis par un toit sur une largeur de sept mètres, s'éleva comme par enchantement.

Une enceinte de pieux mettait le bétail en sûreté pendant la nuit; une autre enceinte entourait le jardin.

Lazar leur fit cadeau d'une belle vache; j'y ajoutai une truie, des poulets, du maïs pour se nourrir et pour faire, au printemps, les premières semailles. Ces braves gens ne savaient comment nous témoigner leur reconnaissance.

M. Wite travaillait comme quatre, il travaillait trop, et, quand nous lui en faisions l'observation, je l'entends encore nous répondre de sa bonne voix franche et sympathique :

— Songez donc que nous sommes six et que, travailler comme quatre, ce n'est même pas assez.

Mais il était écrit que la fatalité le poursuivrait jusqu'au bout. A peine avait-il ensemencé son champ, qu'une fièvre violente, résultat de ses fatigues peut-être, l'enleva en quelques jours.

Charles, son fils aîné, accourut à cheval m'apprendre la triste nouvelle. Je le suivis bien vite, accompagné de Kœnigstein et de deux nègres. La veuve, agenouillée, baignée de sanglots, cherchait encore à réchauffer entre les siennes les mains du défunt. D'un geste navré, elle me montra ses enfants; ce geste signifiait : « Que vont-ils devenir? « Il m'a toujours semblé que, dans ces premiers moments, la meilleure consolation à offrir était le silence.

— Plus tard, répondis-je, nous en causerons.

La fosse creusée par les nègres, quelques prières dites, le cadavre enseveli, je revins m'asseoir à côté de Mme Wite et lui proposai de venir s'établir dans mon voisinage, jusqu'à ce que ses fils fussent assez grands pour tirer parti de l'établissement fondé par leur père.

— Je les crois déjà en état de le faire, me répondit cette courageuse femme; ils sont élevés à l'école du travail et du malheur; on y apprend vite. Sauf pour quelques travaux qui dépassent leurs forces, tels que d'abattre des arbres et de les équarrir, — travaux dans lesquels on pourrait peut-être les suppléer, — j'ai foi dans leur persévérance et leur bon vouloir. Mon Charles sait déjà diriger une charrue; le maniement des armes à feu leur est familier. Moi-même, n'ai-je pas la carabine de leur pauvre père, dont, au besoin, je saurais me servir?

Je restai là jusqu'au lendemain, cherchant à la dissuader, sans y réussir; il ne restait plus qu'à la seconder de notre mieux dans sa détermination.

Le soir même, je m'entendais avec l'excellent M. Lazar, et John partit, le lendemain au petit jour, suivi d'une escouade de nègres qui, dans la mesure du possible, devaient réaliser les vœux de la veuve. Les dames Lazar voulurent aussi s'employer à ce sauvetage; à part les consolations morales qu'elles portèrent elles-mêmes à l'affligée, ce fut à qui lui enverrait le plus de douceurs, telles que vêtements, provisions, etc. En moins de huit jours, tout fut organisé; un champ de cinq acres fut planté de maïs, de fèves, de potirons et de pommes de terre; le jardin fut ensemencé. Mme Wite reçut des graines de toutes sortes. Le gibier abondait à ce point, que les fils n'avaient, pour ainsi dire, qu'à le tirer de leur porte. La paix, l'abondance, rentrèrent bientôt dans cet intérieur; l'affection mutuelle se chargea d'y ramener le bonheur.

Dès le point du jour, la mère vaquait aux soins du ménage; elle habillait ses petites filles, allait traire la vache, préparait le déjeuner, salait et faisait sécher le gibier. Dans le courant de la journée, pendant que les bambines jouaient autour d'elle, elle nettoyait et filait le coton qui devait vêtir toute la maisonnée. Pendant ce temps, les garçons travaillaient au jardin ou chassaient dans le voisinage. La mère n'avait qu'à souffler dans une corne de bœuf, accrochée à sa portée, pour qu'ils revinssent à l'instant.

Toutefois, l'isolement de cette femme et de ses quatre enfants ne laissait pas de m'inspirer des inquiétudes; l'événement ne devait les justifier que trop tôt.

Peu de temps après son veuvage, Mme Wite était, un jour, assise entre ses deux filles, sous le toit couvert qui reliait les deux pavillons. Ben, le second fils, était allé aux sources chercher de l'eau; Charles chassait dans la forêt voisine, quand tout à coup, les chiens de garde se mirent à aboyer avec une persistance inaccoutumée. L'éveil ainsi donné, Mme Wite aperçut un groupe d'Indiens sur la lisière du bois. Ces sauvages paraissaient discuter avec animation; ils ne faisaient que sortir du fourré et y rentrer, comme s'ils tenaient un conciliabule avec des camarades invisibles. Une faible femme

aurait jeté les hauts cris ; la veuve sauta sur sa trompe,
corna de tous ses poumons et courut s'armer du fusil
double, chargé à chevrotines, qui n'avait plus servi depuis la mort de son époux bien-aimé.

Ben revint au bout de quelques minutes ; il trouva sa
mère entre les palissades, toute prête à tirer.

— Vite, ton fusil et le sac à balles ! cria la veuve à ce
défenseur de douze ans.

Et elle se remit à souffler dans la corne ; puis, rappelant les chiens dans l'enceinte, elle en ferma l'accès.

Presque aussitôt, une trentaine de démons à peau
rouge se ruèrent dans la prairie, vers l'habitation, en
poussant des hurlements de chacals.

— Ben, mon enfant, ne tire pas avant que j'aie rechargé, recommanda Mme Wite.

Elle lâcha ses deux coups à cinquante pas ; une vingtaine de chevrotines s'éparpillèrent au milieu des cannibales, et l'effet en fut tel, que huit Indiens restèrent sur
la place, pendant que les autres regagnaient le bois à
toutes jambes.

— A ton tour, Ben !

L'enfant passa le canon de son fusil entre les palissades, tirant dans le tas des fuyards, dont l'un culbuta
sur le sol, les deux pieds en l'air.

— Mère, j'ai touché ! cria Ben, tout fier de son
adresse.

— Bravo, mon garçon !

Mais la vaillante femme était loin d'être rassurée. Il
lui manquait un fils, Charles n'avait-il donc pas entendu l'appel de la trompe ?

A l'intérieur, les petites filles pleuraient et se déso-
laient.

— Va rassurer tes sœurs et reviens, dit la veuve;
pendant ce temps, je vais recharger les armes. Si
encore Charles était ici !...

Mais Charles arrivait, poussant devant lui Kitty, la
vache, qu'il était allé chercher au pâturage avant de
rentrer, car les coups de fusil lui faisaient prévoir un
péril quelconque.

— Dieu soit loué ! Maintenant, qu'ils y reviennent !
s'écria l'héroïne en couvrant de baisers son fils retrouvé.

On barricada les deux entrées de l'enclos à grand renfort de bûches accumulées les unes sur les autres, et
on attendit.

La journée s'écoula sans que les sauvages donnassent
signe de vie; mais ils n'en étaient que plus à craindre,
car ils ajournaient sans doute leur vengeance à la nuit
suivante.

Mme Wite fit coucher ses fils de bonne heure, afin
qu'ils prissent un à-compte et fussent au moins reposés en cas d'attaque.

Quant à elle, elle monta la garde devant la maison,
sans quitter des yeux la plaine ténébreuse.

Vers neuf heures, elle vit poindre au loin, dans la forêt,
des gerbes de feu qui, grandissant rapidement, apparurent bientôt sur la lisière du bois. Le cri sauvage dont
les Indiens ont coutume d'appuyer leur attaque retentit
dans l'espace. Mme Wite fut réveiller ses fils et revint sur
la brèche.

Chose bizarre, un rideau de branchages semblait

s'avancer tout seul vers la maison. C'était là une vraie
rouerie d'Indiens. En poussant devant eux ce mur de
verdure, ils s'étaient approchés jusqu'à vingt pas de
l'habitation.

Charles et Ben tirèrent au beau milieu du rempart
mobile. Des cris de blessés témoignèrent que les coups
avaient porté; mais le rempart n'avançait pas moins.
Il s'arrêta à l'un des angles de l'enceinte, d'où les flammes jaillirent presque aussitôt. Ainsi abrités, les mi-
sérables lâches avaient apporté jusque-là le feu, les
broussailles, le bois mort, tout ce qu'il fallait pour ac-
tiver l'incendie; puis, ayant reculé d'une quarantaine de
pas, ils s'étaient couchés dans l'herbe et admiraient
leur ouvrage.

La cour intérieure s'éclairant à ces lueurs sinistres,
Mme Wite craint que les sauvages ne puissent viser ses
fils à coups de flèches. Elle se réfugie avec eux au premier
étage, sur le toit, dont elle redresse quelques bardeaux
à l'état de parapets; elle en écarte quelques autres, et
voilà des meurtrières toutes trouvées. Celles-ci permettent de jeter un coup d'œil dans la plaine. Les incen-
diaires s'y vautrent à plaisir : on les distingue parfaitement; ils rient, ils sont heureux. Quel bon tour, et
comme ça commence à flamber!... En effet, la veuve
se voit tout à coup entourée de flammèches. Les Indiens
ont lancé des flèches embrasées et les bardeaux de cèdre
prennent feu.

Les cannibales saluent ce premier succès par des
hurlements qui n'ont rien d'humain. Les chiens vont
et viennent dans les reflets rouges de la cour d'entrée;

ils aboient la mort. Les bardeaux pétillent, le toit commence à craquer,

— Charles, une hache ! demanda Mme Wite, tout en faisant coup double sur les sauvages qui, accroupis dans l'herbe, se croient hors de vue.

Quelques-uns sont atteints, les autres bondissent et fuient.

Pendant que les enfants continuent d'envoyer à l'ennemi en déroute quelques dernières volées de chevrotines, la mère ouvre le toit à coups de hache, précipite d'en haut sur le sol les bardeaux enflammés que quelques seaux d'eau achèvent d'éteindre. Par bonheur, il n'y avait pas un souffle d'air, en sorte que l'incendie ne s'était propagé que lentement et que la clôture elle-même en fut quitte pour quelques solutions de continuité que l'on s'empressa de boucher.

Le restant de la nuit, on le passa sous les armes. Les Indiens en avaient profité pour enlever leurs morts dont, à moins d'impossibilité absolue, ils ne manquent jamais de réunir pieusement les mânes à celles des ancêtres. Du reste, pas plus de vivants que de morts. Les vaincus en avaient assez; ils couraient encore.

Le lendemain soir, comme je venais de m'endormir, je fus réveillé par les chiens, qui faisaient un tapage d'enfer.

On frappa à ma porte.

— Qui va là? demandai-je.

— Charles Wite, répondit le fils de la veuve.

Il y avait un malheur, à n'en pas douter.

Une fois au courant, je jugeai que, le mal étant fait,

il n'y avait plus de remède que pour l'avenir. L'enfant était exténué; il s'était battu la nuit précédente, il venait de fournir une longue course à cheval : pour le moment, il avait donc plus besoin d'un hamac que de conseils.

Le lendemain, M. Lazar proposa ce qui suit : parmi ses nègres était un vieux bonhomme, du nom de Primus, dont il pouvait à la rigueur se passer; c'était un serviteur de confiance, un habile tireur, brave et résolu; on lui donnerait, au fleuve des Dindons, une petite plantation de coton qu'il cultiverait à son compte, et sa seule présence suffirait à protéger Mme Wite ainsi que sa jeune famille.

Le soir, nous constations de nos yeux les dégâts commis par les Indiens, et l'héroïque veuve nous racontait elle-même les prouesses de son fils Ben, pendant que, timide et confus, ce dernier se serrait contre elle, comme s'il avait eu plus peur de nos louanges que de l'attaque des sauvages.

— Après tout, vos sauvages ne sont que des lâches, ajoutait Mme Wite; nous en sommes venus à bout seuls. Quand Primus sera là, je défie la tribu entière.

Primus fut là le lendemain, et je dois ajouter que, à partir de ce moment, la famille Wite ne fut plus l'objet d'aucune agression. Le devait-elle à la seule présence du vieux nègre? J'en doute. Elle le devait surtout à sa courageuse défense. Ainsi, les cannibales propageaient ce bruit : « que le dieu des tempêtes avait fait pleuvoir sur la terre du fer et du feu. » Avec cette idée, on pouvait les faire se cacher dans une taupinière.

Les habitations des frontières ne sont que trop expo-
sées à ces scènes de désolation; et, plus tard, comptant
sur l'oubli, ceux-là mêmes qui les ont commises ne se
font aucun scrupule de venir postuler l'amitié et surtout
les présents de leurs victimes.

J'appris plus tard que Mme Wite avait eu affaire aux
Mescalieros.

CHAPITRE XXVII.

Les Mescaleros. — Deux sœurs. — Cachakia (*l'étoile qui brille*).
— Pahnawhay (*le feu qui dévore*). — Curieuses et gourmandes.
— Combat entre rivaux. — Ostracisme.

Par une après-midi, peu de temps après l'événement
du fleuve des Dindons, je humais à petites gorgées ma
tasse de café, sous la véranda, lorsque mon attention
fut attirée par un nuage de poussière qui s'élevait au
loin dans la prairie, en aval du fleuve; ce nuage se rap-
prochait sensiblement. Curieux de savoir ce que ce pouvait être, j'allai prendre ma lunette et je reconnus trois
Indiens à cheval, c'est-à-dire un homme qui précédait
deux jeune filles. Si intense que fût la chaleur, ils arrivaient au grand trot et furent bientôt à la porte du
fort.

Je m'avançai au-devant d'eux.

L'Indien sauta à terre et me dit en anglais qu'un chef,
désirant entrer en relations d'amitié avec moi, briguait
la faveur de me faire une visite avec sa tribu.

— Quelle tribu? demandai-je.

Cette question parut embarrasser mon homme, lequel
échangea avec ses compagnes quelques paroles inintelligibles pour moi.

Et comme je réitérais ma question :

— Mescalieros, répondit-il avec quelque embarras, mais non de ceux qui ont attaqué Mme Wite. Mon chef, le père de ces deux jeunes filles, est, au contraire, l'ami dévoué des visages pâles. C'est même pour protester contre ce qui est arrivé qu'il désire vous voir.

Qu'elle fût sincère ou non, je ne pouvais repousser une ouverture faite en ces termes. J'invitai donc les Indiennes à prendre le café avec moi, ce qu'elles n'acceptèrent pas tout de suite. Accoudées sur l'encolure de leurs chevaux, elles ne cessaient de me regarder comme une bête curieuse que pour jeter de furtifs regards sur la porte intérieure de l'habitation, restée entr'ouverte.

L'offre de cigares fut mieux accueillie, et, comme je leur présentais une allumette instantanément enflammée, elles en témoignèrent une surprise des plus amusantes.

Le premier pas était fait.

— Café, dit l'une d'elles.

La tasse fut regardée, admirée, tournée et retournée, après quoi ces filles de la nature y portèrent timidement leurs lèvres; mais à peine eurent-elles goûté à mon moka, qu'elles le burent d'un trait et en demandèrent d'autre. Toute la cafetière y passa en un clin d'œil. Il en fut de même des gâteaux de farine, dont nous avions toujours une petite provision.

Les voyant en si bonnes dispositions, je me fis apporter une bouteille de vin doux d'Espagne, dont je leur offris. Tout d'abord, elles repoussèrent le verre avec une espèce d'horreur; leur gaieté familière se changea en tristesse, et elles dirent à leur guide je ne sais trop quoi. Sans plus insister, je vidai le verre et le remis sur la table.

Cet incident avait jeté entre nous je ne sais quel froid; ces demoiselles jetaient sur le verre vide de fréquents regards, dans lesquels il me semblait lire des apparences de regret.

Après une pause, le guide me demanda si ce que je leur avais offert était de l' « eau de feu » (eau-de-vie).

Sur ma réponse négative, les Indiennes se décidèrent à accepter, mouillant leurs lèvres avec défiance et se livrant à mille petites minauderies qui prouvent que la femme est toujours la femme, dans le désert comme dans un salon; puis elles y prirent goût et vidèrent le verre comme elles avaient vidé la tasse.

— « Bueno, » dit la cadette en se caressant l'estomac, comme pour exprimer le bien-être.

Et, désignant la bouteille, elle me tendit son verre sans le lâcher, ce qui, dans toutes les langues, signifie :

« J'en voudrais encore ! »

L'aînée, plus discrète, se bornait à me regarder.

Toutefois, versant à l'une, je versai à l'autre, et toutes deux engloutirent le vin d'Espagne avec une avidité quelque peu... gloutonne.

Il est vrai d'ajouter que les verres n'étaient pas bien grands.

Les relations prenant décidément bonne tournure, mes gaillardes se décidèrent à mettre pied à terre, et, jetant les rênes à l'Indien d'un air impérieux, elles l'envoyèrent paître... avec les chevaux, ce que je compris aux gestes plutôt qu'aux paroles, et surtout à l'empressement que le guide mit à obéir.

La cadette se retourna alors vers moi, et m'enveloppant d'un gracieux sourire :

— « Mexicanos, » dit-elle sur le ton du mépris en désignant du doigt l'homme qui s'éloignait.

D'où je conclus qu'il s'agissait d'un simple et vil esclave, enlevé tout jeune par la tribu de mes petites princesses.

Puis, de moins en moins sauvages, les jeunes filles se mirent à sauter, à danser autour de moi, sous la véranda. Accroupies jusque-là sur leurs chevaux, je n'avais pu les détailler ; je m'aperçus alors, pour la première fois, qu'elles étaient charmantes.

Celle que j'avais jugée la cadette, — et qui l'était en effet, bien qu'elle fût plus grande, — avait je ne sais quoi du cerf et de l'antilope, tant ses formes, quoique pleines et rondes, accusaient l'élégance unie à la vigueur. Des pieds et des mains d'enfant, comme chez presque tous les Indiens. Du reste, toutes deux se valaient. Une petite tête fine et franche dans ses mouvements, sur de larges épaules ; un buste loyal et bien habité, ni trop ni trop peu ; une taille faite au tour ; de longs cheveux noirs, satinés comme l'aile du corbeau, réunis par une ferronnière de cuir rouge et surmontés d'une aigrette de plumes aux couleurs variées, que chaque mouvement faisait voltiger ; le front haut et pur ; des sourcils bien arqués ; des yeux à ne pas laisser entrer dans une

13.

poudrière, mais frangés de prunelles qui en tamisaient quelque peu l'ardeur; une petite bouche, que je comparerai volontiers à l'arc du dieu malin, et qui s'ouvrait comme une grenade sur des dents éclatantes ; les joues trouées de fossettes ; le nez, non pas écrasé et large, mais à l'arête fine, légèrement busqué, sauf celui de mademoiselle Cadette, un peu retroussé, ce qui lui donnait l'air mutin, que d'ailleurs elle me paraissait justifier ; la tournure presque distinguée ; les mouvements gracieux, quoique vifs. En un mot, la jeunesse, la sève, la fougue, l'indépendance, et le charme par-dessus le marché.

Le derme variait entre l'olivâtre et le brun clair. On voyait presque ciculer le sang... et quel sang !... celui des tropiques !...

La plus jeune s'était rapidement versé un autre verre de vin, sans plus de façon. Je serrai la bouteille, dans la crainte qu'elle ne continuât.

L'absence de l'interprète ne nuisait pas à la conversation, au contraire, car les jolies Indiennes avaient une mimique et des regards bien plus explicites que le meilleur des dictionnaires.

Sa sœur, je l'ai déjà dit, montrait plus de calme et plus de retenue ; enjouée sans explosion, elle se contentait de sourire quand l'autre éclatait. Au lieu de voltiger de ceci à cela, son regard s'arrêtait sur vous, plus fixe et plus scrutateur. Ses impressions les plus vives se trahissaient seulement par une moiteur rose qui ne faisait que paraître et disparaître, comme celle du souffle sur l'acier. Plus petite que sa cadette, elle était aussi plus charnue : une beauté à la façon du Titien, sauf l'éclat des chairs et l'or des cheveux... Encore ces tons bruns, chauds, transparents de mes Indiennes avaient-ils bien leur mérite.

L'aînée pouvait avoir de dix-huit à dix-neuf ans ; elle s'appelait Cachakia (l'Étoile qui brille); la plus jeune, Pahnawhay (le Feu), n'en comptait guère que quinze à seize. Leur costume était absolument le même. Il se composait d'une peau de cerf blanche, tannée, coloriée, frangée, historiée de petites pierres et de coquillages, taillée en chasuble, c'est-à-dire qu'on y passe la tête par une ouverture pratiquée *ad hoc*, de façon. que les bras restent libres, alors que les pans retombent devant et derrière. Un jupon court, de même peau et non moins orné, serrait leur taille. Des jambières embellies d'effilés, des souliers de peau de cerf, enjolivés de clinquant, complétaient leur parure.

L'espiègle Pahnawhay bondissait sur le sol comme sur un tremplin; Cachakia y glissait doucement avec la légèreté d'une sylphide. Toutes deux s'assirent à la table; la plus jeune s'empara d'un verre où il ne restait plus que quelques gouttes, et qu'elle acheva de vider. Comme elle en voulait davantage, je tâchai de lui faire comprendre que ça l'endormirait et que, d'ailleurs, je lui en donnerais encore avant son départ.

Elle me répondit par une gentille petite moue. Ses regards se portaient sans cesse vers l'entrée de ma chambre. Enfin, n'y tenant plus, elle courut pousser la porte et avança curieusement la tête; puis elle revint en poussant une exclamation de surprise, et, se courbant jusqu'à l'oreille de sa sœur, elle lui débita vivement un

petit discours ponctué d'enthousiasme et de joie rayon-
nante.

> Désir de fille est un feu qui dévore,

a dit quelque part le poète Gresset ; je me permets une
variante, et j'ajoute :

> Désir d'*Indienne* est cent fois pire encore.

Pahnawhay retourna donc vers la porte, et, prenant
les devants pour ne pas mettre son impatience à une
plus rude épreuve, je lui fis signe de me suivre.

A peine entrée, elle promena autour d'elle des yeux
étonnés et appela sa sœur. Comme celle-ci hésitait,
j'allai la prendre par la main et je l'installai dans un
grand fauteuil à bascule. Rien de comique comme leur
stupéfaction ! Elles étaient là, toutes deux, sans voix,
sans mouvement, respirant à peine, éblouies à ce point
qu'elles ne savaient plus où regarder.

Pahnawhay fut la première à retrouver le mouvement ;
elle courut à l'alcôve, et, débarrassant une couverture
rouge d'une peau de jaguar qui la recouvrait, elle s'en
enveloppa fièrement les épaules. Arrivée en face du
grand miroir pendu à la muraille, elle poussa un cri de
surprise ; puis elle se regarda de dos, de face, de côté,
s'éloignant, revenant, se souriant, s'admirant, absolument comme une grande coquette de notre monde qui
va partir pour le bal. Cachakia la regardait sans bouger,
mais il était visible qu'elle aurait voulu être à sa place.
Ne voulant pas faire de jalouse, je la conduisis à son
tour devant le miroir et lui attachai sous sa houppe le

premier foulard voyant que je trouvai sous ma main. J'en pris un autre dans ma commode, — celui-ci bleu et jaune, — et j'en fis autant à sa sœur, témoignant par mes gestes que je leur faisais un cadeau à chacune.

Elles passèrent alors tout en revue, touchant chaque objet, comme des enfants mal élevés, pendant que je leur en expliquais l'usage. Cachakia s'humanisait un peu ; elle me donnait à entendre que sa cadette manquait encore de savoir-vivre et que je devais excuser son bavardage, ce qui ne l'empêchait pas de m'indiquer du doigt tout ce qui avait le don de lui plaire, en essayant de me proposer des échanges, mais sans jamais indiquer en quoi consisterait son apport. Je ne pouvais me dispenser de leur offrir quelques bagatelles : un couteau, un dé, des aiguilles, du fil de couleur, du cordonnet de 'soie... Cela menaçait de ne pas finir, lorsque l'annonce du dîner que j'avais commandé exprès pour elles vint donner une autre direction à leurs désirs.

A table, je voulus leur expliquer l'emploi de la cuiller et de la fourchette, mais elles préférèrent se servir de leurs jolis doigts, en me riant gentiment au nez. C'était charmant!... Je dois ici une louange à leur estomac, car elles mangeaient de tout et trouvaient tout bon, notamment les gâteaux, dont elles firent une rafle... Quelle rafle !

J'espérais les retenir dans la salle à manger jusqu'à leur départ, grâce à l'appât du café et des cigares. Je croyais ma chambre oubliée. Déjà Cachakia avait été la première à me rappeler le vin doux, en prenant un verre à pied sur le dressoir. Comment résister à cette muette prière, escortée d'un doux sourire et d'un regard presque tendre?... Les verres étaient vides, et j'étais invité à les remplir pour la seconde fois avant que la bouteille ne fût replacée sur la table. Mais j'avais charge d'âmes, et, résolument, j'enfermai sous clef le breuvage tentateur. Ni le reproche mélancolique de la sœur aînée ni l'orageuse colère de la cadette ne purent l'en faire sortir.

Alors, pour se venger sans doute, Pahnawhay se mit à regarder la salle à manger d'un air de dédain, en disant : « No bueno ! » et, que je le voulusse ou non, il fallut ramener dans ma chambre les belles indiscrètes. La première chose que fit Pahnawhay fut de retourner à la couverture rouge et à la glace ; toutes ses aspirations étaient là. Sa vie pour la couverture ! Mais elle semblait ne pas avoir le courage de me la demander. Je vis son embarras, et, comme je désirais depuis longtemps un costume d'Indienne au grand complet, j'épuisai toutes les ressources du langage muet pour lui expliquer comme quoi, donnant, donnant, le troc pouvait se faire. Non, vous n'avez jamais vu joie plus folle et plus expansive ! Elle croyait avoir mal compris ; il fallut redoubler d'éloquence et de clarté, en mettant l'index sur chaque objet, pour lever ses doutes. Et alors, en moins de temps qu'il ne faut pour l'écrire, par un miracle de prestesse que je cherche encore à m'expliquer, il se trouva que toutes les parties de son ajustement s'étalaient sur mon lit et que ma couverture les avait remplacées ; je n'y avais vu que du feu.

La coquette fille d'Ève était au moins une bonne

sœur : comme, dans mon premier étonnement, je paraissais oublier Cachakia, elle me la rappela en étalant un des pans de son nouveau costume sur l'épaule de l'aînée. Traduction libre : « Il lui faut aussi une couverture. « En effet, le thermomètre amical de la belle enfant, — lisez le regard, — venait de descendre au-dessous de zéro. Hélas! de couverture rouge, je n'en avais plus, mais il devait m'en rester quelque part une bleu turquoise qui ferait l'affaire. Et voilà comme quoi le costume de Cachakia vint tenir compagnie à celui de sa sœur.

Le soleil était déjà très bas lorsque mes deux petites enjôleuses, royalement drapées dans leur manteau de pourpre et d'azur, me firent leurs adieux en m'annonçant leur retour pour le lendemain de bonne heure, avec leur père et toute la tribu. Cette avalanche d'Indiens me souriait peu, mais je n'en fis pas moins cuire une grande fournée de pain, préparer des marmites de café, et attacher dans l'enceinte un taureau gras destiné à la réfection de mes hôtes : quelque chose comme le banquet de Trimalcion, moins le sanglier et ses douze marcassins.

A l'heure dite, une colonne d'Indiens défila le long du fleuve et vint s'arrêter devant ma clôture. Je sortis pour recevoir le chef avec le cérémonial accoutumé et saluer ses deux filles, qui, ce jour-là, ne portaient autour de leurs reins qu'un petit pagne très élégant, tout neuf, blanc comme neige, et qui, à en juger par la profusion d'ornements dont il était surchargé, devait être leur costume d'apparat. Un triple rang de très belles perles cliquetait sur leur cou, et de lourdes pendeloques, semblables au collier, me faisaient mal à leurs petites oreilles; je passe sur les bracelets étincelants et sur les touffes de plumes encore plus éclatantes que la veille. A ma vue, comme pour se montrer inopinément dans toute la splendeur de leurs formes et de leur jeunesse, elles avaient laissé tomber les fameuses couvertures sur la croupe des chevaux.

Toutes deux vinrent à moi, Cachakia un peu moins précipitamment que sa fougueuse cadette, et, après m'avoir serré les mains, me prirent successivement à bras-le-corps comme si elles allaient m'embrasser. La démonstration s'arrêta là, car, non seulement les Indiens ne s'embrassent jamais, mais ils tournent ces accolades en dérision lorsqu'ils les voient s'échanger entre visages blancs.

Après ces bagatelles de la porte, mes petites amies songèrent au solide; c'est au liquide que je devrais dire, car me désignant leur père et puis la maison, elles firent le geste de boire en disant « vino ». Le chef était un homme d'environ cinquante ans, haut de six pieds, large des épaules, voûté de la poitrine. Les traits étaient réguliers, le nez droit, le front haut, les yeux noirs et perçants; chose rare chez les Indiens, une forte moustache, aux pointes relevées, ombrageait ses lèvres. Son air martial inspirait le respect; son abord avait je ne sais quoi de ferme, de loyal et de bienveillant à la fois, qui provoquait tout de suite la sympathie. Comme j'allais l'introduire avec ses filles dans l'habitation, il se retourna vers ses gens et leur baragouina quelques mots dont le résultat immédiat fut de faire sortir des rangs deux vieillards qui se joignirent à nous. Pour soustraire autant que possible mon intérieur à l'envahissement de mes hôtes, j'avais eu le soin de faire disposer tous mes sièges dans la galerie, sous la véranda. La place d'honneur revenait naturellement au père de mes infantes, et celles-ci, — pendant que le calumet de l'amitié passait de bouche en bouche, — se balançaient nonchalamment, le cigare aux lèvres, l'une dans un hamac en varech suspendu aux colonnettes de la galerie, l'autre dans le fauteuil à bascule.

Quand le chef m'eut présenté les deux vieillards en qualité de « sages du conseil », il réitéra, par l'entremise de l'esclave mexicain, la déclaration que ce dernier m'avait déjà faite la veille au nom de son maître, et je protestai, à mon tour, du désir de vivre en paix avec les Mescalieros, exceptant toutefois ceux qui avaient attaqué l'habitation de Mᵐᵉ Wite.

Le déjeuner servi, Pahnawhay déterra je ne sais où une peau de bison sur laquelle, faisant plus que jamais fi des cuillers et des fourchettes, elle s'étendit avec sa sœur pour y manger à sa mode. C'était un groupe charmant; elles se lutinaient, s'agaçaient, se caressaient avec une inconsciente liberté qui leur valut même quelques remontrances paternelles, dont elles ne tenaient d'ailleurs aucun compte : des enfants gâtées, volontaires, sans mesure et sans frein, mais si gentilles, je dirais presque si pures dans leur abandon, que, pour ma part, je n'aurais pas voulu les voir autrement.

Nous étions repus, c'est fort bien, mais tout le monde ne l'était pas. Je déclarai donc au chef que, pour cimenter notre alliance, je voulais régaler toute son escorte; il accepta avec reconnaissance, en exprimant le désir d'assister à la distribution, pour qu'elle se fît avec ordre.

Nous sortîmes alors de l'enceinte, et j'eus soin de fermer à clef la porte de ma chambre, car je redoutais une nouvelle invasion de mes espiègles.

Ils étaient plus de deux cents sauvages dans la plaine, dont quarante guerriers à peine. Les marmites de café au lait, sucré de miel, venaient de faire leur apparition; on distribua le pain, et les vases en corne, en coquillages, en noix de coco, vinrent successivement se remplir à la source commune.

Restait le taureau, que je voulais leur offrir, à leur choix, mort ou vivant; ils le préférèrent mort, ce qui fut l'affaire d'une balle que je logeai moi-même dans le crâne de la victime destinée au sacrifice. Quelques Mescalieros la dépecèrent en un tour de main, et bientôt une vingtaine de broches tournèrent dans le camp, pendant que ma rivière de café continuait à recevoir de nombreuses visites.

Après celui de manger soi-même, quand on a faim, je ne connais pas de plus grand plaisir, pour un instant, que celui de voir ces voraces enfoncer leurs dents blanches dans la chair à peu près saignante. Je me donnais cette joie, presque sauvage elle-même, quand je sentis un petit bras rond et potelé s'insinuer sous le mien; c'était celui de Cachakia, laquelle cherchait dou cement à m'entraîner vers la maison pour y « gronder » la porte de ma chambre qui refusait de s'ouvrir : c'est du moins ce qui me paraissait résulter de sa pantomime imagée.

Je répondis évasivement que nous irions tous quand son père aurait fini de présider aux distributions.

Et, le bras de ma jeune amie rivé au mien, — car elle n'entendait plus le quitter qu'au seuil de ma chambre, — nous fûmes nous promener à travers les groupes.

Ces Mescalieros sont, sans contredit, les sauvages les plus... sauvages que j'aie jamais rencontrés, non pas sous le rapport du costume, qui, comme celui de tous les Indiens, se compose d'un pagne en cuir et d'une peau de bison, mais on ne trouverait pas, dans tout leur camp, un seul des ustensiles que le perpétuel contact avec les colons a plus ou moins propagés chez toutes les autres peuplades. Les hommes sont petits, trapus, solides et larges des épaules, en somme, assez laids; leur regard est faux, suspect, équivoque; ils n'inspirent ni ne provoquent la confiance. Les femmes, au contraire, sont presque toutes jolies; eu égard au nombre, je n'avais pas souvenir d'avoir jamais vu, réunie, une collection d'Indiennes aussi appétissantes.

Pendant que, Cachakia et moi, nous allions de feu en feu, comme des seigneurs qui daignent se familiariser avec leurs vassaux, Pahnawhay nous arriva à travers la prairie, impétueuse, échevelée, bondissant comme un jeune poulain. Elle était fatiguée d'attendre, car, pour elle aussi, Sésame refusait de s'ouvrir. Elle s'empara de mon autre bras, voulut également m'entraîner vers le logis et me tira même la moustache, pour m'apprendre à la faire « poser ». L'expression est de moi, vous vous en doutez. Après quoi, l'aimable démon prit les devants en me faisant signe de le suivre et se retournant à chaque pas pour voir si j'obéissais, ce qui me parut le seul parti à prendre. Elle secouait la porte fermée avec une violence fébrile ; aussi, quand elle me vit l'ouvrir à l'aide de ma clef, sa surprise était sans égale. Quoi ! rien qu'avec ce petit morceau de fer, alors qu'elle avait frappé dessus, des pieds et des mains, pendant un quart d'heure ?... Il lui fallut alors la clef toute-puissante pour ne plus attendre à l'avenir. En vérité, une femme du monde, tyrannique et sûre du pouvoir de ses charmes, n'aurait pas mieux fait.

Elle venait maintenant de découvrir mon étui à guitare, et, l'ayant ouvert, elle me mit dans les mains l'instrument fossile, en me poussant sur le lit, comme pour m'engager à m'y asseoir. A peine eus-je préludé, que voici le groupe que nous formions, et dont il se fallait que je fusse le plus bel ornement : Pahnawhay, assise à mes pieds, les genoux relevés, les coudes sur les genoux, le menton dans les mains, me dévorait des yeux et des oreilles ; Cachakia venait de sauter derrière moi, sur le susdit lit, et, les jambes croisées à la turque, allongeait par-dessus mon épaule droite sa petite tête fine. Ce langage des cordes leur paraissait surnaturel, si peu harmonieux qu'il fût, car vous pensez bien qu'elles ne se faisaient pas faute d'y toucher et que nous en pincions tous les trois ensemble.

Le chef nous surprit dans ces attitudes... pittores-

ques. Un père bourgeois y aurait peut-être trouvé à
redire; mais il n'y a que les pères sauvages pour l'être
si peu.

Ici, un intermède de gâteaux et de cigares, tous
les hommes, y compris les Indiens et les femmes, se
laissant prendre par l'estomac. A chaque nouvelle lar-
gesse, les protestations de dévouement ne faisaient que
croître et embellir; puis je promenai mon hôte par l'habitation. Mon râtelier d'armes, composé d'une cinquantaine de fusils, attira longtemps son admiration; peut-
être aussi lui donnait-il à réfléchir.

Dans cet ordre d'idées, je crus utile de me faire apporter un revolver, — nous étions alors dans la galerie,
— et j'envoyai une balle dans un arbre éloigné qui ne
représentait pas la grosseur d'un homme. Les Indiens
me félicitèrent par une grimace unanime; rien ne devait, en effet, leur faire plus de plaisir. Cinq autres
coups succédèrent au premier; puis, ayant changé le
cylindre, une nouvelle série de six coups vint mettre
le comble à la « respectueuse » admiration dont je
n'étais pas fâché d'être l'objet.

— Je pourrais tirer ainsi pendant des heures entières
sans discontinuer, dis-je négligemment.

— Grande « médecine » ! dit le chef en faisant allu-
sion au revolver à jet continu.

Le fait est que, si la meilleure médecine est celle qui
guérit de tous les maux, il n'avait peut-être pas tort.

J'offris ensuite au père de mes infantes un couteau
de chasse dont le manche, fait d'un pied de chevreuil,
était garni d'argent.

— Grande « médecine aussi ! » répéta le sauvage.

Et, dans son enthousiasme, il jura de ne s'en servir que pour scalper le premier ennemi qui s'aviserait de me faire du mal.

Les deux sœurs ne me laissaient plus de repos ; il fallut, bon gré mal gré, en revenir au vin d'Espagne. Le chef et les « sages » témoignèrent d'abord des scrupules, comme avaient fait les jeunes filles. De l'eau de feu, jamais !... mais du jus de vigne... redoublons, je vous prie !... Au moment où je rentrais dans la salle à manger pour y enfermer la bouteille, je remplis un verre que je déposai sur la table, et, mettant un doigt sur mes lèvres, je fis signe à Cachakia, par la porte entr'ouverte, que c'était pour elle. En effet, je ne voulais pas déboucher une autre bouteille, et celle-ci tirait à sa fin. La malicieuse comprit parfaitement ; elle cligna de ses grands yeux noirs, comme pour dire : « Soyez tranquille ! » Puis, dès que j'eus rejoint la « société », elle s'évapora comme une ombre, et, prenant le verre, buvant à petites gorgées, alternées de sourires, elle semblait me dire, toujours à travers la porte : « Il n'y a pas de danger qu'on me voie ! » Quand elle reparut dans la galerie, elle était radieuse et toute fière qu'il y eût un secret entre nous ; aussi dut-elle baisser les yeux, car elle comprit que leur éclat allait la trahir... Si j'insiste sur ces détails un peu minutieux, c'est comme peinture de mœurs intimes et afin de prouver le peu qu'il y aurait à faire pour métamorphoser ces demi-rouées en parfaites drôlesses.

La nuit était venue, nous venions de souper, —

quoi, encore?... mon Dieu, oui! — et nous nous dirigions, aux rayons de la lune, vers le camp des Indiens,
où le chef voulait absolument passer la nuit, dans la
crainte que son absence n'inquiétât les siens, lorsqu'un
effroyable tumulte s'éleva à l'autre extrémité des tentes.
Le chef et les sages coururent rapidement dans cette
direction; curieux de savoir ce qui se passait, je le suivis avec les jeunes filles.

Deux jeunes gens s'étaient pris de querelle; cela s'é-
tait d'abord passé en menaces et en injures, puis, d'un
même élan, ils étaient allés prendre leurs armes et venaient de disparaître dans la prairie, à cent pas l'un de
l'autre.

— Pour quoi faire? demandai-je au Mexicain, qui
me donnait ces détails.

— Pour se tuer.

— Et pourquoi se tuer?

— Parce qu'ils aiment la même jeune fille, répondit
Pahnawhay avec une animation singulière, parce que
celle-ci les a écoutés tous les deux, parce qu'ils l'ont su
et que l'un ou l'autre est maintenant de trop sur la terre.

— Allons, pensai-je, nous voilà en pleine civilisation! Il y a peut-être, dans le désert, des cabinets de
lecture qui m'ont échappé.

Le Mexicain me confirma les paroles de sa jeune
maîtresse.

— Pourquoi ne pas les suivre et les séparer? demandai-je encore.

On me regarda en haussant les épaules... Il paraît que
je venais de dire une énormité.

Tous ces Indiens parlaient et gesticulaient beaucoup, mais leurs jambes restaient immobiles.

Cachakia me prit par la main et me dirigea vers l'un des foyers, où le rassemblement était plus compact. Une jeune Indienne, la tête entre les genoux, les cheveux épars, y poussait des cris déchirants. C'était la bien-aimée des deux chevaliers jaloux, dont l'un en ce moment même, avait peut-être le cœur traversé d'une flèche mortelle. Pendant que je la regardais, une sorte de rugissement nous arriva de la prairie. Cela signifiait que, n'ayant pas réussi à se surprendre en rampant dans l'herbe, les deux combattants engageaient la lutte face à face. La jeune fille en larmes se leva comme sous l'impulsion d'un ressort, rejeta ses cheveux en arrière et disparut en courant à la pâle clarté de la lune. Il se fit un silence de mort, c'est le cas de le dire. Chacun suivait des yeux l'héroïne de cette aventure tragique ; il se trahissait même une certaine anxiété dans la foule, mais rien de plus. Arrive que pourra!... Dix minutes, dix siècles après, un cri de femme traversa le silence de la nuit, immédiatement suivi d'une plainte lamentable qui me glaça le cœur. Les Mescalieros attendaient sans doute ce signal, c'est-à-dire qu'il fût trop tard pour intervenir utilement, car hommes et femmes se prirent à courir dans la direction des cris, en tenant à la main des brandons enflammés; nous vîmes bientôt de loin toutes ces torches se grouper sur un même point.

— Mort! me dit Cachakia, qui ferma les yeux en penchant la tête sur son épaule gauche.

Le convoi ne tarda pas à reprendre le chemin du camp.

Quatre Indiens déposèrent sur la terre humide, devant le premier foyer venu, le cadavre sanglant du vaincu. Je m'approchai pour voir s'il donnait encore quelque signe de vie; mais l'âme s'était envolée par trois horribles blessures béantes qui partageaient en quelque sorte la poitrine en deux. En écartant ses cheveux raidis par le sang, je reconnus, en outre, qu'il avait le crâne fendu d'un coup de tomahawk. On ne se scalpe pas dans la même tribu.

Le malheureux fut transporté au centre du camp et recouvert d'une peau de bison.

Comme je m'informais du sort réservé à la jeune fille et au vainqueur, Cachakia m'apprit que ce dernier avait vingt-quatre heures de répit pour rassembler ses hardes et prendre la fuite, mais que, ce délai passé, il ne serait en sûreté nulle part.

Le chef sortait de tenir conseil avec les parents du mort, lorsque je vis l'Indienne, objet du fatal litige, conduire silencieusement à la tente du vainqueur les chevaux de ce dernier, charger ses effets et s'éloigner pour toujours, sans que personne lui adressât la parole ou parût y faire attention. C'était l'ostracisme pur et simple, sans pitié, mais aussi sans acharnement.

Le coupable avait déjà pris la clef des champs, et sa fiancée allait le rejoindre.

Les Indiens sont en général très coulants sur les frasques des jeunes filles, mais ils répriment sévèrement l'infidélité des femmes; quand ils ne les punissent pas de mort, ils leur coupent le nez. Cette rigueur est basée sur ce que la femme représente une partie de la fortune du mari, et sur ce que, l'ayant achetée, celui-ci la considère comme une simple esclave qu'il fait travailler et peut à son gré vendre pour quelque temps ou aliéner pour toujours. Ajoutons, sans méchanceté, que je n'avais jamais vu tant de femmes camuses que dans cette tribu.

Bientôt le camp reprit son calme habituel, comme si rien d'extraordinaire ne s'était passé. Cachakia me reconduisit jusqu'à l'enceinte.

Cette attention est de règle chez les sauvages. Si l'ami qui les quitte demeure trop loin pour aller jusqu'au bout, ils ne le quittent qu'à la limite extrême où ils vont cesser d'apercevoir leur campement.

L'aube blanchissait à peine, lorsqu'il me prit fantaisie de sortir sur la galerie pour respirer l'air frais du matin. Tout le camp paraissait encore plongé dans le plus profond sommeil, sauf quelques ombres que je voyais s'agiter çà et là. J'eus recours à ma lorgnette et je vis deux Indiens charger quelque chose de lourd sur un mulet, pendant qu'un autre Indien montait à cheval, comme pour surveiller le convoi ; puis tous trois se dirigèrent vers le fleuve à travers la prairie. Telle était ma confiance dans mes hôtes, que je crus d'abord à un larcin quelconque : injustice criante, et dont je fais amende honorable, car c'était le mort que l'on conduisait au tombeau de ses pères.

Je ne pouvais faire moins que de défrayer mes hôtes jusqu'à leur départ, qui devait s'effectuer le jour même. Les marmites de café et les pains de maïs reparurent sur toute la ligne. Quant aux personnages, — le chef, ses filles, les sages du conseil, — ils ne pouvaient se contenter d'agapes aussi simples.

Ce dernier repas fut l'occasion des protestations les plus dévouées.

Le chef voulait absolument que je lui désignasse un ennemi, auquel il voulait offrir l'étrenne de son couteau de chasse; par bonheur, je n'en avais pas. Cet élan magnanime valait bien un surcroît de cadeaux; j'offris des couvertures de laine, du tabac, des miroirs, du cinabre, que l'on s'empressa d'accepter. Les enfants reçurent encore quelques babioles, et nous nous séparâmes avec les apparences réciproques d'un attachement éternel.

Tigre et la Chouette avaient passé ces deux jours à la chasse, car, sans qu'il y eût guerre ouverte, les Delawares étaient tout au moins en guerre secrète avec les Mescalieros.

La Chouette avait reçu depuis longtemps le prix de ses services, mais il se plaisait avec nous et éprouvait quelque peine à nous quitter. Je crois que notre cuisine en était un peu cause; pourtant, un matin, il se décida et vint m'annoncer que, sous peine d'inquiéter ses amis, le moment était venu de les rejoindre.

Il alla aussi prendre congé des Lazar, qui le comblèrent de présents.

Quant à moi, je n'avais pas attendu ce dernier moment pour récompenser sa fidélité.

Il partit, accompagné de Tigre, et avec promesse de revenir bientôt nous rendre visite.

CHAPITRE XXVIII.

La fièvre. — Hallucinations. — Tom et le caïman. — Mine d'argent.
— Dernière visite de Warden.

Nous étions à l'époque de l'année la plus favorable aux travaux des champs. Ainsi, les orages avaient renversé un grand nombre d'arbres, dont les troncs desséchés gênaient la culture, et qu'il importait de défendre par morceaux pour les enlever : besogne dure s'il en fut. Je faisais, en outre, élargir mon champ et enclore un vaste terrain, moitié prairie, moitié bois, destiné aux juments et aux poulains; par les jours de pluie, je faisais aussi abattre du bois de construction, qu'il fallait d'abord faire sécher.

La même activité régnait aux rives du Mustang et sur les nombreux cours d'eau colonisés depuis peu.

Des sections entières de forêt disparaissaient sous la main de l'homme; les terres étaient remuées de fond en comble et retournées, la racine en l'air, pour les approprier à une autre végétation.

Les prairies, abandonnées jusque-là aux fauves nomades du désert, nourrissaient maintenant des troupeaux sédentaires et domestiques; l'oreille du voyageur n'était pas surprise d'y entendre la chanson du pâtre ou la clochette du bélier.

Pour tout dire, nous imposions au sol une métamorphose ; nous faisions violence à la nature, et la nature se vengeait en propageant les miasmes délétères qu'elle recélait dans ses profondeurs ; de là, la fièvre et les maladies. On croira difficilement à ce combat acharné qui dure pendant plus d'un demi-siècle entre la terre et celui qui s'avise de la gêner dans ses habitudes. Du moins en est-il ainsi sur le continent de l'Amérique du Nord, où l'épidémie, résultat de ces transformations, ne fait que s'aggraver pendant une trentaine d'années, pour décroître ensuite peu à peu pendant le même laps de temps. Bien entendu, nous ne parlons pas des villes, où les défrichements sont gradués, partiels, presque nuls, eu égard à leur développement.

Ainsi, dans mon exploitation, si nous en exceptons les blessures, il n'y avait pas eu de cas de maladie pendant nombre d'années. Or voilà que, maintenant, il était bien rare que nous fussions tous exempts de fièvre bilieuse ou de dyssenterie. Nous en étions à maudire le jour où nous avions vu le premier visage blanc marcher sur nos traces.

Chez Lazar, c'était pis encore, en raison de l'importance de la colonie ; il n'était pas rare de voir une centaine de nègres atteints à la fois.

Jusque-là, soit par chance, soit que le coffre fût plus solide, j'avais personnellement échappé au fléau ; je m'étais même jugé le seul capable, pour le moment, d'aller à la ville voisine, où j'avais affaire... et vous savez ce que l'on entend par « voisine » dans ces immensités. Atteint, durant le séjour, d'un malaise inaccou-

14.

tumé, je l'avais attribué au changement d'air ou d'habitudes. Mes affaires terminées, je partis par une belle après-dînée, avec l'intention de passer la nuit à courte distance, chez des colons que je connaissais. J'y étais arrivé environ une heure avant le coucher du soleil; mais, ayant trouvé la famille en deuil et toute bouleversée par la mort récente de son chef, victime de cette même fièvre dont je croyais sentir les premières atteintes, j'avais craint de gêner et je m'étais remis en route le soir même, après une courte halte. Cependant, à mesure que j'avançais, mon malaise devenait plus sensible et plus inquiétant. Je grelottais et j'étouffais tour à tour; ma tête semblait éclater. Je pouvais à peine me tenir en selle; la pensée commençait à m'abandonner. Ajoutez une soif brûlante, la langue collée au palais et des bourdonnements dans les oreilles, comme si j'avais le tympan habité par un millier de grillons.

Il faisait presque nuit; je me trouvais au beau milieu d'une large plaine, couverte d'un sable blanc et fin dans lequel mon cheval enfonçait jusqu'aux pâturons. N'en pouvant plus, je mis pied à terre et, perdant la conscience de moi-même, étendu de tout mon long comme un cadavre, je m'endormis jusqu'au lendemain matin d'un sommeil fiévreux. Au réveil, ma surprise fut extrême. Comment étais-je venu là? Je dus rassembler mes idées pour me rendre compte de la situation.

Tom gambadait autour de moi en aboyant, mais je ne voyais pas César. Bien que mes jambes refusassent le service et que ma tête fût de plomb, il fallait pourtant se lever et chercher tant bien que mal dans le sable les

traces de l'absent. Cela me conduisit à un pli de terrain
où le brave animal rongeait un cactus; il était encore
sellé et bridé tel que, la veille, je l'avais abandonné à
lui-même. Je me hissai à grand'peine sur son dos com-
plaisant, laissant à son instinct de prendre la voie la
plus courte ponr regagner l'habitation, dont plusieurs
journées me séparaient encore. Ma soif devenait intolé-
rable; c'était un supplice infernal. Pour comble de dis-
grâce, le soleil achevait de me cuire. Je croyais n'avoir
jamais la force d'atteindre une certaine citerne, à moi
bien connue, la seule qui fût dans le voisinage, et dont
cinq heures de marche me séparaient à peine. C'était
l'éternité que ces cinq heures, dans l'état où j'étais.
Boire était mon idée fixe, la seule que je fusse encore
capable d'avoir, l'unique mobile du restant de courage
qui me poussait en avant. Si l'on m'avait dit : « Tu ne boi-
ras que demain, » j'aurais répondu : « Mourons tout de
suite. »

Vers le milieu du jour, j'atteignais une petite éminence de sable, au haut de laquelle dormait la citerne.
Telle était mon hallucination, que j'avais peur de ne
plus l'y trouver. Mais c'était tout comme. Ainsi, l'eau
était presque bouillante, et les bisons, en s'y vautrant,
venaient d'en faire une vase écœurante et rougeâtre. Je
n'en bus pas moins quelques gorgées, qui me soulagè-
rent.

J'étais là, sur le sable brûlant, et anéanti à ce point
que je ne songeais même pas à aller m'abriter sous
quelques arbres groupés non loin de là. Je m'attendais à
une insolation, et je restais néanmoins.

Enfin, vers le soir, lorsque le soleil baissa, la fièvre diminua, et je pus me traîner jusqu'à l'ombre, où le sommeil me reprit.

Je me réveillai à la nuit sombre, la tête un peu dégagée; César se figurait paître aux environs et ne broutait que du sable. La lune allait se lever; quoique très faible encore, je pris parti de profiter de la fraîcheur pour poursuivre ma route.

Vers dix heures, j'atteignis la source du Lynx, ainsi nommée parce que, quelques années auparavant, j'y avais trouvé mort un chat sauvage de cette espèce. Cette source était la meilleure qu'il y eût à plusieurs lieues à la ronde; elle jaillit sous les racines d'un magnolia. Je me sentais de force à l'épuiser, tant j'étais insatiable.

Je soupai de biscuit et de sucre brut, tout heureux de cette abondance relative, prenant plaisir, comme un enfant, à voir la lune filtrer par l'épais feuillage et dessiner sur le sol des trèfles lumineux. Cependant, cette place était loin d'être sûre, car il n'y avait pas un seul Indien qui, voyageant à travers ces plaines arides et sablonneuses, ne vînt s'y désaltérer; mais peu m'importait de mourir de la fièvre ou de la main d'un Indien. En attendant, j'avais encore quelques bons cigares et j'en fumai un : c'était toujours cela de pris.

Vers minuit, me sentant beaucoup mieux, et l'instinct de la conservation revenant avec le bien-être, je remplis ma gourde et partis à la recherche d'un campement où je courrais moins de risques. J'en connaissais un, pas bien loin de là, où j'avais souvent passé de bonnes nuits; il s'écartait peu de ma direction, et, en forçant l'allure de César, je pouvais y arriver en moins d'une bonne heure. A la vérité, il n'y avait pas d'eau, mais j'avais ma gourde, et César devait y trouver une herbe excellente. De plus, point essentiel, je pourrais y faire du feu et le gibier n'y était pas rare; or, je commençais à me sentir l'estomac dans les talons, ce qui n'est pas sa place naturelle.

Le croissant de la lune venait de disparaître, — nous étions au premier quartier. Je n'y voyais goutte, et, réduit à chercher mon chemin, j'envoyai Tom en avant, en éclaireur, car, du moment qu'il n'aboyait pas, c'est que nul danger ne me menaçait. Toutefois, à quelques futaies, à quelques collines, dont la silhouette plus foncée tranchait encore sur l'obscurité, il était facile de juger que je ne m'écartais pas sensiblement de la bonne voie.

Nous marchions alors par une plaine coupée de buttes et de bouquets de chênes, sur une herbe dure, laquelle joignait à l'inconvénient de ne pas être appréciée des chevaux celui de pousser à hauteur de ceinture. Où avais-je eu l'esprit jusque-là? Je ne sais. Toujours est-il qu'un bruit m'inquiéta, — quelque chose comme le son de clochettes fêlées, — un bruit qui ne me quittait pas les oreilles depuis plusieurs jours et dont je m'apercevais pour la première fois... peut-être une vipère sous l'herbe... Je siffle Tom, j'arrête mon cheval : le bruit cesse. Je me remets en marche : le bruit recommence. En ferai-je l'aveu? j'avais acheté à la ville des gobelets et une cafetière en fer; or, c'était cette bimbeloterie, mal emballée, qui cliquetait à chaque mouvement du cheval. Cette musique barbare pouvant me valoir une attaque, j'en fus quitte pour bourrer ces instruments d'herbes sèches.

J'approchais du but, mais il était écrit que je ne l'atteindrais pas de sitôt. Comme je gravissais une colline, je fus tout à coup ébloui par de hautes gerbes de feu qui éclairaient les environs, non seulement en face de moi, mais à ma gauche, et sur le point de décrire un cercle dont j'allais être le centre. Les flammes léchaient déjà le branchage des arbres.

Restait, à droite, un seul passage libre, avec la forêt comme rideau de fond. Il fallait se sauver par là; mais, si le vent s'était avisé de souffler dans cette direction, l'incendie, à coup sûr, m'aurait gagné de vitesse.

Une fois dans la forêt, j'étais sur un sol humide, au milieu d'arbres presque incombustibles, en raison de leur verdeur et de leur entassement.

Toute la plaine n'était plus qu'une mer de feu, dont les vagues montaient à plus de cinquante pieds, et d'où surgissaient, comme la mâture d'une flotte en détresse, les arbres incandescents. J'ai déjà décrit cette belle horreur, alors que, Tigre et moi, nous l'avions occasionnée par notre imprudence. Tout craquait, pétillait, flambait. Je ne pensais plus à mon mal, auquel il avait fallu ce trop violent remède.

J'attendis ainsi jusqu'au petit jour. Alors m'apparurent dans toute leur désolation, dénués de toute poésie, les noirs squelettes qui fumaient encore, les collines tondues, la prairie chauve et roussie, par laquelle il fallait repasser... Allons, mon César, à la rescousse, et

bon pied, bon œil!... Souvent, des marécages qu'il
fallait tourner nous renvoyaient dans le voisinage des
arbres, dont la fumée nous asphyxiait, dont les branches
carbonisées tombaient autour de nous, quelquefois sur
nous, et où nous marchions jusqu'au-dessus de la che-
ville dans la cendre noire encore chaude.

Allumé sur plusieurs points à la fois, cet incendie ne
pouvait être que le résultat de la malveillance. Des Indiens avaient eu certainement l'intention de me brûler
vif; mais quels Indiens? Sachant que, de la lisière du
bois où je m'étais réfugié, je dominais la plaine, ils
n'avaient pas osé s'y montrer dans la crainte d'être
reconnus.

Je ne me dégageai qu'après une heure de marche de
cette étouffante atmosphère.

Vers le milieu du jour, un peu dépaysé dans la route
à suivre, par suite d'une marche forcément oblique, je
fis l'heureuse rencontre d'un petit bois, coupé d'un
ruisseau, où j'espérais me refaire tout à fait physique-
ment et moralement.

J'avais abattu en route un dindon, qui apaisa ma faim
et celle de Tom, puis je fis un somme jusqu'au soir. La
fièvre m'avait laissé assez tranquille pendant toute cette
journée, mais je redoutais l'intermittence, et gare au
lendemain! Il était donc rationnel de marcher toute la
nuit, jusqu'à ce que je trouvasse un bon petit endroit
bien calfeutré, bien sûr, où je pusse subir sans algarade
la crise attendue. Je venais précisément de déterrer
quelques racines de tulipier, que je mâchais pour en
avaler le jus. Ces racines sont un des meilleurs remèdes

contre la fièvre que fournissent ces parages, où la nature s'est chargée d'établir ainsi quelques pharmacies
gratuites.

En effet, un peu avant le jour, je me sentais déjà la
tête plus lourde, le gosier plus sec, la peau plus brûlante; il n'était que temps de s'arrêter, ce que je fis
dans une clairière assez à mon gré. César mis au vert,
je m'étendis sur ma couverture, la gourde sous la main,
et à la garde de Dieu! L'accès dura peu. A deux heures,
j'étais en état de remonter à cheval et de gagner d'une
seule traite l'un des bras du fleuve Mustang, aux environs duquel je passai la nuit suivante. Le lendemain
étant jour de trêve, je partis de bonne heure et laissai
trotter César avec l'intention bien arrêtée de rentrer au
gîte le soir même. A présent que j'allais pouvoir la
combattre les pieds dans mes pantoufles, je crois bien
que la fièvre avait peur et qu'elle me quittait pour se
pourvoir ailleurs.

A dix heures du matin, je traversais une prairie rive-
raine du Mustang, tout émaillée de soleils et de cactus,
lorsque je vis un grand cerf bondir des massifs et s'arrêter à quelques pas de moi. Je le tirai et l'abattis;
mais, se relevant soudain, il s'enfuit vers le fleuve.
Comme j'avais lieu de le croire sérieusement atteint, je
lançai Tom sur sa voie, et tous deux disparurent dans le
fourré. Je venais de recharger, quand j'entendis mon
chien donner de la voix; à certaine intonation rauque
et bien connue, je jugeai qu'il devait être aux prises
avec un adversaire plus redoutable qu'un cerf, et, mettant pied à terre, je courus, à travers les buissons, vers

la rive où m'appelaient les jappements d'alarme. Je
tremble encore rien que d'y penser! La pauvre bête
était entraînée dans l'eau par un alligator, qui de ses
puissantes mâchoires le happait par une cuisse de derrière. Tom, dans ses contorsions, lui enfonçait bien les
crocs dans le crâne, mais le caïman paraissait à peine
s'en apercevoir. D'un bond je fus dans le fleuve, —
excellent remède pour la fièvre, n'est-ce pas? — et je
barrai le passage au monstre, qui se reculait pour gagner le courant. Une fois là, tout était perdu : il plon-
geait, et adieu celui de mes chiens pour lequel j'aurais
donné tous les autres. Notez que le caïman n'était qu'au
bord, où il nageait presque à fleur de terre. Je sautai
à cheval sur lui, le serrant des genoux, le soulevant
en quelque sorte vers la berge, pendant qu'il battait la
rivière de furieux coups de queue. Si je n'avais pas eu
un revolver à ma ceinture, je ne sauvais pas Tom, et je
me perdais moi-même. Six balles successives à l'arti-
culation maxillaire eurent raison du monstre, dont la
gueule, trouée à jour, s'ouvrit et lâcha sa proie.

Tom avait la cuisse atrocement déchirée; mais l'os
n'était pas atteint. Quant au cerf, cause innocente de
ce malheur, il était étendu sans vie sur le lit de cailloux
qui bordait la rive. Jamais cuissots ne m'avaient coûté
si cher!

Tom souffrait beaucoup, et il y avait de quoi; ses
yeux languissants semblaient m'implorer. Je pansai ses
blessures et déchirai mon mouchoir de poche pour les
bander de mon mieux; puis, au moyen de branchages
et de ma couverture, je fis du dos de César une sorte

de cacolet sur lequel je couchai le patient aussi molle-
ment que possible. Nous rentrâmes au fort dans cet
équipage, moi à pied, mon Tom à cheval.

Une infusion de thé, d'écorce de saule, de racine
de tulipier et de grenadier, jointe à une diète sévère,
m'eut bientôt guéri.

Bien que ces fièvres soient en général faciles à combattre, leur retour fréquent n'en affaiblit pas moins la
constitution; on devient sensible aux variations de la
température, le moindre surcroît de travail vous abat
et la plus légère imprudence vous coûte cher.

Encore dois-je constater que ces bouleversements de
terrain sont moins pernicieux dans nos parages que dans
les autres parties des États-Unis, grâce à l'absence
d'eaux stagnantes et de marécages.

Tigre était revenu, après avoir accompagné la Chouette
jusqu'au Puereo; de là, ce dernier s'était dirigé vers
Santa-Fé, où il devait retrouver les siens.

Mon jeune Delawarre se plaignait souvent de ce que
je l'accompagnais moins à la chasse; Tom surtout lui
faisait faute, car je ne lui permettais pas de l'emmener.
Or, le moment était venu de chasser à l'ours, et Tom,
en ce cas, était un précieux auxiliaire. Toutefois j'a-
vais mis à sa disposition Leo, un autre excellent chien,
mais dans lequel il avait moins de confiance.

Un soir, Tigre vint nous apprendre qu'il avait découvert un ours, lequel hivernait dans un vieux cyprès situé en plein fleuve, et si gros, qu'il ne fallait pas
songer à l'abattre. Le soir, à souper, on se gaussa beaucoup du pauvre garçon.

Diable! un ours dans un arbre inattaquable, et cet arbre au milieu de la rivière!... C'était là un maître Bruin qui prenait beaucoup de précautions... Il n'y avait vraiment plus qu'à faire rôtir ses pattes et à vendre sa peau!... Si encore on avait une lettre d'introduction, un laisser-passer, la moindre des choses!...

Tigre combattit si bien ces sarcasmes, que, le lendemain, nous descendions le fleuve dans le canot, munis de tout ce qu'il faut pour tuer une bête malicieuse qui s'est fait une fourrure de bois.

Entraînés par la rapidité du courant, et malgré les nombreuses roches à éviter, en moins d'une heure nous avions atteint le cyprès, un cyprès antédiluvien d'une circonférence de neuf mètres. Le plan d'attaque était celui-ci : investir l'arbre de deux côtés à la fois, de l'un par le canot, de l'autre par un ponton à établir et sur lequel nous agirions plus à l'aise. Nous étions quatre.: Tigre, le promoteur de l'expédition, Antonio, Kœnigstein et moi, en sorte que nous pouvions nous relayer sans que le travail en souffrît. Vers midi, le tronc était déjà sensiblement entaillé. L'ours devait avoir une fameuse venette et subir de rudes secousses; cependant il ne donnait pas signe de vie. Nous nous regardions en souriant, et les plaisanteries continuaient de plus belle.

— Bah! disais-je, nous n'aurons pas perdu notre temps; un cyprès à la broche, c'est peut-être bon.

Après un repas succinct, où nous portâmes la double santé de Tigre et de l'assiégé, les bûcherons reprirent leur besogne avec une nouvelle ardeur.

A quatre heures, l'arbre commençait à chanceler sur sa base, et nous prenions déjà des précautions pour l'empêcher de tomber sur nous. Il fallait diriger sa chute en pleine rivière, où l'ours serait plus dépaysé qu'en terre ferme.

— Voilà que ça craque, dit Antonio à un certain moment.

— C'est l'ours qui ronfle, dit Kœnigstein.

— En ce cas, il a le sommeil dur, dis-je à mon tour.

Tigre ne disait rien, mais il sifflait un air à lui, et que je traduisais par : « Nous allons bien voir! »

Encore quelques coups, et la cime du cyprès, voisine du ciel, commença à se pencher vers l'eau, comme si elle voulait s'y mirer, puis encore, puis encore, et le pied se fendit avec un épouvantable craquement.

Nous nous étions écartés avec le canot pour éviter le remous que causerait la chute; mais nous avions mal calculé l'étendue du feuillage, en sorte que nous nous trouvâmes pris comme dans un filet de branches d'où il fallut se dégager.

Enfin le cyprès était à terre, à l'eau, pour mieux dire; le tronc brisé s'éparpillait en éclats, mais il était absolument vide.

Tout le monde se prit à rire.

— Eh bien, et l'ours? demandai-je.

Tigre n'était pas le moins interloqué; il cherchait des yeux avec la persistance d'un homme qui se dit : « Et pourtant il y en a un! » Il y en avait un, en effet, car, au même instant, il essayait, non loin de nous, de se dépêtrer des milliers de débris dans lesquels ses pattes cherchaient en vain un point d'appui.

— L'ours! criâmes-nous d'une seule voix; hurrah pour Tigre!

L'animal avait dû s'évader au moment où nous nous courbions sous le dôme de branchages qui nous avait un instant recouverts.

Nous venions de faire feu de nos quatre coups. Maître Bruin, blessé, se rua vers ses adversaires et, posant une patte sur le bord de la chaloupe, la fit pencher à fleur d'eau. Kœnigstein lui fendit le crâne d'un revers de hache, et Antonio l'entortilla d'un lasso, dans le double but de l'empêcher de couler au fond et de le hisser sur la berge.

Voilà qui était fait. Il ne manquait plus qu'un chariot et un mulet pour transporter cette masse de chair à l'habitation; encore fallut-il atteler le mulet au lasso, car toutes nos forces réunies ne seraient jamais parvenues à tirer de l'eau cet ours colossal.

Tigre, pour toute vengeance, réclama la fourrure, à laquelle il avait tous les droits possibles.

Nous avions pour longtemps de la graisse et de l'ours fumé.

Le temps des grandes excursions était passé. La multiplicité des travaux bornait nos chasses ou nos promenades à une journée de marche tout au plus. Il en résultait ceci : que nous faisions avec les alentours une connaissance plus intime. Il n'était pas de coin solitaire, de sentier perdu que je ne connusse comme ma poche.

Ainsi j'avais découvert, à quelques lieues de chez moi, les ruines d'un ancien établissement espagnol, et, en particulier, celles d'un fourneau approprié à la fonte des métaux précieux; de là à présumer quelques mines souterraines il n'y avait pas bien loin.

Le vieux M. Lazar était un homme entreprenant et actif; il possédait plus de noirs que n'en exigeait son établissement et cherchait à les utiliser d'une façon quelconque. Je lui fis donc part de ma découverte, et il l'accueillit avec une joie voisine de l'enthousiasme.

Précisément, — pas dégoûté, notre Américain! — l'exploitation d'une mine d'argent ou d'or était un de ses rêves favoris; il ne restait plus qu'à la trouver : autant dire un civet qui attend son lièvre! Dans nos excursions, ce sujet revenait souvent sur le tapis; or, l'existence du fourneau en question était bien faite pour fouetter son dada, lorsque je le vis arriver, un jour, avec un air plus mystérieux que de coutume.

— Non, pas ici! me dit-il au moment où je l'introduisais dans le parloir; montons chez vous, et fermez les portes.

Le digne gentleman m'apprit alors qu'un Indien était venu le trouver, — que cet Indien connaissait le gisement des mines d'argent exploitées jadis par les Espagnols, — qu'il offrait de l'indiquer moyennant une récompense, mais sous le secret le plus absolu, car ses frères lui feraient certainement payer de sa vie ce qu'ils considéreraient comme une félonie.

Lazar avait accepté; rendez-vous était donné à hui-

taine, et ce vieil ami venait me demander si je voulais
l'accompagner avec son fils John.

— Plutôt dix fois qu'une! répondis-je.

Au jour indiqué, nous partions sous la conduite du
mystérieux Indien, que je pris pour un Shawnee, bien
qu'il s'annonçât comme Mescalieros.

La direction était celle du Rio-Grande, par les montagnes qui le côtoient, et sur un sentier que je n'avais
jamais parcouru. Le soir, nous bivouaquions sur les
bords du fleuve et nous le traversions le lendemain pour
prendre au sud-ouest. Nous montions sans nous en
apercevoir, tant ce diable de guide connaissait les détours, les petits chemins, les pentes douces qui, en
somme, avec plus ou moins de retard, nous rame-
naient toujours au but poursuivi. Je retrouvai par là,
non sans remords, les traces encore vivantes de l'incendie que j'y avais étourdiment allumé quelques années auparavant.

— Comme ce pays est ravagé! me dit le vieux Lazar.

— Oui, répondis-je en baissant la tête et sans oser
avouer que j'en étais la cause.

La troisième nuit s'écoula sur le penchant ouest des
montagnes; le jour suivant, nous arrivions à ces ramifications qui enclosent les plus riantes vallées du
monde, et d'où nous pouvions admirer, à quelque cinq
lieues, une large plaine absolument couverte d'une
splendide végétation tropicale. Les palmiers n'y étaient
pas tout à fait aussi développés que plus au sud, mais
leurs tiges annelées, leur feuillage luisant, n'en char-
maient pas moins le regard.

Ce soir-là, nous campions non loin de la terre promise, c'est-à-dire des gisements supposés que l'Indien nous promettait pour le lendemain.

C'était par une de ces tièdes nuits de printemps,
fréquentes dans le Sud , où la voûte étoilée du ciel
est assurément préférable aux alcôves capitonnées de
satin et de guipure. La vie s'y dégage par tous les pores,
saine et vigoureuse, et les fraîches senteurs naturelles
doivent l'emporter de beaucoup, ce me semble, sur
les produits douteux des parfumeurs en renom. Les
insectes phosphorescents serpentaient sur l'émail vert
de la plaine comme des rivières de diamants; il y en
avait de quoi humilier tous les joailliers de toutes les
couronnes. Dans la ramée, l'oiseau moqueur roucoulait
à sa compagne sa chanson nocturne. Le vieux Lazar,
plus positif, songeait peut-être aux trésors enfouis,
par hypothèse, sous la terre où nous reposions; moi,
je pensais aux trésors, perdus à toujours, de ma jeunesse en train de s'envoler. John dormait à poings
fermés, comme on dort à son âge, lorsqu'un rugissement de jaguar, déchirant les ténèbres, nous glaça
d'épouvante. Pour comble de panique, nous entendions
nos chevaux fuir au grand galop. A la place où nous les
avions attachés, il ne restait plus que César et la jument de John, qui tiraient éperdument sur leurs entraves; le cheval de l'Indien et la mule de M. Lazar avaient
disparu. Tom donnait de sa voix rauque dans la vallée,
au-dessous de nous. Notre feu s'était presque éteint;
nous le ravivâmes avec du bois mort. Hélas! ça ne nous
rendait pas nos montures; il était même fort à craindre

que nous en perdissions une, sinon toutes les deux. Le reste de la nuit se passa sur le qui-vive; à la pointe du jour, nous nous dispersâmes pour chercher simultanément, moi et Tom dans la vallée, John et l'Indien dans la montagne. Seul, M. Lazar, incapable de traverser les hautes herbes, restait au camp. Je suivais le pied d'une colline autour de laquelle serpentait un ruisseau ombragé de yuccas, d'aloès arborescents, de cactus géants, de palmiers et de mimosas, quand mon chien s'arrêta, le nez en terre, sur un tertre pelé, où je reconnus les traces d'un mulet et celles d'un jaguar descendant le ruisseau. A vingt pas plus loin gisait dans l'herbe la mule de mon vieil ami, sur laquelle semblait dormir un jaguar moucheté de taches d'or.

Cacher César derrière un buisson, revenir à pas de loup vers le ruisseau, me cacher moi-même au milieu de grands mimosas, en écarter les feuilles, appuyer ma carabine sur une branche basse, viser le défaut de l'épaule, car le monstre me tournait le dos, tout cela fut l'affaire d'un instant. Le jaguar bondit, puis retomba aussitôt sur le flanc. Il cherchait à tourner la tête et à découvrir l'assaillant, mais le train de derrière lui refusait le service; tout ce qu'il pouvait faire, c'était de glisser dessus, en s'aidant des pattes de devant, pour gagner le ruisseau.

Pendant ce temps, j'avais rechargé à tout hasard, et, sorti de ma cachette, je m'étais assez approché pour qu'il m'aperçût. Alors il se reprit à rugir, en faisant d'inutiles efforts pour se traîner de mon côté. D'une

15.

seconde balle, je mis fin à sa rage en même temps qu'à sa vie.

La mule avait le ventre ouvert, plus une cuisse dévorée aux trois quarts. Le jaguar avait dû l'atteindre à la course, car la croupe de la pauvre mule était labourée de coups de griffes.

Je revins donc au camp avec une belle fourrure et une mauvaise nouvelle. Le vieux gentleman en faillit pleurer. C'était précisément la mule de prédilection, gâtée, choyée par tout le monde, et que Mme Lazar montait de préférence à toute autre; mais il fallait en prendre son parti.

L'Indien avait retrouvé son cheval, qu'il céda provisoirement au père de John, et nous reprîmes le chemin des mines... qui n'existaient peut-être que dans notre imagination.

Après deux heures de marche, nous arrivions, en effet, en vue d'un vieux débris de galerie souterraine, où nous fûmes arrêtés, au bout de cinquante pas, par un amas de ruines qui la bouchait entièrement. Le sol offrait encore quelques vestiges de minerai, mais si profondément incrustés, que nous eûmes beaucoup de peine à en extraire des échantillons. De toute évidence, les travaux abandonnés remontaient à plusieurs siècles.

Nous ne quittâmes pas cette source probable de tant de maux et de richesses sans prendre les notes topographiques qui devaient nous aider à la retrouver.

Le retour fut naturellement un peu plus lent, par ce motif que l'Indien était à pied.

Aucun incident à retracer.

L'affreuse mort de la mule favorite causa une véritable tristesse à toute la famille Lazar.

— Finir ainsi! disait miss Julie; si encore elle s'était éteinte ici, sur une bonne litière, entourée de soins... et de morceaux de sucre!

M. Lazar était fermement résolu à faire auprès du gouvernement mexicain les démarches nécessaires pour en acquérir le terrain argentifère.

Je revis, vers cette époque, mon ancien ami Warden. Il m'arriva, un beau matin, au moment où je m'y attendais le moins. Nous échangeâmes une de ces poignées de main plus expressives que la parole, car je l'aimais beaucoup et je crois qu'il m'aimait aussi. Depuis notre séparation, il avait exploré tout l'ouest de la Cordillère et s'était aventuré, par le Rio-Gila et le Rio-Colorado, jusqu'au golfe de Californie. Son vigoureux cheval noir avait été tué dans une rencontre avec les Indiens Apaches; lui-même ne leur avait échappé que par miracle, en se dérobant à leur poursuite acharnée pendant des semaines entières. Nous recommençâmes les bonnes soirées d'autrefois. Il était toujours le même, aussi naïf qu'intrépide, persuadé que sa vie de privations, d'isolement, de fatigues, de dangers incessants, était la vraie vie, et nous racontant les aventures les plus inouïes, des traits de vaillance presque invraisemblables, avec une simplicité digne des temps antiques. Je le gardai le plus longtemps possible; j'aurais voulu le garder toujours, mais le repos lui fut bientôt à charge. Il partit comme il était venu, sans bruit,

sans fracas, me remerciant avec effusion d'une paire de
pistolets que j'avais absolument voulu lui offrir.

Je ne l'ai plus revu, et personne n'a jamais pu me
renseigner sur ce qu'il était devenu. Sans doute aura-t-il
fini par trouver cette mort solitaire qu'il paraissait dé-
sirer !

CHAPITRE XXIX.

La famille Lions à la rivière des Dindons. — Cannibales. — Où Mac-Donnel est bien près d'être mangé. — Un regain de sauvagerie. — Tigre-Noir nous quitte. — Washington, Humboldt et Liebig.

M. Lazar et moi, nous avions pris une part active à l'installation de MM. Cliffton, Mac-Donnel, et d'un certain M. Lions, récemment arrivé de Géorgie avec un matériel considérable et des nègres à l'avenant. Ces trois jeunes gens s'étaient établis en commun dans le voisinage de la veuve Wite, riverains du fleuve des Dindons. Nous les aidions de nos conseils, de notre expérience, si bien que, en peu de temps et malgré la saison avancée, une vaste portion de terrain avait été remuée, préparée et semée de maïs. Le potager commençait à verdir et les constructions s'élevaient à mesure là où, quelques mois plus tôt, les arbres étaient encore vierges de cognée et la terre de sillons. A la vérité, les jeunes associés s'y donnaient corps et âme; on les voyait tout le jour, la hache, la pioche, le sarcloir à la main. Jusque-là, rien de mieux; mais ils perdaient un peu trop de vue que, devenus limitrophes du territoire indien, il importait à leur sûreté de ne jamais s'écarter de leur domaine sans être armés jusqu'aux

dents. Alors que nous formions, nous, la dernière limite, nous n'allions jamais travailler aux champs sans
nous entourer d'un cordon de chiens en vedette, qui
nous garantissaient de toute surprise, et la charrue se
doublait toujours d'une carabine bien chargée. Ces messieurs, au contraire, y allaient à la bonne franquette et
avec l'insouciance de leur âge.

Or, leur habitation était bien au sud du fleuve et à
l'abri d'un coup de main, mais leurs champs s'étendaient au loin, vers le nord, jusqu'à la forêt.

Donc, un matin, accompagnés de deux nègres, ils
s'étaient rendus à leurs plantations d'au delà du fleuve,
dans le but d'éclaircir les tiges de maïs qui, trop rap-
prochées, s'étouffaient l'une l'autre : besogne ingrate
qui oblige à se tenir courbé, et qu'il faut accomplir
avant que l'ardeur du soleil ne la rende plus pénible
encore.

Tous trois étaient armés; mais, le fusil en bandou-
lière gênant leurs mouvements, ils s'en étaient débar-
rassés à l'entrée du champ : imprudence fatale, car,
au moment où ils s'y attendaient le moins, ils s'étaient
vus entourés d'une cinquantaine d'Indiens vomis par la
forêt comme une nuée de démons. Fuir?... Toutes les
issues leur étaient fermées. Se défendre?... Ils étaient
sans armes. Du reste, à peine se savaient-ils attaqués,
qu'ils avaient déjà les mains attachées sur le dos.

Les deux nègres, qui se trouvaient à l'autre bout du
champ, avaient pu s'éclipser sans qu'on les inquiétât,
et, traversant le fleuve à la nage, courant à l'habitation,
donnant l'alarme aux autres nègres, sautant à cheval

ou à mulet, ils étaient arrivés chez moi à la chute du jour, porteurs de la sinistre nouvelle.

J'expédiai aussitôt un exprès aux Lazar, avec prière de m'envoyer le plus d'hommes possible, les plus braves et les mieux montés, pour m'aider à poursuivre les ravisseurs et à délivrer nos amis, s'il en était encore temps. Un mulet, des vivres, des munitions, quelques couvertures : les préparatifs se bornaient à cela. J'aurais donné la préférence à maître Jacques; mais, blessé à l'échine par une selle mal placée, il était pour le moment hors de service. Nous achevions de souper à la hâte, quand huit cavaliers nous arrivèrent du fleuve Mustang, conduits par M. Lazar en personne. Le vieux gentleman jetait feu et flammes; il ne respirait que vengeance, plus empressé, plus jeune, plus ardent qu'aucun de nous.

Nous partîmes, renforcés de Tigre, de Kœnigstein, d'Antonio et d'un autre de mes colons : en tout, quatorze combattants.

Tigre conduisait l'escouade. Nous trottâmes au clair de la nuit, jusqu'à ce que l'obscurité complète nous forçât à modérer notre allure. Le matin, nous arrivions à l'habitation des captifs, parfaitement intacte, bien que nous nous attendissions à la trouver pillée et saccagée. Cela prouvait la hâte avec laquelle ils avaient emmené leur proie. En pénétrant dans la forêt, après avoir traversé le fleuve, nous reconnûmes l'endroit où les sauvages avaient franchi la lisière du champ, en se dirigeant vers le nord. Aucun indice n'échappait à la sagacité de Tigre : ici, les Indiens avaient galopé; là, ils avaient embarqué le trot, plus loin, le pas, et ainsi de suite. Il les flairait dans l'air. A un certain endroit, il descendit de cheval et chercha dans l'herbe.

— Par là et par là, dit-il en étendant successivement le bras vers le nord-est et le nord-ouest.

En effet, je pus me convaincre, à la bifurcation des foulées, que les cannibales s'étaient divisés et avaient pris des routes différentes.

Et comme nous ne savions quelle direction suivre :

— Au nord, ajouta le Delaware avec un sourire qui semblait railler ma simplicité; d'ici à deux jours, ils se seront réunis de l'autre côté de la montagne.

Après avoir suivi l'une des pistes sur un sentier de bisons largement frayé et atteint, vers le soir, une vallée resserrée entre des montagnes, Tigre s'arrêta de nouveau pour nous montrer du doigt des empreintes de chevaux qui tournaient le dos au sentier pour descendre dans la vallée. Les pierres étaient fraîchement remuées; la demi-lune des sabots se dessinait sur les roches stratifiées; çà et là, une branche cassée, un brin d'herbe écrasé : il n'en fallait pas davantage à ce rusé chercheur.

Nous suivîmes cette piste nouvelle, et, à quelques centaines de pas, après avoir contourné des rochers, nous débouchions dans une large clairière gazonnée où des charbons éteints, mais encore humides, trahissaient une halte récente.

Pendant que nos montures reprenaient haleine, Tigre continuait ses recherches. Il nous montra bientôt des caillots de sang sur une grande pierre plate; des en-

trailles humaines gisaient à quelques pas de là. Des talons de bottes avaient creusé le sol autour de la pierre
fatale, sans doute celles de la victime, et dans lesquelles
se pavanait le bourreau.

Notre rage, notre indignation, n'avaient plus de
bornes; dans ce 'moment-là, nous aurions, je crois,
mangé du sauvage avec volupté.

— A cheval! s'écria le vieux Lazar en brandissant son
couteau de chasse; moi aussi, je veux tuer, massacrer,
scalper; Tigre me montrera comment on s'y prend.

Mais Tigre modéra cette ardeur. Il nous prouva que,
en définitive, nous perdrions plus de temps en sur-
menant nos chevaux qu'à leur laisser le repos de la
nuit.

Nuit fiévreuse, sommeil agité, cela va sans dire.

Le lendemain, marche forcée, — toujours sur la
piste, — à travers les montagnes du San-Saba : des
chemins affreux! La nuit nous surprend dans une prairie que ces mêmes montagnes séparent, à l'est, de la
vallée du Puereo.

La nuit nous dérobant la marche de l'ennemi, il faut
attendre l'aurore. Les chevaux sont harassés à ce point
qu'ils boudent le fourrage et se couchent après avoir
bu. Nous ne les attachons pas, pour leur laisser la liberté
de paître à volonté; mais une sentinelle veille sur eux
en même temps que sur nous.

Le lendemain, vers midi, nous traversons un cours
d'eau qui se jette dans le Colorado, une des rivières du
Texas, et un peu plus loin, sur la lisière d'un bois, nous
apparaît un camp abandonné depuis peu. Nous donnons

tout juste aux chevaux le temps de souffler, car Tigre nous fait espérer que nous pourrons atteindre le soir même les fugitifs, dont les montures sont sur les dents, ce qu'il reconnaît aux sabots qui rasent le tapis.

Le soir approche, et l'horizon ne nous montre qu'une ténébreuse forêt dans laquelle nous pénétrons à la nuit. Mais les Indiens ne s'y sont pas arrêtés; la piste continue, et nous, pour ne pas la perdre, nous sommes contraints de faire halte.

— Ce sera pour demain, nous dit notre guide.

La journée du lendemain s'écoule encore, et rien que des traces, toujours des traces. Leurs chevaux faiblissaient, soit, mais les nôtres n'étaient pas de fer.

Au coucher du soleil, nous voilà en face d'un autre cours d'eau; sur la rive opposée, des feux brûlaient encore. Nous le traversons à la hâte, mais le camp était vide.

Tigre, patient et implacable comme le destin, nous console par ce raisonnement, que les anthropophages doivent commencer à se croire hors d'atteinte, et qu'ils vont sans doute ralentir leur fuite.

— Tout cela est bel et bon, objecte le vieux gentleman; mais si, en attendant, ils continuent à se régaler de nos amis!

M. Lazar achevait à peine ces mots, que Tigre m'appelle et me montre un arbre de moyenne grosseur, à l'écorce claire et brillante, dont la base était teinte de sang. Il y avait aussi du sang à hauteur d'homme, où le tronc, criblé de piqûres de flèches, indiquait qu'il

avait servi de cible. Une profonde entaille paraissait
avoir été produite par un coup de tomahawk.

Cela n'avait pas besoin d'explications; cet arbre
muet nous racontait un affreux supplice. Et de deux!
Si au moins nous pouvions sauver le troisième!...

Nous étions tous d'avis d'aller plus loin, mais Tigre
se déclara incapable de suivre la piste dans l'obscurité.

— Pour vous venger quelques heures plus tôt, nous
dit-il, vous courrez le risque de ne pas vous venger du
tout.

Attendre! encore attendre! Notre impatience était
extrême. Se coucher? A quoi bon? Pour ne pas dormir?
Nous allions et venions comme des ombres en peine;
les minutes paraissaient des siècles. Bien avant le jour,
debout à côté des chevaux sellés, nous épiions au ciel
la première teinte blanche.

Que vous dirai-je? notre espérance fut encore une
fois déçue. L'aube parut, le soleil poursuivit son
cours, et déjà il allait s'éteindre derrière les montagnes de l'Ouest, sans que nous fussions plus heureux que la veille et que l'avant-veille. Cependant, des
crottins de fraîche date indiquaient que nous appro-
chions.

Une forêt se dressait au bout de la plaine de verdure
que nous traversions. Tout portait à croire que nous y
trouverions les Indiens; mais elle était encore si éloi-
gnée, que nous désespérions de l'atteindre avant le crépuscule.

Tigre, cette fois, posa carrément la question; de

deux choses l'une : ou il fallait se lancer bride abattue pour attaquer avant la nuit noire, laquelle nuit mettrait d'ailleurs bien vite fin au combat et permettrait à l'ennemi de se dérober, — ou ne pas faire un pas de plus et partir dès l'aurore pour le surprendre dans son sommeil.

Ce dernier parti était, je crois, le bon ; mais telle était notre surexcitation, que nous adoptâmes le premier. Pauvres et braves chevaux ! ils semblaient comprendre que d'une seule minute perdue ou gagnée pouvait dépendre la perte ou le salut d'un ami ! Mais le soleil, lui aussi, poursuivait sa course rétrograde, la plaine se couvrait de voiles sombres, et nous étions encore à une demi-lieue de la forêt. Tigre galopait en tête ; nous le suivions à l'aveugle, au grand mépris des roches, des buissons, des obstacles de toute nature. Soudain, il s'arrêta, fit reculer son cheval vers un massif d'arbres et nous attendit :

Quand nous l'eûmes rejoint :

— Ils sont là, nous dit-il.

— Où cela ? demandai-je, car je ne voyais rien.

— Sur les bords et de ce côté-ci d'un ruisseau qui longe la forêt. J'ai vu la fumée s'élever dans les chênes.

Enfin !... Jamais l'imminente réalisation d'une jouissance longtemps caressée, jamais les préludes d'une fête, jamais l'heure d'un premier rendez-vous tintant au clocher voisin, n'ont fait battre aucun cœur aussi vite que battaient les nôtres !

Nous attachons les chevaux fumants aux branches

des jeunes arbres, sous la garde d'Antonio, et, le revolver à la main, un autre à la ceinture, la bretelle du
fusil à califourchon sur l'épaule gauche, de façon à n'a-
voir qu'un mouvement à faire pour avoir l'index sur la
gâchette, retenant notre souffle, nous nous dirigeons
avec des précautions de souris vers un monticule qui
domine le ruisseau.

La lune se levait et remplaçait faiblement la lumière
du jour, sur le point d'expirer. Un silence de mort régnait dans le camp ; on n'entendait que le gazouillis
monotone d'une cascade tombant d'un rocher. A trente
pas de nous, les brasiers cuivraient de reflets rougeâtres des groupes d'Indiens étendus autour de leurs feux
de bois.

Développés sur une seule ligne, nous tenions chacun
un groupe au bout du fusil ; il était convenu qu'on ne
tirerait qu'à mon commandement. Les cannibales dor-
maient pour la plupart ; ils cuvaient leurs festins horribles, inconscients de l'expiation trop tardive à laquelle
nous les avions condamnés.

J'avais en face de moi, en plein rayonnement du
foyer, la large et vigoureuse poitrine d'un de ces ban-
dits, qui, la tête appuyée sur le bras droit, regardait
vaguement le feu ; il semblait poser pour la mort. A mon
signal, quatorze coups de feu retentirent, suivis de quatorze autres. Les cannibales bondirent, en poussant
leur cri de guerre, mêlé de cris d'angoisse. Puis les revolvers succédèrent aux fusils. Il pleuvait des balles
sans trêve ni merci. Tous ces lâches, si pleins de jactance
devant une victime qu'ils lardaient de flèches, fuyaient

maintenant dans le plus grand désordre, et du haut des rives escarpées, poussant des hurlements de fauves, se précipitaient pêle-mêle dans le cours d'eau.

Il ne faut pas demander si nous les poursuivions. A la lueur sanglante des foyers, on voyait se détacher le foulard à larges raies rouges et blanches dont s'était coiffé le jeune Delaware et tourbillonner comme une gerbe d'éclairs le lourd couteau de chasse dont chaque coup faisait une victime.

Transgressant la consigne, Tom lui-même, blessé à la cuisse par une flèche, sautait à la gorge de son agresseur, qu'il étranglait bel et bien.

Après dix minutes de carnage, vingt-deux morts ou blessés mordaient la poussière; ceux de ces derniers qui essayaient de fuir n'allaient pas bien loin. Le tomahawk de Tigre volait de crâne en crâne et les envoyait dans l'éternité.

La bataille était à peine terminée, que nous entendîmes une voix bien connue prononcer faiblement quelques mots, parmi lesquels nous distinguions le nom de Lazar, celui de Tigre et le mien. Nous courûmes dans la direction d'où elle venait. Jugez de notre joie! Mac-Donnel, pieds et mains liés, mais vivant, était étendu sur l'herbe derrière un rocher. Les liens furent coupés en un clin d'œil, mais le malheureux ne pouvait se tenir debout; il fallut le transporter devant un grand feu, et, là, nous fûmes un instant pris d'un horrible doute. Était-ce bien notre ami? Ces quelques jours d'angoisses, pendant lesquels il avait souffert mille morts préalables, en avaient fait un spectre. La joie de

nous savoir si près de lui et la crainte de nous voir
partir sans l'avoir découvert lui avaient donné la force
de nous appeler; mais il était aussitôt retombé dans
une prostration telle, qu'il put à peine ébaucher le
signe de lui donner à boire. Quelques gorgées de grog
parurent le soulager. On le coucha aussi douillettement
que possible sur une pile de peaux de bison. Maintenant qu'il se savait sauvé, le repos du corps et de l'esprit
devaient faire le reste.

Déjà les oiseaux de proie décrivaient leurs cercles
sinistres au-dessus de l'hécatombe immolée aux mânes
de nos deux amis. De nombreux chevaux, exténués de
fatigue, étaient étendus le long des rochers.

Beaucoup de ceux qui s'étaient précipités dans la rivière avaient dû se tuer aux angles des rochers; ajoutez
qu'ils avaient jeté leurs armes. Nul retour agressif n'é-
tait donc à craindre, ce qui ne nous empêcha pas d'é-
tablir des postes aux deux extrémités du camp, sur les
bords du fleuve surtout, dans le but d'en écarter les rares
survivants qui pourraient essayer de venir reprendre
leurs chevaux.

Le jour parut, sans que, dans notre état de surexcitation, nous eussions beaucoup profité de la nuit. C'est
seulement alors que le champ de bataille nous apparut
dans toute son horreur.

Ceux que nous venions de châtier si rudement étaient
des Mescalieros, et, d'après ce que nous sûmes plus
tard, c'étaient les mêmes qui, quelques mois auparavant, avaient attaqué la veuve Wite. Leur chef figurait
au nombre des morts; il avait été frappé l'un des pre-

miers, ce qui n'avait pas peu contribué à leur déroute, car la résistance avait été presque nulle.

A part Tom, Kœnigstein était le seul qu'une flèche eût atteint. Les armes étaient éparses çà et là. A la dépression de la berge, il était aisé de reconnaître l'endroit où les fuyards avaient fait le saut périlleux. Pas le moindre cadavre sur les rochers voisins; mais la rivière devait en charrier dans son cours rapide, car le meilleur nageur n'aurait pu la traverser à la nage.

Notre ami Mac-Donnel dormait toujours, et nous n'avions garde de le réveiller. Il faisait déjà grand jour, lorsque John Lazar nous appela à l'un des bouts du camp, où il venait de découvrir des membres rôtis, à demi dépecés; Kœnigstein trouvait aussi des tronçons de cadavres derrière un rocher. Combien il s'en était peu fallu que le pauvre Mac subît le même sort!... Le ressuscité ne rouvrit les yeux que vers dix heures du matin; il eut besoin de nous voir autour de lui et de nous serrer les mains pour être bien persuadé de sa délivrance. Quelques gouttes de vin le réconfortèrent un peu. L'émotion le suffoquait; il voulait parler, nous remercier, mais si évident était encore son état de faiblesse, que nous lui mettions la main sur la bouche pour lui imposer le silence.

A midi, nous songions aux préparatifs du départ, et ce n'était pas une petite affaire, car il s'agissait d'emmener une soixantaine de chevaux désormais sans maîtres, et, parmi lesquels, de magnifiques bêtes de race.

Une vieille jument, pavoisée d'oripeaux de la tête à

la queue, paraissait avoir le don d'attirer les autres à sa suite; où elle allait, ils allaient. C'eût été une grande sujétion que de traîner en laisse toute cette cavalerie; aussi Tigre se contenta-t-il d'attacher et de diriger la jument de tête; toute la bande suivit à la queueleu leu.

Parmi nos trophées figurait une selle mexicaine du plus beau travail, une de ces selles à pommeau et à dossier si élevé, que l'on est comme dans un fauteuil; après l'avoir capitonnée de couvertures, nous y installâmes Mac-Donnel, et la cavalcade s'ébranla lentement pour ne pas fatiguer notre ami.

Le soir, nous campions au bord d'un ruisseau, dans une étroite vallée bien pourvue d'herbages, condition essentielle en raison des nombreux quadrupèdes que nous avions à pourvoir.

Mac revenait peu à peu à son état normal; le voyage lui avait fait du bien. Il pouvait marcher sans aide et prit sa petite part du souper, sur une couche moelleuse, à la douce chaleur du foyer. Il était assez naturel que, tout en nous affligeant beaucoup, la mort de M. Lions un nouveau venu, nous fût moins sensible que celle de cet aimable boute-en-train de Cliffton, avec lequel nous avions partagé tant de bons et de mauvais jours.

— Pas mort tout seul! disait Tigre, lequel s'était enrichi de plusieurs chevelures.

Consolation médiocre, en admettant que c'en fût une.

Mac put alors nous raconter les circonstances de l'enlèvement. On les avait garrottés et jetés sur trois chevaux dont les cavaliers les tenaient à bras-le-corps; puis, ainsi que Tigre l'avait constaté, les ravisseurs s'étaient partagés en trois bandes : l'une coupant le sentier à droite, avec lui, Mac-Donnel; la seconde emmenant Lions par la gauche, pendant que, sous la garde des autres, Cliffton poursuivait sa route en ligne droite. Ils avaient couru tout le jour et une partie de la nuit suivante sans boire ni manger. Mac, bien entendu, ne pouvait être exactement renseigné qu'en ce qui le concernait particulièrement. A chaque halte, on lui donnait un peu d'eau, une bouchée de viande rôtie, à laquelle il ne touchait pas, car il suspectait sa provenance, et on le jetait comme un paquet dans quelque buisson. Ses chairs faisaient bourrelet aux poignets et aux chevilles, tant on l'avait étroitement lié; il en souffrait encore cruellement. Il avait demandé une fois ou deux qu'on le desserrât, mais ses bourreaux ne lui répondaient que par d'affreux ricanements.

Le troisième jour, ils avaient été rejoints par une partie de ceux dont ils s'étaient séparés et que commandait le chef en personne. Ce dernier se pavanait dans les vêtements et dans les bottes de Lions, ce qui n'était que trop significatif. D'ailleurs, à l'arçon de sa selle pendaient des membres humains qui ne tardèrent pas à grésiller sous l'action de la broche. Ces horribles gourmets chantaient et dansaient en attendant le régal. Cependant ils étaient inquiets, ils regardaient au loin en se faisant un abat-jour de leurs mains, ils se couchaient l'oreille contre terre pour écouter. Enfin, la troisième bande apparut, conduisant Cliffton.

— Il vivait encore, poursuivit Mac-Donnel, mais pas pour longtemps... Et moi donc!... Sans vous, sans...

— Assez! interrompit brusquement le vieux Lazar. Est-ce que vous n'en auriez pas fait autant pour nous?

— Certainement, mais...

— Il n'y a pas de mais... Continuez, je vous prie, mon pauvre garçon.

— Je vous laisse à juger, reprit Mac en essuyant le coin de ses yeux, du regard désespéré que nous échangeâmes, Clifton et moi; quant à nous dire un mot, il n'y fallait pas songer. D'ailleurs, on l'avait jeté au pied d'un arbre et moi au pied d'un autre, à quelque distance. Les cannibales discutaient avec vivacité en nous désignant tour à tour. De toute évidence, il était question de savoir lequel de nous deux ferait les frais du prochain repas.

— Ces souvenirs vous font mal, dis-je en voyant que notre ami s'attendrissait; la suite à un autre jour.

Mais Mac prétendit qu'il avait le cœur trop gros et que ça le soulageait de parler.

— Le sort en était jeté, reprit-il; sur l'ordre du chef, quelques sauvages se précipitèrent sur Clifton et l'attachèrent debout à un arbre, pendant que les plus jeunes se disposaient en demi-cercle et tendaient leur arc. Par un raffinement de cruauté, on m'avait tourné de façon à ne rien perdre du massacre qui se préparait. A la première flèche, le supplicié poussa un cri de douleur qui dut retentir jusque dans les profondeurs de la forêt, mais moins que dans mon cœur frémissant d'impuissance et de rage. Ils tiraient avec ordre, à cinquante pas, chacun à son tour : un exercice en même temps qu'une exécution, l'utile réuni à l'agréable. Que vous dirai-je ? il vint un moment où l'infortuné cessa de crier ; sa tête se pencha sur sa poitrine. Les monstres auraient peut-être voulu qu'il eût la vie plus dure, afin que le plaisir durât plus longtemps ; mais Dieu ne le permit pas. Le chef s'était réservé pour un coup d'éclat. Il brandit sa lourde hache d'armes et la lança à la tête de celui qui ne pouvait plus sentir ni le bien ni le mal ; mais le monstre manqua le but, à deux pouces près, et la hache s'incrusta dans l'arbre. Un murmure d'étonnement, presque de raillerie, courut dans l'assistance. Qu'un simple sauvage fût maladroit, cela s'était vu ; mais un chef!... Alors celui-ci, fou de colère, se rua vers l'arbre, arracha le tomahawk et en brisa le crâne de Cliffton. J'ai vu déchiqueter mon ami, je l'ai vu couper par morceaux. J'ai vu chaque convive en emporter sa part pour la préparer à sa guise. A un moment donné, le chef s'approcha de moi et mâcha quelques syllabes gutturales en me montrant le nord. Cela signifiait, sans doute, que je ne perdrais rien pour attendre et que l'étape où ce serait mon tour était fixée d'avance. Vous savez le reste.

Mac avait trouvé la force d'aller jusqu'au bout ; mais, après les derniers mots, il était repris d'une syncope. Il fallut un flacon de *british salt* (sel anglais) pour le ranimer. Une bonne nuit par là-dessus, et, le lendemain, il était en convalescence. Nous n'en marchions pas moins à petites journées, car les chevaux étaient épuisés à ce point de n'avancer qu'à coups de gaule.

La nuit, nous éclairions à grandes flammes, et quatre sentinelles veillaient aux quatre points cardinaux, car nous nous attendions toujours non pas à une attaque ouverte, mais à quelque tentative pour rentrer en possession des chevaux abandonnés.

Un soir, nous étions installés dans une spacieuse prairie, ombragée çà et là de quelques mimosas. Les chevaux paissaient en liberté sous nos yeux, non loin d'une citerne et d'un vieil arbre abattu, carbonisé aux trois quarts, d'où il fallait conclure qu'il avait aidé à préparer le souper de plus d'une caravane. Les forêts les plus voisines s'étendaient, au sud, au pied de la chaîne de San-Saba, et si éloignées encore, que nous ne songions pas à les atteindre avant le lendemain. Pour nous mettre à l'abri du vent, nous avions choisi une espèce de gorge entre deux collines. Seule, la vieille jument de tête était attachée, ce qui, on se le rappelle, nous garantissait l'immobilité de toute l'escouade des chevaux conquis. La soirée était superbe; Mac-Donnel allait de mieux en mieux; nous étions non pas précisément en gaieté, — la perte récente de deux de nos amis ne poussait pas à la joie, — mais, enfin, nous passions de l'humeur noire à l'humeur lilas, si je puis le dire. On parla de procéder au partage des chevaux indiens; quelqu'un proposa de les jouer aux dés, ce qui fut accepté. On m'attribua, hors part, une jument à mon choix, car je renonçais à toutes les autres. Bientôt chacun eut son lot, dont on discutait la valeur, en remettant au lendemain de l'apprécier en organisant une course dans la plaine. La nuit arrivait, nous allions éta-

16

blir les postes et parquer nos montures... Tout à coup,
semblable à l'éclat du tonnerre, un hurlement formidable arrive jusqu'à nous, et, des hauteurs voisines, une
avalanche d'Indiens à cheval se précipitent sur notre
camp, qu'ils traversent sans s'arrêter, foulant nos bagages, écrasant nos feux, déployant à grand fracas leurs
peaux de bisons et secouant, à l'état de crécelles, dans
leurs gourdes et dans leurs vessies, des tas de cailloux
qui faisaient un vacarme affreux. Nous n'eûmes que
trop tôt le mot de cet ouragan, et quand il était déjà
loin de nous. Au milieu de la bagarre, un sauvage avait
trouvé le temps de couper la longe de la jument con-
ductrice; en la chassant devant lui, non seulement les
autres chevaux l'avaient suivie, mais nos montures à
nous, ahuries par le bruit, entraînées par l'exemple,
fuyaient avec eux. Quelques coups de carabine tirés au
hasard, quelques balles perdues, voilà le seul, l'inutile
remède que nous avions au service de notre stupéfaction, de notre désespoir, de notre colère. Nous suivions
d'un œil hagard les tourbillons de poussière, qui bientôt
disparurent au bout de la prairie, derrière les collines
les plus éloignées.

C'était une immense perte, un de ces coups fou-
droyants qui dépassent toutes les prévisions. Nous nous
regardions mutuellement, l'air bête et dépaysé, sans
trouver autre chose que : « Est-ce bien possible? Quelle
audace inouïe! Qu'allons-nous faire? »

Mes compagnons d'infortune se tournaient plus particulièrement vers moi, comme si mon expérience avait
pu les tirer de là. Cette confiance m'honorait; mais, à

moins de posséder une baguette magique qui ramenât nos montures à leur point de départ, je ne pouvais la justifier.

— Mes bons amis, leur dis-je, voilà le moment, ou jamais, d'être philosophes... et d'avoir de bonnes jambes; la marche est un exercice salutaire, plus salutaire que celui du cheval. Nous nous en retournerons à pied, en y mettant un peu plus de temps, voilà tout. Ce sera même un avantage, en ce sens que nous n'aurons plus à nous préoccuper de trouver du fourrage en quantité suffisante. On ne peut pas tout avoir; la vie de Mac-Donnel est autrement précieuse que la possession de quelques chevaux. Que ne pouvons-nous payer du même prix le salut de Clifton et celui de Lions! Avec ça qu'il en manque, des chevaux! Antonio vous en prendra au lasso tant que vous voudrez, et il vous les dressera pardessus le marché.

Cette philosophie, j'étais loin de l'avoir, mais je l'affectais pour réconforter tous ces fantassins.

Ceci se passait le lendemain matin, après une nuit sans sommeil; au moment où je recommençais, à peu de chose près, mon *speech* de la veille, Kœnigstein m'indiqua dans le lointain « quelque chose » qui se dirigeait sur nous ventre à terre; ce « quelque chose » n'était rien moins que César et l'Aubère, que poursuivaient une demi-douzaine d'Indiens. Je ne courus pas, je volai à leur rencontre, et, à plus de quatre portées de fusil, pour leur inspirer une crainte salutaire, je leur envoyai deux balles, qu'ils durent tout au moins entendre siffler. Ils ripostèrent par quelques flèches, aussi inno-

centes que mes balles, et reprirent le chemin par lequel
ils étaient venus. Mes deux braves chevaux, fumants et
couverts d'écume, ne s'arrêtèrent que lorsqu'ils m'eurent rejoint. César appuya sans façon sa tête sur mon
épaule, se cachant pour ainsi dire, et coulant derrière
lui un long regard oblique pour s'assurer qu'on ne le
poursuivait plus. Le retour des déserteurs fut accueilli
par des acclamations unanimes, auxquelles je n'osais
trop m'associer, dans la crainte d'aiguiser les regrets
de mes compagnons moins favorisés.

Nous tînmes un conseil où il fut décidé ce qui suit :
qu'on creuserait une fosse pour enterrer provisoirement les bagages et qu'on la couvrirait de gazon, —
que le vieux M. Lazar monterait César, — que Mac-
Donnel monterait l'Aubère, — que ces deux messieurs
se partageraient en croupe les provisions essentielles,
et que, bien entendu, ils modéreraient leur allure sur
la nôtre.

Ainsi dit, ainsi fait. L'emplacement fut déterminé au
compas; quelques arbres furent entaillés comme points
de repère, et le pèlerinage commença.

Notre route à travers les hautes herbes de la grande
prairie, jusqu'aux montagnes de San-Saba, fut une des
plus pénibles que j'aie jamais faites; mais, une fois là,
soit que le terrain fût réellement meilleur, soit que nos
pieds fussent devenus plus « marins, » le voyage s'a-
cheva sans trop de difficultés.

Après plusieurs semaines de privations et d'épreuves,
nous arrivions, un soir, chez Mᵐᵉ Wile, qui nous accueillit de son mieux. Charles, son fils aîné, fut aussitôt

expédié chez moi, avec l'ordre à Wilfrid de nous envoyer immédiatement des chevaux pour achever la route, car, si habitués que nous fussions à nous servir de nos jambes, nous commencions à en avoir assez... et même trop. Douze à quinze heures pour aller, autant pour revenir, deux nuits de repos, l'une au fort pour ce pauvre Charles, l'autre chez la veuve pour laisser aux montures le temps de reprendre haleine ; en tout, bien près de trois jours à passer au fleuve des Dindons, où notre hospitalière et vaillante hôtesse aurait voulu nous retenir plus longtemps encore.

Dans la soirée du troisième jour, je revoyais mes pénates, où un relais de chevaux frais attendait les Lazar pour les ramener à leur habitation du Mustang. Le superbe étalon du maître et la jument de John, sans compter quelques bêtes de moindre valeur manquaient à l'appel ; mais comment se préoccuper d'une perte aussi secondaire en présence de l'effrayante catastrophe dont nous apportions la nouvelle !

Cette dernière leçon que nous venions de donner aux Mescalieros avait, sans doute, jeté la terreur parmi les Indiens, car plusieurs mois s'écoulèrent sans qu'aucune tribu, même amie, reparût sur notre territoire.

Tigre, privé de son cheval pie, montait depuis cette époque une de mes pouliches, ombrageuse et rétive, dont, par ce motif, on ne se servait que rarement. Toutefois le jeune Delaware était parvenu à l'assouplir.

C'était maintenant un excellent cheval noir qu'il ne cessait de porter aux nues ; il le préférait même à celui qu'il avait perdu. Or, un matin, de bonne heure, en

ouvrant ma fenêtre, je fus très surpris de voir pâturer
tranquillement dans l'enclos cette même bête pie dont
nous avions fait notre deuil. Tigre, en se réveillant,
l'avait trouvée attachée devant sa porte. Il supposait
qu'on la lui avait ramenée pendant la nuit dans la
crainte que les Delawares ne tirassent vengeance du vol
commis au préjudice de l'un d'eux.

Le cher garçon n'était pas aussi heureux de cette
restitution qu'on aurait pu le croire.

— Rendre le cheval noir, disait-il de son air piteusement comique.

— Pourquoi? demandai-je; tu l'as fait ce qu'il est,
donc il t'appartient; cela t'en fera deux au lieu d'un.

Et le jeune homme de danser follement, comme vous
savez qu'il en avait l'habitude dans ses accès de joie
délirante.

Des Indiens de ma connaissance vinrent me rendre
visite dans le cours de l'été suivant : j'ai nommé Pahajucka, — l' « Homme amoureux, » — sa respectable
moitié et leur charmante nièce Tatoweya, autrement
dit l' « Antilope. » Ils s'excusèrent d'avoir tant tardé,
mais je demeurais si loin, si loin!

— Si vous n'étiez pas entouré de tant de visages
blancs dont il faut maintenant traverser les domaines,
me disait ingénument l'Antilope, nous viendrions plus
souvent; venez donc habiter auprès des Comanches, qui
vous aiment, et au milieu desquels vous serez bien
mieux.

A coup sûr, cette sollicitude était sincère, presque
touchante, et, tout en éludant l'offre bizarre de Tato-

weya, je ne pouvais m'empêcher de lui en savoir gré. Elle ne pouvait se lasser d'admirer ma chambre; moins futile, moins évaporée que les deux sœurs dont le lecteur se souvient sans doute, l'Antilope passait des heures entières devant mes gravures ou à feuilleter les eaux-fortes de mon album. La musique l'impressionnait vivement; presque tous les soirs, fort tard, lorsque tout le monde dormait et qu'elle voyait de la lumière chez moi, elle se glissait sous la véranda, m'appelait à demi-voix et me suppliait de lui jouer quelque chose. J'obéissais, et elle oubliait alors le monde entier pour se plonger dans je ne sais quelles rêveries, dont je n'eusse peut-être pas été fâché d'être l'objet.

Ces braves gens restèrent chez moi pendant quelques semaines. Un matin, ils vinrent me faire leurs adieux. La vieille maman, habituellement si gaie, si luronne, avait presque les larmes aux yeux. Tatoweya avait plus d'empire sur elle-même, mais ses beaux grands yeux mélancoliques parlaient un langage fort intelligible.

Je promis de leur rendre visite à la saison prochaine.

— Vous reverrez au moins la vraie belle nature, me dit Mme Pahajucka; vous retrouverez les grands espaces libres où paissent encore à l'état nomade des troupeaux d'antilopes, de cerfs, de bisons, tandis que, ici...

Le sourire de pitié qui acheva sa phrase prouvait assez le peu de cas qu'elle faisait de la vie civilisée, comparée à la vie sauvage.

Je les accompagnai jusqu'aux sources de la Montagne, et, sans nous en douter, nous nous dîmes adieu pour toujours, car, pas plus que Warden, je ne devais jamais les revoir.

Tigre, lui aussi, s'accommodait mal de toutes ces nouvelles accointances, qui entravaient ses allures d'autrefois. Lorsqu'il lui arrivait de franchir une clôture pour prendre au plus court, ou d'arracher d'une meule une poignée de foin pour la donner à son cheval, ou encore d'attacher ce dernier à d'élégantes et frêles palissades pendant que, violant le domicile, il y puisait de l'eau sans façon, et que le colon lésé lui demandait *de quel droit,* il ouvrait de grands yeux surpris et trouvait à son tour mauvais qu'on lui fît des observations. Le respect absolu de la propriété, les chaînes forgées par l'usage et le savoir-vivre, s'accommodaient mal avec ses habitudes primitives, et, certes, il fallait qu'il me fût bien attaché pour avoir supporté le joug jusque-là. Encore fallut-il l'arrivée fortuite de sa tribu dans mon voisinage pour lever ses hésitations. Le chef me confia que Tigre n'osait pas me l'avouer, mais qu'il désirait revoir son pays, ses parents, et que, d'ailleurs, si je l'autorisais à partir, il reviendrait au printemps. Bien que je m'y attendisse, ce coup me fut cruel, je ne le cache pas. Mais que faire? Allonger la courroie, le retenir contre son gré pendant quelque temps, pour finir par nous séparer en de mauvais termes? Mieux valait s'exécuter tout de suite et de bonne grâce. J'octroyai donc à ce fidèle et brave compagnon de tant d'aventures la permission qu'il sollicitait, et dont, après tout, il aurait pu se passer. En témoignage de mon amitié, je voulus même l'accompagner jusqu'à la rivière des Dindons et faire d'une pierre deux coups en rendant visite à Mac-Donnel que je n'avais pas revu depuis long-temps.

L'expérience lui avait servi; il ne s'aventurait plus sur ses terres sans prendre des précautions. Tout était dans le meilleur état; la récolte avait comblé ses vœux, les champs étaient alors couverts de fèves, de melons, de citrouilles, etc. Dans le verger, les arbres à fruits étaient en plein rapport; le potager fournissait à toute la colonie d'excellents légumes; le clos regorgeait de volailles de toutes les espèces. Sans être élégant, l'in-térieur du blokhaus était convenable et propre. Si j'en fais la remarque, c'est que notre ami était garçon et que, d'habitude, les célibataires ne brillent ni par l'ordre ni par les soins minutieux.

Je remarquai avec plaisir, — et je le constate à la louange des Américains, — les portraits de trois cé-lébrités qui ornent presque toutes les habitations de la frontière : ceux de Washington, d'Alexandre de Hum-boldt et de Liebig, l'un le meilleur, l'autre le plus savant, et le troisième le plus utile des grands hommes de ce siècle.

FIN.

TABLE DES MATIÈRES

DU SECOND VOLUME.

———

FIN DE LA TABLE DES MATIÈRES.

www.ingramcontent.com/pod-product-compliance
Lightning Source LLC
Chambersburg PA
CBHW071902020726
47502CB00003B/858